KB234882

魔飛代星
마풍협성
송진용
新무협 판타지 소설
FANTASTIC ORIENTAL HEROES

마풍협성 3

송진용 新무협 판타지 소설

초판 1쇄 찍은 날 § 2007년 7월 12일
초판 1쇄 펴낸 날 § 2007년 7월 22일

지은이 § 송진용
펴낸이 § 서경석

편집장 § 문혜영
편집 § 서지현 · 심재영

펴낸곳 § 도서출판 청어람
등록번호 § 제1081-1-89호
등록일자 § 1999. 5. 31
어람번호 § 제2-1251호

주소 § 경기도 부천시 원미구 심곡1동 350-1 남성B/D 3F (우) 420-011
전화 § 032-656-4452 팩스 § 032-656-4453
http://www.chungeoram.com
E-mail § eoram99@chollian.net

ⓒ 송진용, 2007

ISBN 978-89-251-0733-2 04810
ISBN 978-89-251-0730-1 (세트)

風星
魔俠

마풍협성

송진용 新무협 판타지 소설

FANTASTIC ORIENTAL HEROES

[풍진강호(風塵江湖)]

시대가 혼란스럽고, 민간의 삶이 고달파질수록 영웅의 출현은 불가피해진다.

"한(恨)은 목숨보다 더 지독하거든. 너도 그걸 네 개쯤 가져 봐.

그럼 목헤 다섯 번 떨어질 때까지는 죽을 수 없을 거야."

불사귀(不死鬼)라고 불리는 사내, 도수백(陶秀栢)의 이야기—

3

도서출판 청어람

目次

第一章　여자의 마음이라는 것　　　　　| 7

第二章　의형(義兄)을 얻다　　　　　| 31

第三章　모산파의 사연　　　　　| 55

第四章　노룡(老龍)과 노호(老虎)의 격돌　　　　　| 79

第五章　야차(夜叉)가 되다　　　　　| 103

第六章　왕소령(王小鈴)의 무서운 변화　　　　　| 133

第七章　마녀(魔女) 출현　　　　　| 153

第八章　기요성(奇曜星)의 소식을 듣다　　　　　| 179

第九章　복마전(伏魔殿)이 된 신당　　　　　| 203

第十章　천적(天敵)　　　　　| 227

第十一章　혼란(混亂)　　　　　| 251

第十二章　유빈(劉彬)이라는 청년　　　　　| 277

第十三章　도수백의 칼　　　　　| 303

魔風俠星

第一章
여자의 마음이라는 것

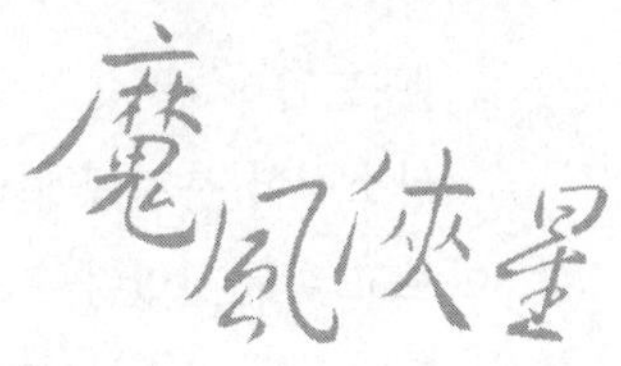

왕소령은 기어이 고집을 부리고 떠나갔다.

비틀거리는 그녀를 단호림이 부축하며 함께 떠났는데, 아쉬움이 많이 남았던지 자꾸 뒤를 돌아보았다.

그는 운지와 한 번이라도 더 눈을 마주치고 싶어했지만, 운지는 오직 안타까운 눈길로 도수백을 바라볼 뿐이었다.

그런 그녀의 얼굴에 가득한 근심과 두려움을 모두가 금방 알아챌 수 있었다.

운지는 제 감정을 감추려 하지 않았고, 그것이 사람들에게 어떤 생각을 갖게 할 것인지에 대해서도 알지 못했다.

그녀는 아직 그런 것에 대해서 잘 알지 못하고 있었던 것이다.

"뽀드득―"

왕소령이 운지에게 안기다시피 기대어 있는 도수백을 돌아보고 이를 갈았다.

도수백은 피투성이가 된 채 제 몸을 스스로 지탱하지 못하고 있었다.

불굴의 의지로 버텼지만, 상황이 종료되고 모두가 안전하다는 걸 확인한 순간 주체할 수 없는 피로가 몰려들었던 것이다.

그러자 애써 참고 있던 상처의 고통이 그를 마비시켰다. 그래서 그는 온통 피에 젖어서 축 늘어져 헐떡이고 있었는데, 그를 걱정스럽게 바라보는 운지의 눈길이 비수가 되어 왕소령의 가슴을 찔렀다.

그녀의 마음 가득 저놈이 당장 피를 토하며 죽어 자빠졌으면 더 이상 바랄 게 없다는 지독한 감정이 생겼다. 운지가 도수백을 바라보는 그 눈길 때문에 감정이 더 표독해졌던 것이다.

'왜?'

왕소령은 천천히 소나무 숲을 떠나며 자기 자신에게 그렇게 묻지 않을 수 없었다.

도수백에 대한 증오야 달라질 게 없다. 그런데 왜 운지의 그 안타깝고 애틋한 눈길을 훔쳐보자 그것이 더 커지고 강렬해지는 건지…….

왕소령은 그 감정이 질투라고는 꿈에도 생각하지 못했다. 아직 사랑을 알지 못하니 질투에 대해서도 알 리가 없는 것이다.

왜 가슴이 이렇게 뜨겁고 답답해지는 건지, 왜 운지가 미워지는 건지 그녀 자신도 알 수 없었다. 그래서 어리둥절해진다.

애써 잊으려고 생각하지만 도수백을 바라보던 운지의 얼굴과 그 표정을 떠올리면 마음 깊은 곳에 어둠이 드리워졌다.

그 어둠은 자신도 모르는 사이에 조금씩, 조용히 이글거리며 커지고 있는 불씨였다. 가슴을 답답하게 하는 건 같았지만, 그건 증오와는 또 다른 어떤 감정인 것이다. 그리고 생소하다.

왕소령은 그게 무엇인지 알 수 없어서 짜증이 났다. 자기 자신에 대하여 화가 치솟는다.

"놔!"

그녀가 거칠게 단호림의 손을 뿌리쳤다.

"괜찮겠어?"

"그까짓 수전 두 대 맞았다고 죽을 것 같아?"

"그래도……."

"사형은 사문으로 돌아가."

"너와 함께 가겠어."

"아니, 나는 그놈을 죽이기 전에는 안 돌아가."

"네 힘으로 그게 가능하다고 생각하는 거냐?"

도수백의 칼이 무지막지하다는 걸 왕소령은 이미 잘 알고 있었다. 그 끔찍함에 몸을 떨기도 했다. 하지만 그럴수록 오기와 고집이 더욱 커지기만 하니 그것도 이상한 일이었다.

그녀가 표독스런 얼굴이 되어 매섭게 말했다.

"나도 잘 알아. 하지만 그놈은 아무리 사나워도 결국 나에게 죽을 거야. 왠지 알아?"

"……."

"나는 그놈이 갖지 못한 걸 가지고 있거든. 그놈의 칼보다 더 지독하고 무시무시한 것 말이야."

"……?"

"원한이지."

"휴—"

그녀를 멍하니 바라보던 단호림이 한숨을 쉬었다.

"내 원한이 커질수록 그놈의 칼은 점점 무뎌질 수밖에 없어. 그러니 그놈은 나를 이기지 못해."

그렇게 말하고 나자 통쾌해졌다. 천천히 싸늘한 미소를 떠올리던 그녀가 뽀드득, 이를 갈고 주먹을 움켜쥐었다.

도수백을 안고 있던 운지가, 그녀에게 안겨 있던 도수백의 얼굴이 다시 떠오른 것이다.

*　　　*　　　*

“이제는 다 틀렸다.”

한참을 헐떡이며 숨을 고르고 난 손적풍이 풀썩 웃었다.

그 곁에서 사도욱은 아직도 분함이 풀리지 않은 매서운 눈길로 자꾸만 서쪽을 바라보고 있었다.

수하들을 모두 잃고 쫓기는 개새끼처럼 깨갱거리며 정신없이 도망쳐 온 곳을 바라보는 것이다.

저 검은 하늘 아래 그 소나무 언덕이 있다.

‘잊지 않겠다!’

사도욱은 이를 악물고 그렇게 다짐했다. 살아오면서 이처럼 지독한 패배를 당한 적이 없다. 어찌 잊을 수 있을 것인가.

“다 틀렸어. 빌어먹을.”

손적풍이 똑같은 말을 되뇌며 자조적인 웃음을 쿡쿡, 웃었다.

“당두.”

“……?”

“누구든 살아서 돌아가 이 일을 첩형에게 보고해야 하지 않겠습니까?”

“돌아간다고?”

손적풍이 어리둥절한 얼굴을 하고 사도욱을 바라보았다.

“제기랄! 쿨럭, 쿨럭―”

사도욱이 분한 외침을 터뜨리더니 가슴을 움켜쥐고 심하게 기침을 해댔다.

얼굴마저 시뻘게질 정도로 쿨럭거리는데, 기침이 좀체 멎지 않을 것처럼 계속되었다.

그러더니 기어이 검붉은 피를 토해내고 헐떡인다. 소나무 언덕을 빠져나오며 심각한 내상을 입은 게 틀림없었다.

축축한 나뭇등걸에 털썩, 몸을 기대고 한동안 헐떡거리던 사도욱이 품에서 단약(丹藥)을 꺼내 으적으적 씹어 삼키고 곧 운기조식에 들어갔다.

그 곁에서 손적풍은 고개를 숙인 채 묵묵히 제 생각에 잠겼다.

강을 헤엄쳐 건너와 소리없이 배 위로 기어올랐던 괴한들은 무섭기 짝이 없었다.

손적풍으로서는 그처럼 지독한 놈들을 처음 겪어보았다.

모두 다섯 명의 벌거벗은 장한이었는데, 아미자를 휘두르는 그들의 솜씨는 끔찍했다.

손적풍은 강호에서 그처럼 아미자를 잘 쓰는 자를 만나보지 못했다.

갈고리처럼 생기고, 긴 자루 끝에 첨두(尖頭)가 달린 그것은 동창 무사들의 검을 걸어 당기거나 사혈을 찍어 쓰러뜨리는 데 놀라운 위력을 발휘했다.

갈고리 안쪽에는 칼처럼 새파랗게 벼려진 날이 있어서 그것으로 목이나 팔을 걸어 당기면 여지없이 잘려 버렸다.

배 위에 있던 다섯 명의 무사가 순식간에 그들에게 당했고, 손적풍은 홀로 그들과 맞서 악전고투한 끝에 겨우 목숨을 건져 도망쳐 올 수 있었다.

하지만 가까스로 대관하(大觀河)를 헤엄쳐 건너 물가에 이르렀을 때 그는 또 한 번 목숨의 위협을 받아야 했다.

소나무 언덕은 희끗희끗한 베옷을 입은 장한들로 넘쳐 나고 있었는데, 손적풍을 발견한 그들이 비조처럼 덮쳐 왔던 것이다.

물에 젖은 생쥐 꼴이 되어서 손적풍은 검을 휘둘러 그들과 싸웠다. 모든 힘과 기량을 아낌없이 발휘했고, 결국 포위를 뚫었지만 몸에는 십여 개의 크고 작은 상처들이 생기고 말았다.

수하들이 전멸했다는 건 일일이 확인해 보지 않아도 알 수 있는 일이었다.

손적풍은 치욕과 분노로 이를 갈며 달아나야 했다. 그리고 저와 같은 처지가 되어서 쫓기고 있는 사도욱을 만났다.

두 사람은 비록 중상을 입고 있었으나 그래도 혼자일 때보다 큰 힘을 발휘할 수 있었다.

만약 사도욱을 만나지 못했더라면 그들의 포위를 뚫고 달아날 수 없었을 것이다. 그와 힘을 합쳐서야 겨우 추격해 오는 베옷의 장한들을 물리치고 살아서 이곳에 이른 것이다.

더 이상 뒤쫓는 자들은 없었다. 비로소 안심하게 되었으나 지나온 지옥 같은 순간을 생각하니 이가 갈리도록 분했다.

"백련교 놈들……."

손적풍이 이를 갈며 중얼거렸다.

무사히 이곳을 빠져나가면 즉시 북경의 동창 본영에 이 일을 보고할 생각이었다.

운남에서 백련교의 무리들이 수상한 움직임을 보이고 있으니 일찍 토벌해 버리지 않으면 커다란 후환이 될 것이기 때문이다.

악몽 같았던 그 밤이 지나고 멀리서 희끗희끗한 새벽빛이 비쳐 오기 시작했다. 주위가 어슴푸레하게 밝아지면서 비로소 주변의 경물들이 서서히 제 모습을 드러냈다.

손적풍은 제가 깊은 산중에 들어와 있다는 걸 알았지만 여기가 어디쯤인지는 감을 잡을 수가 없었다.

산에서 내려가면 민가가 있을 것이고, 사람들에게 길을 물을 수 있을 것이다. 하지만 이곳이 백련교의 활동 지역이라는 걸 알았으니 이제는 아무도 믿을 수 없다. 그게 문제였다.

아무리 순박한 농투성이라고 해도, 젊은이는 물론 늙은이와 아이들까지도 믿을 수 없는 것이다.

백련교는 민중 속에 깊이 뿌리를 내리고 은밀하게 뻗어나가는 종교 집단이었다. 겉으로 봐서는 누가 백련교도인지 가려낼 수가 없다.

손적풍은 불안해졌다. 산에서 내려가면 마주치는 사람들

을 모두 경계하고 조심할 수밖에 없는데, 그게 어려운 일이기 때문이다.

'과연 무사히 이 지역을 벗어날 수 있을까?' 하는 회의마저 든다.

드러난 적은 열 명, 백 명이라도 맞서 싸울 수 있지만 드러나지 않는 적은 한 명이라도 무섭게 마련이다. 순박한 얼굴을 하고 웃던 자가 언제 백련교도가 되어 칼을 찔러올지 알 수 없기 때문이다.

그가 어떻게 하면 이곳을 빠져나갈 수 있을지 생각하는 동안 사도욱이 길게 숨을 들이마시고 눈을 떴다.

안색이 훨씬 좋아졌다. 단약의 효험으로 내상을 어느 정도 다스린 모양이었다.

"괜찮으십니까?"

그가 풀이 죽어 있는 손적풍을 걱정스럽다는 듯 바라보며 물었다. 손적풍이 쓴웃음을 지었다.

"이까짓 외상이야 시간이 지나면 저절로 아물 테지."

"그렇겠지요. 하지만 어디 조용하고 안전한 곳을 찾아 한동안 정양하는 게 좋지 않을까요?"

"백련교가 모습을 드러냈으니 이제는 아무도 믿을 수 없게 되었다. 이 지역을 벗어나기 전에는 안전한 곳이라고는 없어."

"으음—"

사도욱도 그 일을 심각하게 받아들이지 않을 수 없었다.

손적풍이 굳은 얼굴로 말했다.

"나는 임무에 실패했다. 그것이 백련교 때문이라고 해도 위에서는 나를 결코 용서하지 않을 것이다. 하지만 그렇다고 포기할 수는 없지. 어떻게 하든 백련교가 모습을 드러낸 사실을 본 영에 알려야 한다."

"운남에 백련교가 숨어 있다는 걸 알아냈으니 손 당두님은 큰 공을 세우신 겁니다. 비록 본래의 임무에는 실패했지만 첩형께서 공과 벌을 서로 상쇄하실 테니 원래대로 당두의 자리를 지키게 될 것입니다."

사도욱의 말에 손적풍은 위로를 받았다. 마음이 조금은 놓이기도 한다. 역시 믿음직한 수하라는 생각이 든다.

"과연 그럴까?"

"당두께서 보고하지 못하면 북경에서는 이곳에 백련교도들이 모여 있다는 걸 까맣게 모르고 있을 것 아닙니까? 그건 소름 끼치는 일이지요."

"음……."

"반드시 살아서 이곳을 빠져나가야 하는데……."

사도욱의 눈 속에 언뜻 음침한 기색이 어렸다.

"이런 경우에는 두 사람보다 한 사람이 움직이는 게 더 유리할 수 있습니다. 눈에 덜 띌 테니까요."

손적풍이 어리둥절해져서 물었다.

"무슨 뜻이냐?"

"지금 이곳에는 우리 두 사람뿐, 아무도 없다는 뜻이지요."

"뭐라고?"

사도욱이 빙긋 웃는다.

"안심하십시오. 내가 반드시 살아 돌아가 이 일을 첩형께 보고하겠습니다."

"흑!"

손적풍이 눈을 부릅떴다.

어느새 비수 한 자루가 가슴에 깊이 박혔던 것이다.

"너, 너……."

그가 손을 뻗어 사도욱의 옷자락을 움켜쥐었다. 사도욱이 천천히 비수를 밀어 넣으며 여전히 다정하게 웃는다.

"당두는 외상이 너무 심해서 산을 내려가는 즉시 사람들에게 드러날 것입니다. 그리고 북경까지 가는 데 시일도 많이 걸리겠지요."

"이, 이…… 죽일…… 놈……."

"하지만 소생은 멀쩡하고, 내상도 머지않아 회복될 테니 문제될 게 없지 않겠습니까?"

그의 비수가 기어이 자루만 남기고 손적풍의 가슴속으로 모두 박혀 들어가 버렸다.

손적풍은 이를 악물고 신음을 참았다. 사도욱의 옷자락을 움켜쥔 손을 부들부들 떤다.

"당두께서 용감히 싸우다 장열하게 전사했다고 보고하지

요. 첩형은 당두의 공을 치하하고 공적비에 이름을 새겨 넣어
줄 것입니다.”
“네놈이…… 네놈이 이런 놈일…… 줄이야…….”
“그리고 손 당두께서 없어져야 내가 올라갈 당두 자리가
하나 생기거든.”
히죽 웃은 사도욱이 가볍게 비수를 비틀었다.
“끄으으―”
손적풍의 마지막 신음 소리가 새벽을 맞는 숲 속에 음산하
게 울려 퍼졌다.

어둠 속에서 흠칫 놀라는 자가 있다.
우거진 나무 사이로 미끄러지듯 달려 내려오고 있는 사람
을 보았기 때문이다.
‘염병, 벌써 여기까지 그것들의 마수가 미쳤단 말인가?
속으로 투덜거리며 재빨리 풀숲에 납작 엎드리는 자는 모
악봉이었다.
소나무 언덕에 숨어서 싸움을 지켜보다가 동창의 무사들
이 몰살당할 지경에 이르자 뒤도 돌아보지 않고 도망쳐 이곳
까지 온 것이다.
그는 백련교도들이 출현했다는 사실에 크게 놀라고 겁먹
었다. 그래서 무작정 이곳을 떠나고 보자는 생각에 어디가 어
디인지도 모르고 달려왔는데, 저 앞쪽 어둠 속에서 한 사람이

달려 내려오고 있으니 가슴이 철렁할 수밖에 없다.

'어라? 저건?'

하지만 그자가 백련교도가 아니고 동창의 번역이라는 사도욱임을 알자 의아해졌다.

창백한 얼굴을 보니 부상을 입은 게 분명한데, 손에 핏물이 떨어지는 단검을 움켜쥔 채 정신없이 달려 내려오고 있으니 그렇다.

그래서 모악봉은 반갑게 달려나가려던 생각을 접고 더욱 납작 엎드렸다.

그 앞을 사도욱이 비틀거리며 달려가 곧 사라졌다.

잠시 그가 내려온 곳을 바라보던 모악봉은 결심한 듯 그곳을 향해 빠르게 달려 올라갔다.

'이, 이런, 이런!'

달빛 아래 피를 철철 흘리며 쓰러져 있는 자가 동창의 당두인 손적풍이라는 걸 알아본 모악봉이 안타까움으로 발을 굴렀다.

지금으로서는 유일하다고 해도 좋을 저의 희망인데, 그것이 이렇게 사라져 가고 있으니 그렇다.

"도대체 이게 어떻게 된 일입니까? 살 가망이 없겠군요?"

달려들어 손적풍의 멱살을 붙잡고 흔들어대며 묻는다.

"으으……."

손적풍이 감고 있던 눈을 힘겹게 떴다. 그 눈빛에 생기라고
는 남아 있지 않다.

"빌어먹을, 다 틀렸군."

그가 곧 죽을 것임을 안 모악봉이 벌레 씹은 얼굴이 되어서
투덜거렸다.

"도대체 이 동창의 개새끼들은 뭐 하나 제대로 하는 게 없
구만. 도수백 그놈을 코앞에 갖다 바쳐도 소용없고, 왕소령이
라는 깜찍한 계집년을 대령해도 가랑이만 벌려놓았지 아무
짓도 하지 못하니 말이야. 게다가 당두라는 작자의 이 한심한
꼬라지라니, 에잉, 이런 것들이 무섭다고 절절매는 잡것들이
한심하지."

그의 지독한 말을 들었는지 듣지 못했는지, 손적풍이 마지
막 남은 힘을 다해서 겨우 입을 열었다.

"사도…… 욱…… 그놈이, 그놈이 나를……."

모악봉의 귀가 번쩍 뜨였다.

"응? 사도욱이라고? 그 천둥벌거숭이 애송이가 당신을 이
렇게 한 거야? 오라, 가슴에 비수를 꽂았군 그래. 왜 그랬대?"

"이 일을…… 북경에…… 알려라. 그러면 첩형께서 네 소
원을… 들어주실…… 것이다……."

"그러니까 사도욱 그 개놈이 직속상관을 찔러 죽이고 혼자
서 도망갔다는 걸 첩형에게 고자질하란 말이지? 그러면 그가
나를 동창의 무사로 받아줄 거고. 그래?"

"반드시 사도욱…… 그놈을, 그놈을……."

부들부들 떨리는 손을 들어 올려 허공을 움켜쥐었던 손적풍의 머리가 툭, 떨어졌다. 영영 숨이 끊어져 버린 것이다.

"제기랄!"

그를 내팽개치듯 밀어버리고 벌떡 일어선 모악봉이 침을 뱉었다.

잠시 어둠 속을 노려보더니 히죽 웃었는데, 음흉한 기색이 추괴한 그의 얼굴 가득 번져 나갔다.

"으흐흐흐, 그러니까 뒈지면서도 나에게 행운의 끈을 쥐어 준 거로군 그래."

북경의 동창 본영으로 찾아가 이 일을 첩형에게 보고하면 그는 상을 내려줄 것이다. 그리고 비열한 사도욱이라는 놈은 그 즉시 숨통이 끊어질 것이다.

모악봉은 처음부터 그놈의 인상이 마음에 들지 않았다.

거만하고 오만하게 내려다보던 미끈한 낯짝을 떠올리자 울화통이 치민다.

"개자식, 나를 잘도 경멸했겠다? 흥, 하지만 네놈의 목숨은 이제 내 손에 잡혔다. 내가 입만 뻥긋하면 그 순간 네놈은 어깨와 대갈통이 따로 놀게 되는 거야."

잠시 생각하던 모악봉이 히죽히죽 웃으며 손적풍의 품을 뒤졌다. 동창의 당두임을 나타내는 옥패를 찾아 손에 쥐고 중얼거린다.

"이래서 될 놈은 화가 변하여 복이 되게 마련이라니까. 흐흐흐, 북경까지 얼마나 걸릴까?"

허리를 펴고 북쪽 하늘을 바라보는 그는 꿈에 부풀었다. 동창의 무사가 되어 대리로 돌아온다면 금의환향하는 것과 다름없다.

저를 망나니라고 손가락질하던 대리의 관원 놈들은 물론 부윤까지 설설 길 것 아닌가.

저를 알던 악당 놈들은 춤을 추며 기뻐할 것이고, 대리 부중에 모악봉이 동창의 무사가 되었다는 소리가 천둥소리처럼 울릴 것이다.

그 생각만 해도 모악봉은 가슴이 간질거려 견디지 못할 지경이 되었다.

*   *   *

도수백의 상처는 생각보다 깊고 심각했다.

모두 열여섯 곳이나 검상을 입었는데, 그중 다섯 군데가 깊이 베었고, 세 군데 찔린 곳이 위태로웠다.

벌거벗겨 놓은 그의 몸을 본 운지는 부끄러운 줄도 모르고 엉엉 소리 높여 울었다. 도수백의 온몸에 나 있는 크고 작은 상처들 때문이다.

이번에 입은 검상 말고도 그의 몸은 온통 상처 자국으로 보기 흉하게 얼룩져 있었던 것이다.

그건 도수백이 그동안 얼마나 험하고 위태롭게 살아왔는지를 증명해 주는 흔적들이었다. 그게 운지의 가슴을 아프게 했다.

물수건으로 그의 몸에 달라붙어 있는 핏자국을 닦아주면서 운지는 내내 울었다.

그가 칼을 쥐면 왜 그렇게 무시무시하고 인정사정없이 싸우는지 이해가 되기도 했다.

그녀가 울면서 도수백의 몸을 닦아주는 동안 자운 노도는 노파의 도움을 받아 약을 만들고 있었다. 농립의 장한은 한쪽에 무료하게 앉아서 눈만 끔벅이고 있다.

돌절구에 약재를 찧고 있던 자운 노도가 얼굴을 찌푸리고 말했다.

"감총전(甘蔥煎)을 만들어 상처를 세척했으니 덧나지는 않을 테지만 칠리산(七厘散)을 발라주어야 하는데 내가 지니고 있는 약재가 터무니없이 모자라."

그의 시중을 들던 노파가 의아한 얼굴로 물었다.

"뭐가 얼마나 부족하다는 거요?"

"칠리산을 제대로 만들려면 유향과 몰약이 각각 열다섯 냥, 당귀가 두 냥, 아다(兒茶) 한 냥 여덟 돈, 홍화 열다섯 냥, 혈갈 열두 냥 여덟 돈, 주사 열다섯 냥, 사향 한 냥 두 돈, 빙편 두 돈이 있어야 하거든."

"흐흥, 뭐가 그리 복잡해?"

눈을 흘기면서도 노파는 자운 노도가 말하는 것들을 가만히 따라서 반복했다. 머릿속에 단단히 기억해 두려는 것이다.

모르는 척하며 자운 노도가 계속 말했다.

"그걸 상처에 고루 뿌려주고, 한 번에 다섯 푼 혹은 한 돈씩 술이나 따뜻한 물에 타서 먹이기를 닷새 동안 해야 해. 그러면 아무리 지독한 창상, 자상을 입었더라도 숨이 붙어 있기만 하면 거뜬히 회복하게 된다네."

"그게 그렇게 신묘한 약이우?"

"나의 비법인데 신통방통하지 않을 리가 있나? 커흠."

늘 검상, 창상의 위험에 노출되어 있는 강호인들이 들었다면 당장 눈에 불을 켜고 그 비법을 알아내기 위해 수단과 방법을 가리지 않을 묘방이었다.

하지만 자운 노도는 아무것도 아니라는 듯 태연하게 말해주었고, 노파와 농립의 장한은 열심히 그것을 외웠다.

그렇게 해서 그들에게 자신의 비방을 자연스럽게 가르쳐준 자운 노도가 혀를 차며 다시 말했다.

"자운곡에서 가져온 약재들이 부족해. 터무니없어."

"말씀하십시오. 소생이 구해보겠습니다."

농립의 장한이 벌떡 일어서며 자신있게 말했다. 자운 노도가 그 말을 기다렸다는 듯 빙긋 웃고 말했다.

"그렇다면 당장 가서 몰약 두 냥, 홍화 석 냥 두 푼, 주사 한

냥과 사향 반 돈을 구해다 주게. 한 시진 안에 가능하겠어?"

열심히 외운 장한이 머리를 끄덕였다.

"충분하지요. 저희에게 온갖 약재가 다 있으니 찾는 데 시간이 걸릴 뿐, 가져오지 못하는 일은 없을 것입니다."

"그럼 속히 다녀와. 이 녀석이 그때까지 기다려 줄지 모르겠군. 그러니 서두르게."

장한이 선방을 뛰어나갔고, 자운 노도는 의식이 엄엄한 도수백의 완맥을 쥔 채 지그시 눈을 감았다.

과연 한 시진이 되기 전에 농립의 장한이 유지에 싼 약재 꾸러미를 안고 돌아왔다.

그것을 풀어 확인해 본 자운 노도가 빙긋 웃었다.

"이처럼 은밀하게 온갖 준비를 해두고 있는 걸 보니 머지 않아 또 한바탕 세상을 시끄럽게 하려는 모양이군?"

농립의 장한이 멋쩍은 웃음을 흘리며 말했다.

"그런 일이 없기를 바랄 뿐이지요. 지금이라도 하늘이 밝아지고 민초들의 삶이 나아진다면 어찌 저희가 그런 짓을 하겠습니까?"

"흘흘, 뜻이 가상하이. 안타까운 건 세상이 그걸 몰라준다는 거지."

"세상에 저희를 알리기 위한 일이 아니니 상관없습니다."

그렇게 말하며 미소 지었지만, 장한의 얼굴에는 쓸쓸한 기색이 있었다.

그것을 떨쳐 버리려는 듯 그가 걸걸한 음성으로 짐짓 호탕하게 말했다.

"저희 중에 영웅이 되고자 하는 자는 아무도 없습니다. 하지만 호한이 되고자 하는 자들은 넘쳐 나도록 많지요. 그들은 일신의 부귀와 공명을 바라지 않습니다."

"이 사람, 그렇게 흥분할 게 뭐 있나? 내가 그걸 모른다면 어찌 자네의 사부와 인연을 맺었을 것이며, 어찌 이곳에 왔을 것인가?"

"죄송합니다."

농립의 장한이 고개를 숙였다. 소나무 숲에서 동창의 무리들을 상대할 때는 무지막지하기가 염라부의 신장(神將)과도 같더니 자운 노도 앞에서는 순박한 시골 청년이 되어서 공손하게 손을 모으고 머리를 숙이는 것이다.

*　　　*　　　*

"나는 초자생(草子生)이라고 하네."

농립의 장한이 부리부리한 눈에 웃음을 띠고 그렇게 저를 소개했다.

"도수백입니다."

"알고 있어."

사십대 초반으로 보이는데, 빙긋 웃는 얼굴이 순박했다.

그는 이곳, 백석평(白石坪)에서 농사를 짓고 사는 사람이었
다. 강호에 나가본 적이 없으니 외호가 있을 리 없다.

하지만 도수백에게는 그게 있었다.

"불사귀라더니, 그야말로 그 말대로군."

농립의 장한, 초자생이 씩 웃었다. 두툼하고 붉은 입술이
벌어지자 가지런한 흰 치아가 보기 좋게 드러난다.

"그런 상처를 입고도 죽지 않고 다시 살아나다니 놀라운
일이야."

"제가 얼마나 이렇게 누워 있었습니까?"

"흘흘, 꼬박 닷새일세."

"닷새……."

중얼거리던 도수백이 눈살을 찌푸렸다.

"그놈을 끝내 놓치고 말았군요."

손적풍의 목을 벨 좋은 기회였는데 그렇게 하지 못했다는
게 못내 분했다.

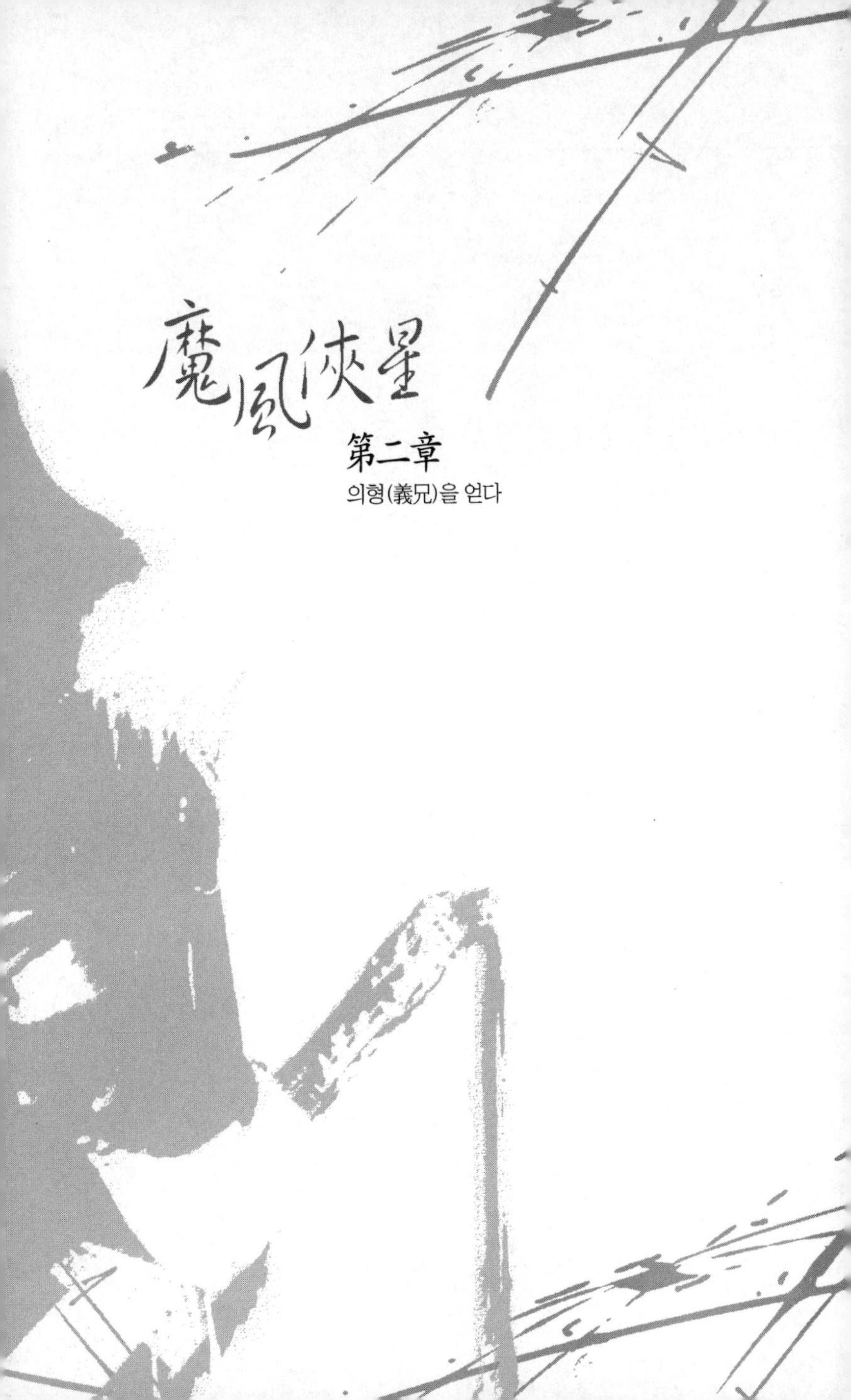

魔風俠星

第二章

의형(義兄)을 얻다

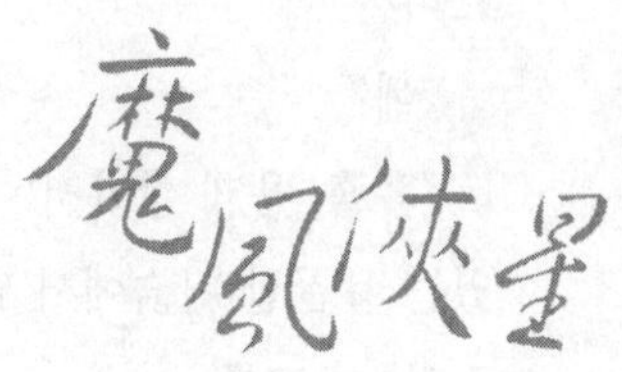

도수백의 말을 들은 초자생이 머리를 갸웃거렸다.

"누구 말인가? 찾는 사람이라도 있었나?"

"손적풍이라는 놈이지요."

"흘흘, 그자와 깊은 원한이 있는 모양이로군?"

"그렇습니다."

이 사내에게 병영에서의 일을 이야기해 줘봐야 잘 모를 것이고, 토옥림에서의 일은 더욱 그럴 것이다. 그렇게 생각한 도수백이 입을 꾹 다물었다.

초자생이 빙긋 웃고 말했다.

"그 일이라면 걱정하지 않아도 되네. 그놈은 저절로 죽었으니까."

"예?"

"흘흘, 용케 살아서 이곳을 빠져나갔지. 하지만 십 리 밖에
있는 용골산 기슭에서 뒈진 채 발견되었다네."

"누가 그를……?"

"내 사람 중에는 아무도 없으니 뻔하지."

"……?"

"그놈과 함께 또 한 놈, 사도욱이라는 놈이 미꾸라지처럼
빠져나갔었지. 살아서 여기를 떠난 놈은 그 두 놈뿐이었는데
한 놈이 가슴에 지독한 자상을 입은 채 죽어서 발견되었다.
싸운 흔적도 없더군. 그렇다면 누가 그렇게 했을까?"

"사도욱……."

도수백은 그게 송림 속에 나타났던 자들의 우두머리 청년
이라는 걸 기억해 냈다. 그자가 단호림을 여유있게 상대하던
걸 보았다.

그자의 빤질거리는 얼굴을 똑똑히 기억하고 있었는데, 이
름은 이제야 알았다.

"그놈이 왜 손적풍을 죽인단 말입니까? 제 상관일 텐데
요?"

"하하, 그놈들이야 워낙 서로 간에도 비밀이 많고 꿍꿍이
가 많은 놈들이니 그 속을 어찌 알겠나?"

도수백은 갑자기 허탈해졌다.

제 손으로 공손랑과 손적풍 그놈들을 죽여 동료들의 복수를 하고 싶었는데 끝내 손적풍의 목을 치지 못했기 때문이다.

"운지 아가씨에게 은혜를 갚아야 할 거야."

"……?"

"지난 닷새 동안 그 아가씨가 자네 때문에 얼마나 고생한 줄 아나?"

"그녀가 왜 그랬답니까……?"

도수백으로서는 알 수 없는 일이니 얼떨떨하기만 하다.

초자생이 야릇한 미소를 지었다.

"낸들 알겠나? 아가씨들의 마음은 연꽃 가득 핀 연못 같아서 그 속을 들여다볼 수가 없는 거니 말이야."

넓은 연잎이 온통 물을 뒤덮고 있으니 그렇다.

그 연잎은 그렇게 물을 가리고 아름답고 고귀한 꽃을 활짝 피운다. 그러면 사람들은 꽃에 취해 바라볼 뿐 그 아래의 물은 잊고 만다.

그게 아가씨의 마음이라는 초자생의 말에 도수백도 빙긋 웃었다.

꽃과 잎은 곧 시들어 떨어지고, 비로소 맑은 연못 속이 들여다보이리라. 하지만 꽃이 없고 잎이 없으니 사람들은 굳이 연못을 바라보려 하지 않는다.

결국 연못의 물은 연꽃이 있을 때나 없을 때나 감추어져 있는 것이다. 그것이 여자이리라.

도수백이 그런 생각을 하고 있을 때 문이 열리더니 운지가 약그릇을 받쳐 들고 들어왔다.

"어머?"

도수백이 눈을 끔벅이며 저를 바라보자 놀란다.

비록 침상에 누워 있지만 도수백의 눈은 맑은 빛을 되찾고 있었다. 그것이 운지의 붉어지는 얼굴에 오래 머물렀다.

"커흠, 그럼 나는 저녁에 다시 오겠네. 그때쯤이면 붙잡고 이야기를 해도 되겠지."

초자생이 헛기침을 하고 일어섰다. 도수백은 그가 자기와 나눌 이야기가 있는 모양이라고 짐작했다. 그래서 깨어나기만 기다렸으니 꽤 중요한 이야기일 것이다.

"지금 하셔도 됩니다."

도수백이 만류하자 초자생이 잔뜩 겁먹은 사람처럼 어깨를 움츠리고 운지의 눈치를 보면서 말했다.

"이 사람, 내 턱수염이 죄다 뽑혀 나가는 걸 보고 싶은 거로 구만?"

고개를 숙인 채 볼을 붉히고 서 있던 운지가 매섭게 흘겨본다.

초자생이 짐짓 모르는 척 시치미를 뗐다.

"흘흘, 이제 막 깨어났으니 기력이 충분치 않을 거야. 푹 쉬고 저녁때 보세."

그가 콧노래를 흥얼거리며 나가고 나자 방 안에는 두 사람만 남게 되었다.

어색한 침묵이 흐른다.

운지는 목덜미까지 빨개진 채 약그릇을 들고 서 있기만 했다. 도수백이 그녀의 얼굴을 뚫어질 듯 바라본다. 그가 아무 말도 하지 않았기 때문에 운지에게 그 시간은 더욱 무섭고 길기만 했다.

한참 만에야 도수백이 빙긋 웃으며 말했다.

"그 약이 다 식었겠소."

"아!"

비로소 생각난 듯 운지가 약그릇을 들고 다가왔다. 향긋한 향이 코에 스며든다.

"무슨 약이오?"

"사부님이 만드셨어요. 팔진탕(八珍湯)이라고 하는 건데, 심한 출혈로 인해 기가 허해졌을 때 먹는 약이지요. 조혈(造血)과 보기(保氣)에 효능이 뛰어나요."

"그대와 그대의 사부님에게 누를 끼치는군."

도수백은 제 상처를 치료해 주고, 약을 처방했으며 직접 조제한 사람이 바로 자운 노도라는 걸 알았다. 그에게 두 번이나 큰 신세를 졌으니 마음이 무거워진다.

얼굴을 붉히고 배시시 웃은 운지가 도수백의 머리를 안아 들고 약그릇을 입에 대주었다.

의식을 찾고 나자 도수백의 회복 속도는 모두를 놀라게 할 만큼 빨랐다. 아침에 정신을 차리고 나서 저녁에는 벽에 기대어 앉을 수 있게 되었던 것이다.

얼굴에 혈색이 돌아왔고 목소리에 힘도 실렸다.

"흘흘, 정말 괴이한 놈이야. 그렇지 않은가?"

그런 도수백의 맥을 쥐고 잠시 기운을 살펴본 자운 노도가 흡족한 웃음을 흘렸다.

노도가 물러나자 초자생이 다가앉아 잠시 바라보더니 엄숙한 얼굴로 말했다.

"태정신공(胎精神功)이 수백 년을 두고 보물로 꼽히는 데는 이유가 있지."

"태정신공이라고요?"

도수백이 머리를 갸웃거렸다. 초자생의 이글거리는 눈이 그를 똑바로 향한다.

"천지자연의 기운을 빌려 쓰니 마르지 않고 닳지 않는다. 그것은 무한한 포용력을 가지고 있는 어머니와 같지. 모든 것을 받아들여 화합케 하니 극악한 마공도 그 품 안에서는 봄바람에 얼음이 녹듯 흔적없이 사라지고 마네."

도수백은 원도 화상으로부터 그런 말을 듣지 못했으니 더욱 의아해졌다.

화상은 단지 부지런히 익히고 닦으면 몸이 상하지 않게 되리라고 하지 않았던가.

"또한 나의 원기가 끊이지 않으니 기운을 잃어버리지 않게 된다. 아무리 극심한 상처를 입고 사경을 헤매더라도 한 가닥 호흡의 끈을 놓치지만 않는다면 기어이 본래의 기운을 되찾게 되지. 그러니 이야말로 절세의 신공이요, 보물이라고 하지 않을 수 있겠는가?'

만일 그 말이 사실이라면 궁극적으로 인간을 우화등선의 경지로 이끌어주는 선법(仙法)이 되리라.

'그것이 소류신공이란 말인가?'

도수백에게 다시 한 번 그런 의문이 생겼다.

원도 화상은 그것에 소류신공이라는 이름을 붙였다. 그런데 지금 초자생의 말을 들어보니 그것이 원래 태정신공이었던 모양이다.

묵묵히 생각에 잠겨 있는 도수백을 바라보던 초자생이 헛기침을 하고 나서 말했다.

"자네의 기운은 확실히 독특하네. 태정신공에 있는 운기법을 익혔을 때나 가능한 것이지. 그리고 자네의 보법도 그래."

"소류칠보 말씀입니까?"

"응? 소류칠보라고?"

초자생이 어리둥절해서 자운 노도를 바라보았다. 노도는 도수백으로부터 대충 이야기를 들어 알고 있던 터지만 초자생에게는 엉뚱한 말이었던 것이다.

도수백이 저간의 사정을 대충 설명해 주었다. 초자생의 낯빛이 심각해진다.

"원도 화상이란 말이지? 그분이 그렇게 말했단 말이지?"

"그렇습니다."

"어떻게 생기셨던가?"

도수백이 잠시 머리 깎은 산적, 혹은 낡은 승복을 걸친 사천왕의 형상을 떠올리고 그 모양을 설명해 주자 초자생이 벌떡 일어나더니 남쪽을 향해 넙죽 엎드려 절을 했다.

"오늘 비로소 은인의 행방에 대하여 듣게 되었습니다. 선사(先師)께서 생전에 그토록 뵙기를 원했지만 뵙지 못하더니, 그 간절함을 제자가 비로소 이룰 수 있게 되려나 봅니다."

그의 말과 표정이 간절하고 절절한 것이었으므로 도수백은 더욱 어리둥절해졌다.

"도대체 무슨 일입니까?"

"잘 듣게. 자네가 말한 그분은 법명이 정료라 하는 소림사의 고승이 분명하네. 또한 왕년에 선사에게 큰 은혜를 베푸신 은공이시기도 하지."

"아!"

도수백이 감탄성을 터뜨렸다. 아닐 것이라고, 그렇지 않다고 애써 부정해 왔는데 초자생의 말을 들으니 원도 화상이 바로 정료 대사라는 믿음을 절로 갖게 된다.

"그럼 그분이 바로 십여 년 전에 의창(宜昌)의 남진관(南津關)에서 장초운이라는 분을 구해주셨다는 그 정료 대사란 말씀입니까?"

"확실하네."

"어떻게 믿을 수 있지요?"

"자네의 말과 자네가 그분에게서 받았다는 소류신공이라는 것이 부정할 수 없는 증거지. 십여 년이 지난 오늘 자네가 그분의 제자가 되어서 이처럼 나와 만나게 되었으니 이런 기막힌 인연이 또 있겠나? 두 대에 걸쳐서 이어지는 인연이라니, 허―"

사부 대에서 깊은 인연을 맺었는데, 그 제자 대에 이르러 다시 인연을 맺게 되었으니 기이한 일이었다.

그것도 만나려고 애쓰거나 서로의 존재를 알고 있거나 하지도 않았는데 저절로 만나지게 된 것이니 더욱 기이한 인연이라고 해야 하리라.

도수백의 마음속에도 그런 생각이 들었다. 그러자 이 우락부락하고 태산처럼 묵직한 사내, 초자생이 더 이상 남처럼 느껴지지 않았다.

도수백이 그를 물끄러미 바라보다가 풀 죽은 음성으로 말했다.

"하지만 저는 그분의 제자가 아닙니다."

"아니라고?"

"단지 여섯 달 동안 그분 밑에서 선법(禪法)을 배우고 여생(餘生)의 인과(因果)에 대해서 배웠을 뿐, 그분의 무공은 일초반식도 배우지 않았으니 어찌 제자를 자처할 수 있겠습니까?”

“하하하하—”

부리부리한 눈으로 뚫어지게 도수백을 바라보던 초자생이 그의 말이 끝나자 호탕한 웃음을 터뜨렸다.

“그분은 범인이 아니시고, 달마 조사의 일맥을 이으신 선승이신데 어찌 세속의 구질구질한 일들에 얽매이겠나? 그분께서 자네를 여섯 달 동안 품고 계셨다는 것만으로도 그분의 마음속에는 자네에 대한 애정이 넘치도록 가득했다는 걸 알 수 있지.”

“…….”

“그리고 자네는 그분에게서 태정신공을 물려받았는데 그것이 어찌 예사로운 일인가? 꼭 구배지례를 올려야만 사제지간의 연이 맺어지는 게 아니라네. 마음속으로 서로 아끼고 존경하는 염이 깊으니 그걸로 된 게지.”

초자생의 말을 들으며 도수백은 과연 그렇다고 생각했다. 걸걸한 원도 화상의 말속에는 언제나 따뜻한 애정이 깃들어 있지 않았던가.

그런 화상에게 늘 툴툴거렸지만 자신의 마음속에도 그와 같은 애정이 있었다는 걸 부정할 수 없다.

초자생이 말을 계속했다.

“게다가 자네는 그분에게서 태정신공을 받았으니 그분의 다른 무예는 굳이 배울 필요가 없어. 지금 자네의 나이가 몇

인데 소림의 무예를 새롭게 배우겠는가? 때문에 대사께서는 다른 건 다 버리고 오직 태정신공을 자네에게 전해준 걸세."

원도 화상도 그와 같은 말을 했었다.

도수백은 제가 법화사에서 익힌 그 호흡법과 보법이 대단한 것임을 다시 확인했다. 몸에 익숙하게 익혔다고 생각했지만 실은 여전히 미숙하다는 것도 알았다. 그래서 이처럼 깊은 부상을 입고 닷새 동안이나 사경을 헤맨 것이다.

그런 생각을 말하자 초자생이 아무것도 아니라는 듯 대수롭지 않게 말했다.

"어찌 한두 번의 싸움으로 신공의 위력을 모두 터득할 수 있겠나? 자네의 뼛속에는 이미 신공의 구결과 묘법이 새겨져 있으니 갈수록 그 무궁무진한 위력에 스스로 놀라게 될 걸세."

그러더니 도수백을 지그시 바라보며 빙그레 웃고 다시 말했다.

"자네는 호전적이고 곧은 성품을 가졌으며 싸움을 두려워하거나 피하지 않으니 그게 누구보다 큰 장점이 될 걸세. 홀로 산속에서 수련하는 것보다 진전이 열 배는 더 빠를 것이야. 그러니 조만간 그 안의 큰 뜻과 위력을 모두 꿰뚫게 되겠지. 지금의 패배를 억울해할 건 없네."

마치 자상한 형이 낙심해 있는 아우를 다독이듯 그렇게 말해준다.

"다만 내가 걱정하는 건 자네의 성질이 너무 급하고 승부욕이 너무 강하다는 것이네. 독하지 않으면 장부가 아니라고 하지만 지나치면 자칫 자기 자신의 목숨을 하찮게 잃을 수 있지."

"명심하겠습니다."

도수백이 두 손을 모으고 머리를 숙여 초자생의 충고를 받아들였다. 초자생이 큰 입을 쩍 벌리고 흡족한 웃음을 지었다.

"세상에서는 우리 백련교를 마교라 하고, 백련교의 우두머리인 나를 가리켜 마왕 또는 마존이라고 하지. 인육을 뜯어먹고, 피를 물 대신 마시는 삼두육비의 괴물인 것처럼 이야기한다. 하지만 자네가 그것을 꺼려하지 않는다면 나는 자네를 의제로 삼고 싶은데 어떤가?"

도수백이 상처의 고통을 무릅쓰고 억지로 몸을 일으켰다. 그러나 내려오지 못하고 겨우 침상에 엎드려 절을 올린다.

초자생이 그를 부축하려다가 그만두고 황급히 허리를 숙여 반절하는 걸로 예를 받았다.

"소제가 이제 초 형님을 만났으니 이후로는 친혈육인 듯, 스승인 듯 모시고 따르겠습니다. 제 가슴의 피가 남김없이 마르지 않는 이상 지금의 이 맹세는 변하지 않을 것입니다."

"좋네, 좋아. 우형(愚兄)이 이제 협골단심(俠骨丹心)의 의제를 얻었으니 천하를 얻은 듯 기쁘다. 한날한시에 태어나지는 못했지만 앞으로는 오직 한날한시에 죽기를 원할 뿐이다.”

“하하하하―”

그들을 바라보던 자운 노도가 무릎을 치며 크게 웃었다.

“좋다, 좋아. 두 호한의 의기가 투합하여 하나가 되었으니 이보다 아름답고 이보다 뜨거운 모습을 어찌 또 볼 수 있겠느냐. 매우 좋다. 내 기꺼이 오늘 일의 증인이 되리라.”

도수백과 초자생이 자운 노도에게 포권하여 감사하는 마음을 표했다.

도수백이 초자생에게 물었다.

“그런데 조금 전 형님께서는 사부를 지칭할 때 선사라고 하셨으니, 그럼 장 사부께서는……?”

“그때 입은 부상을 끝내 회복하지 못하시고 삼 년 뒤에 이승을 하직하셨지.”

“아―”

도수백이 한탄했다.

그의 가슴속에 장초운은 일대의 영웅호한으로 자리 잡고 있었는데 그가 덧없이 죽었다니 허망한 마음을 걷잡을 수 없었다.

초자생이 침통한 얼굴이 되어서 말했다.

“사람은 모두 시련과 환란 속에서 살게 마련이고, 그러다가 죽는 것이니 사부님의 죽음에 대해서는 억울하고 분한 마음이 없다. 하지만 그분께서 마왕이라는 오명을 쓰고 돌아가

셨다는 건 원통하구나."

도수백은 분해하는 초자생을 위로할 말을 찾을 수가 없었다.

그가 주먹을 불끈 쥐고 어금니를 악문 채 말했다.

"나는 반드시 세상에 그분의 바른 뜻을 펼쳐 보여서 그분이 마왕이 아니고 우리 백련교가 마교가 아니라는 걸 증명해 보이고 말 테다."

그 말을 할 때 초자생의 두 눈에는 정광이 이글거렸고 움켜쥔 커다란 주먹에는 굳센 의지가 넘쳐 났다.

도수백이 크게 머리를 끄덕이고 말했다.

"형님께서는 반드시 그렇게 하실 수 있을 것입니다. 허락하신다면 소제 또한 부족한 힘이나마 아끼지 않고 도와드리도록 하겠습니다."

초자생이 흡족한 얼굴로 껄껄 웃으며 도수백의 어깨를 쓰다듬어 주었다.

"갈 길이 아직 많이 남았으니 지금 당장은 너의 부상을 치료하는 게 급하다. 마음을 편하게 갖고 정양하는 데 힘을 써라."

도수백이 품에서 원도 화상으로부터 받았던 소류신공 비급을 꺼내 초자생에게 내밀었다.

"이것은 원래 백련교의 소중한 물건이니 형님께 돌려 드리는 게 옳을 것 같습니다."

초자생이 이글거리는 눈으로 뚫어지게 비급을 바라보았다. 그리고 천천히 눈길을 옮겨 도수백을 직시하고 말했다.

"맞다, 그것이 바로 내가 말한 태정신공의 일부다. 선사께서 정료 대사에게 기증했고, 정료 대사는 다시 너에게 물려주었으니 지금은 네 것이라고 해야겠지. 하지만……."

"그 녀석에게는 이제 있으나 마나 한 낡은 종잇장에 지나지 않아."

자운 노도의 말에 도수백이 머리를 끄덕였다.

"그렇습니다. 이 안의 내용과 그 의미는 이미 머릿속에 모두 들어 있으니 소제에게 이것은 없어도 상관없습니다. 하지만 형님에게는 큰 의미가 있겠지요."

초자생이 빙긋 웃고 비로소 비급을 받았다.

"아우의 말이 옳다. 내가 이것을 받는 것은 본 교의 힘이라고 할 수 있는 백련지정이 세상에 떠도는 걸 원치 않기 때문이다. 사부님께서 돌아가신 후 백련지정은 완전해지지 못했는데 두 가지가 비었기 때문이다. 그중 하나가 바로 이것이었지. 그래서 나는 이것을 되찾기 위해 백방으로 정료 대사의 행방을 수소문하고 있었다."

도수백은 백련교의 비급이 저에게 잠시 머물렀던 건 저와 인연이 닿았기 때문이라고 생각했다.

그리고 자운 노도를 만났으며 그가 태정신공이 제 몸에 있다는 걸 눈치 채고 집요하게 이곳까지 이끌고 온 것도 인연 때문이다.

자운 노도는 그것이 백련교로 돌아가야 할 물건이라는 걸 잘 알고 있었던 것이다. 그 주인이 초자생이라는 것도 알았고, 그에게 돌아가도록 해주기 위해 도수백을 끌고 온 것이다.

자운 노도는 억지로 그 일을 하고 싶지 않았다. 순리에 따라 스스로 그렇게 되기를 바란 것인데, 과연 노도의 뜻대로 도수백은 순순히 비급을 초자생에게 넘겨주었다.

자운 노도가 흐뭇한 얼굴로 머리를 끄덕일 때, 도수백은 이제 그 비급과 저의 인연이 다한 것이라고 생각하고 역시 머리를 끄덕였다.

이렇게 될 일이었던 것이다.

그렇게 생각하자 마음이 홀가분해졌다.

제 한 몸은 부평초처럼 강호를 떠도는지라 언제, 어디에서 죽을지 모른다. 만약 그렇게 되면 비급이 다른 사람의 손에 넘어가게 될 것 아니겠는가.

그렇게 되풀이되는 동안 어쩌면 세상에 해악을 끼치는 물건으로 변해 버릴지도 모르는 일이었다.

그런 것이 이제 원래의 주인을 찾아 돌아갔으니 마음이 놓인다.

"하지만 나는 마음이 편치 않구나."

초자생이 못내 미안한 듯 얼굴을 펴지 못하고 말했다.

신공 비급을 되찾겠다는 의지는 가지고 있었지만 막상 그 것을 이렇게 되돌려받자 빚을 진 것 같은 마음이 되었던 것이 다.

그가 잠시 생각하더니 다시 말했다.

"너에게 우형이 알고 있는 다른 것 하나를 가르쳐 주고 싶 은데 배우겠느냐?"

"좋은 기회다, 좋은 기회야."

자운 노도가 홍이 인 듯 부추겼다.

"천하의 모든 무공이 소림사에서 나왔다고 하지만 백련교 의 절기는 오직 백련교에서 나와 백련교로만 돌아간다. 그것 중 한 가지만 배워도 소림사의 절기가 부럽지 않다는 건 세상 사람들이 모두 아는 일이지. 어서 머리 숙여 네 의형의 가르 침을 청하지 않고 뭐 하느냐?"

강호인이라면 누구나 백련교의 절기를 배우지 못해 안달 을 한다. 하지만 그것을 얻은 자는 아무도 없었다.

도수백에게는 원하지 않았어도 절로 좋은 기회가 찾아온 것이니 기뻐해야 할 텐데 그는 그러지 않았다.

도수백이 두 손을 맞잡고 흔들며 점잖게 사양했다.

"형님의 뜻이 고맙기 짝이 없습니다만 저는 백련교의 제자 가 아니라 자격이 없다고 생각합니다."

"나는 너에게 보답을 하려는데 너는 이 절호의 기회를 스 스로 차버리겠단 말이냐?"

초자생이 의아해서 묻지만 도수백은 완강했다.

"저에게는 저만의 싸우는 법이 있고, 이미 태정신공을 얻었습니다. 더 무엇을 욕심내겠습니까?"

"어허, 너는 네 스스로의 힘만으로 강호에 우뚝 서려는 거로구나?"

"그렇습니다. 제 칼에 대한 믿음이 있는데 어찌 다른 걸 욕심내겠습니까? 저는 오직 형님의 마음을 가슴에 담아두고, 선대 교주님의 의기를 배우는 걸로 만족하겠습니다."

"흐음—"

침음성을 흘리고 말없이 도수백을 바라보던 초자생이 크게 웃었다.

초자생은 사부 장초운의 뒤를 이어 백련교의 교주가 되었지만 백련교라는 것 자체가 형체가 없다시피 한 것이라 여타의 종교처럼 거창하게 자신을 내세우지 않았다.

그는 그저 다른 교도들과 마찬가지로 농사를 짓고 평범하게 살아갈 뿐이다.

교도들이 정기적으로 모여서 교리를 배우고 소향(燒香:향을 사르는 것)과 송게(頌偈:일종의 주문인 '게'를 읽는 것)를 했으며, 미륵하생경(彌勒下生經)을 읽었고, 대소명왕출세경(大小明王出世經)을 공부했는데, 그 은밀한 모임의 장소가 바로 이름도 없는 이 낡은 암자였다.

그들이 이곳에 모여 '청양(靑陽)', '홍양(紅陽)', '백양(白陽)'의 삼제(三際)를 드리고, '진공가향, 무생노모(眞空家鄕, 無生老母)'라는 여덟 자의 진언을 외울 때에야 초자생은 비로소 교주로서의 위엄을 갖추고 신도들을 대할 뿐, 그 밖의 시간에는 교주와 교도의 구분이 없이 함께 어울려 모를 심고 밭을 갈았다.

그러므로 평소의 그는 조금도 한 종교 집단을 이끄는 지도자 같지 않았다. 그런 위엄과 권위는 다 내팽개치고 친근한 이웃의 노총각이 되어서 서로 스스럼없이 어울렸던 것이다.

무명암(無名庵)이라 불리는 소나무 언덕의 초라한 암자에서 열흘을 머무는 동안 도수백은 그런 초자생의 진솔한 모습과 백련교도들의 순박한 모습에 많은 감명을 받았다.

그의 상처는 놀라운 회복력으로 하루가 다르게 아물어가더니 열흘이 지났을 때는 다치기 전보다 오히려 기력이 충만하고 뼈가 튼튼해졌으며 근육이 유연해졌다.

도수백은 그것이 자운 노도의 약 때문이라는 걸 알았다. 노도가 매일 두 차례씩 다려주는 약이 그의 원기를 크게 불러일으켰으며, 근골이 단단해지도록 해주었던 것이다.

운지는 제 사부에게서 사문의 비전을 배우고 익히는 시간을 제외하고는 한시도 도수백 곁을 떠나지 않았다.

종일 따라다니며 종알거리고 이것저것 묻는 운지가 귀찮기도 했지만 도수백은 그녀를 뿌리칠 수 없었다. 눈만 부라려도 잔뜩 서운한 얼굴을 하고 그렁그렁 눈물 맺힌 눈으로 빤히 바라보는 그 철없는 아가씨에게 어떻게 화를 낼 수 있단 말인가.

그래서 지난 열흘 동안 운지는 도수백의 보호자이면서 잔소리꾼이자 감시자가 되었다.

그러는 동안 어느덧 그녀의 존재에 익숙해졌던지, 도수백은 이제 그녀가 잠시 보이지 않으면 왠지 곁이 허전해졌다.

운지는 도수백이 살아온 이야기들을 몇 번이나 되풀이해 들었다.

그가 칼 한 자루를 들고 왜구의 무리 속을 휘젓고 다니는 이야기를 들을 때면 흥분해서 주먹을 쥐었으며, 크고 작은 부상을 입고 죽을 고비를 넘기는 이야기를 들을 때면 눈물을 뚝뚝 떨어뜨리곤 했다.

"네 이야기를 해봐."

도수백이 그렇게 말하면 그녀는 얼굴이 빨개진 채 고개를 푹 숙였다.

"사부님과 함께 자운곡에서 살았어. 눈을 뜨면 자운곡이고 눈을 감을 때도 자운곡이었는걸 뭐."

고작 그 말을 할 뿐, 다른 이야깃거리는 하나도 없었다.

얼마 전까지만 해도 그녀에게는 자운곡이 세상의 전부였던 것이다. 그러다가 사부를 따라 처음 강호에 나왔고, 도수백을 만났다. 그래서 운지는 도수백에 대해 누구보다 강하고 깊은 인상을 받은 건지도 모른다.

자운곡은 운남과 사천의 경계인 격리평(格里坪) 너머에 있었는데, 금사강(金沙江)의 지류를 따라 올라가 사천 땅에 들어서면 우뚝 솟아 있는 자운산(紫雲山) 서쪽에 있다고 했다.

자운곡을 말할 때면 운지의 얼굴이 온통 기쁨과 그리움으로 물들어 반짝였다.

고향을 생각하고 그곳에 있는 형제들을 떠올리듯이 그녀는 자운곡 구석구석과 그곳에 남아 있는 사람들을 떠올리고 그리워하는 것이다.

도수백은 자운 노도와 백련교와의 관계가 궁금하기 짝이 없었다. 이곳에 왔을 때부터 가졌던 궁금증이면서 의문이기도 하다.

자운 노도는 백련교에 대하여 잘 알 뿐 아니라 깊은 관계를 맺고 있는 것 같았다. 하지만 그는 모산파의 도사이지 백련교도는 아니었다. 그러니 더욱 이상한 일인데, 그것에 대해서는 운지도 알고 있지 않았다.

그래서 슬쩍 의형인 초자생에게 물어보기도 했는데, 그는 딱 한마디로 대답했다.

"때가 되면 절로 알게 될 거야."

그리고는 의미심장한 눈길로 바라보았다.

도수백은 자운 노도에게 직접 물어보고 싶었지만 모두가 그 일에 대해서는 함구하고 있는 것 같아서 그러지도 못했다.

이제는 의형의 말처럼 때가 되기를 기다릴 수밖에 없었다.

그렇게 열흘이 지났을 때 자운 노도가 산책이라도 나가는 듯한 모습으로 찾아왔다.

도수백은 전지(滇池)의 푸른 물결이 내려다보이는 언덕에 앉아 있었는데, 곁에는 여전히 운지가 꼭 달라붙어서 종알거리고 있었다.

한 번 말문이 트이기 시작하자 그녀는 쉴 새 없이 말을 했다. 제가 생각해도 나날이 늘어가는 어휘력이 신기했던지 혼자 말하고 혼자 까르르 웃는 일이 많았다.

그만큼 도수백이 무뚝뚝하니 대꾸가 없었다는 것이기도 하다.

魔風俠星

第三章

모산파의 사연

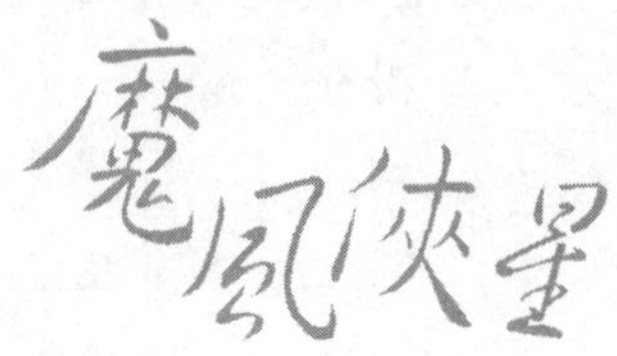

요즘 들어 운지는 제 사부보다 도수백과 함께 보내는 시간이 많았다. 그가 영 재미없는 사람임에도 그녀에게는 아무런 문제가 되지 않는 것이다.

"커흠."

자운 노도가 등 뒤에 다가오도록 모르고 있던 운지가 깜짝 놀라 도수백의 팔을 붙들었다.

"오셨습니까?"

도수백이 멋쩍은 얼굴로 인사를 했지만 자운 노도는 건성으로 받았다. 운지와 도수백을 번갈아 바라보기만 한다.

그 눈길이 의미심장한 것이어서 도수백도 운지도 죄짓다

들킨 사람들처럼 이리저리 시선을 피하며 쩔쩔매기만 했다.

"가자."

"예?"

뜬금없는 자운 노도의 말에 운지가 눈을 동그랗게 떴다.

"예서 눌러 살 셈이냐?"

"그럼……."

"저놈 때문에 너무 지체했다. 용호관의 말코도사 놈들 목이 빠졌겠어."

열흘이나 지났으니 용호관의 도사들은 제풀에 지쳐서 죄다 쓰러졌을지도 모른다.

도수백은 자운 노도가 자신도 도사이면서 용호관의 도사들을 두고 말코도사라고 하니 어리둥절하고 우습기도 했다.

"용호관이 원래 모산파에서 갈라져 나온 도관이었습니까?"

"흥, 모산파에 그런 말코도사 놈들이 있을 리 있나?"

기분이 나쁘다는 듯 도수백을 흘겨본 자운 노도가 아이처럼 입을 삐죽거렸다.

"저희들이 아무리 모산파의 일맥이라고 우겨도 나는 절대 인정할 수 없어. 내가 인정하지 않는데 그놈들이 어찌 모산파의 도통을 이었단 말이냐?"

"실례입니다만 노사부께서는 모산파의 장문이십니까?"

"장문?"

되물은 자운 노도가 도수백의 말뜻을 안다는 듯 빙긋 웃었다.

"모산파에는 따로 장문이니 뭐니 하는 게 없다. 각 관주와 동주, 곡주가 있을 뿐이지. 그들 모두가 모산파의 도사들이지만 독립적으로 활동하니 따로 장문을 두고 저자의 건달패들처럼 뭉쳐 있을 필요가 없다."

"하오면 노사부께서 인정을 하든 하지 않든 용호관의 도사들에게도 상관없는 일 아니겠습니까?"

"이놈아, 모산파에 여덟 개의 도관과 네 개의 동부(洞府), 두 개의 곡(谷)이 있지만 그중에 나를 앞설 만한 자가 없는데 어느 놈이 감히 내 말을 무시할 수 있단 말이냐?"

도수백은 자운 노도가 모산파의 가장 어른이라는 걸 알 수 있었다. 장문이라는 직책은 없지만 모산파의 실질적인 지도자인 것이다.

대개 한 문파의 존장쯤 되면 스스로 언행을 조심하고 몸가짐을 신중하게 하게 마련이었다. 그런데 자운 노도는 때로 엄숙하고 장중하다가 때로는 아이처럼 천진하고 때로는 저자의 악당처럼 기분 내키는 대로 행동하니 종잡을 수 없었다.

도수백은 처음에 노도의 그런 모습에 의혹을 품고 의심하기도 했으나 이제는 그런 생각을 바꾸었다.

법화사의 원도 화상이 제멋대로 행동하며 거침이 없고 꾸밈이 없는 게 도력이 높은 선승의 대범함 때문이었듯 자운 노도 또한 그런 것이라고 이해하게 된 것이다.

처음에는 '틀'을 갖기 위해 매진하고, '틀'을 갖게 된 다음에는 그것을 지키기 위해서 정진하는 게 불가나 도가의 수행자들이 취하는 일반적인 모습이었다.

그러다가 그 '틀'을 깨뜨리는 자가 간혹 나오는데, 그건 무상함을 뛰어넘어 자유로운 경지에 훌쩍 들었다는 반증이기도 했다. 그는 세속을 떠나 드디어 '도(道)'에 통한 것이다.

그의 행동과 말 하나하나는 엉뚱하고 어리둥절한 것이지만 '도'에서 한 발짝도 벗어나지 않는다. 그러니 공교(工巧)한 기교를 벗고 질박한 자연을 얻은 자라고 해야 할 것이다.

그것을 불가에서는 대지(大智)라 하고 대각(大覺)이라 하며 도가에서는 탈태(脫胎)요 환골(換骨)이라고 하니, 곧 득도(得道)함을 이르는 말이다.

원도 화상이 그렇듯 자운 노도 또한 그런 사람이었다.

"함께 갈 테냐?"

자운 노도가 불쑥 물었다. 운지가 간절한 눈길로 바라본다.

도수백은 망설였다. 자운 노도가 떠난다니 저도 무명암을 떠나야겠다고 생각했다. 그럴 때가 된 것이다. 그런데 어디로 간단 말인가?

"같이 가요."

운지가 기어들어 가는 목소리로 그렇게 말하고 온통 얼굴을 붉혔다.

"커흠."

대답을 재촉하는 자운 노도의 헛기침 소리가 가슴에 쿵, 울린다.

고개를 숙이고 잠시 생각에 잠겼던 도수백이 결연한 얼굴로 말했다.

"죄송합니다. 노사부를 더 이상 모시지 못하겠군요."

"가려고?"

"그렇습니다."

"갈 곳은 있느냐?"

"우선 절강으로 돌아가려 합니다. 친구로부터 부탁받은 일이 있으니 그걸 해결한 다음에 유유히 강호를 떠돌아야지요."

"쯧쯧……."

자운 노도가 못마땅한 듯 눈살을 찌푸리고 혀를 찼다. 그러더니 꾸짖는다.

"이놈아, 짐승도 제가 가는 길이 있고 쉴 곳이 있어서 밤이면 굴로 기어들어 오는 법이다. 하물며 사람이 되어가지고 갈 데도 올 데도 없다니, 네 꼴이 그게 뭐냐?"

"까짓, 천지를 내 집 삼고 천하를 내 마당 삼으면 그만이지, 대장부가 쩨쩨하게 굴 하나 파놓고 만족하겠습니까? 또 이리 가고 저리 와야 할 일이 있겠습니까?"

자못 호기가 치솟아 그렇게 큰소리를 쳐보지만 마음 한구
석에는 쓸쓸한 그늘이 져 있다.

물끄러미 그를 바라보던 자운 노도가 피식 웃었다.

"주둥아리는 청산유수로구나."

한 번 눈을 흘겨주고 말했다.

"이렇게 헤어져야 한다니 내가 잔소리를 한마디 해주지 않
을 수 없지. 잘 들어라."

"말씀하십시오."

"짐승의 뜻은 먹이에 있고 사람의 뜻은 공명(功名)에 있다.
짐승이 짐승의 탈을 벗지 못하는 건 먹이에 얽매어 있기 때문
이요, 사람이 한심한 제 꼴을 면치 못하는 건 공명에 붙들려
있기 때문이니라."

도수백은 노도가 또 무슨 엉뚱한 말을 하나 싶었다. 하지만
귀 기울여 듣지 않을 수 없다.

"그러나 짐승이 먹이를 버린다고 사람이 되는 건 아니고
사람이 공명심을 버린다고 신선이 되는 것도 아니지."

"……?"

"문제는 의식(意識)이다."

"의식이라 하심은……."

"눈앞의 작은 것을 보지 말고 저 먼 곳에 있는 더 크고 넓은
세상을 보라는 거다. 의식의 눈을 뜨면 먹이가 우습게 보이고
공명도 덧없다는 걸 알게 되느니라. 그다음에야 비로소 제가

가야 할 길이 보이는 거야. 그렇게 된 다음에는 이제 그 의식 마저 버려야지.”

무언가 알 듯도 하다. 그래서 가슴이 뛰기 시작했다. 그런 도수백의 변화를 살펴본 자운 노도가 히죽 웃고 다시 말했다.

“의식을 버리고 무위(無爲)와 허정(虛靜) 속을 유유히 노니는 게야. 그러면 비로소 짐승은 짐승의 탈을 벗게 되며, 사람은 세속의 껍질을 깨고 새로운 무엇이 되느니라. 짐승도 사람도 다 같이 선계의 신선이 되는 거야.”

“하오면 선계에도 개가 있고 돼지가 있습니까?”

“개 신선인들 없을 것이며 돼지 신선인들 없을 것이냐? 그것들이 먹이를 버리고 의식의 눈을 뜨며 다시 그것마저 버려서 무위와 허정으로 돌아간다면 되지 못할 것도 없지. 그러니 장차 선계에도 개가 짖고 닭이 울며 돼지가 꿀꿀거리는 때가 올 거야. 그때에 너는 어디에 있을꼬? 여전히 오갈 데 없는 처량한 인생이 되어서 강호를 떠돌고 있을 테냐?”

“……?”

노도가 농담을 하는 건지, 놀리는 건지, 아니면 도의 진법(眞法)을 설파하고 있는 건지 모호해진다.

“커흠, 지금이야 네 귀가 세상의 온갖 잡소리들로 꽉 막혀 있으니 내 말이 제대로 들릴 리가 없겠지. 하지만 명심해라. 넓게 보고 큰 것을 생각해라. 코앞의 세상이 전부인 것처럼 살지 말란 말이다. 그러다 보면 저절로 네 길이 보일 것이야.

커흠."

헛기침으로 말을 마친 자운 노도가 운지의 손을 이끌고 허위허위 떠나갔다.

자꾸 돌아보는 운지는 울고 있었다. 그 맑은 볼이 노을처럼 붉게 물든 채 굵은 눈물을 뚝뚝 떨어뜨린다. 그것을 보면서 도수백은 멍하니 서 있기만 했다.

"그래, 떠나겠다고?"

초자생이 눈을 휘둥그레 떴다.

차를 내오던 노파가 한껏 눈을 흘기며 날카로운 어조로 말했다.

"이놈이 죽을 걸 살려놓았더니 은혜도 모른 채 제멋대로 가려고 하는구나."

도수백은 노파가 장초운의 부인이라는 걸 초자생으로부터 들어 알고 있었다. 의형의 사모이면서, 제가 마음속으로 존경하는 사람의 부인이라니 절로 공경하는 마음이 우러난다.

도수백이 빙긋 웃으며 말했다.

"언제까지 이곳에서 사모를 귀찮게 하고 밥이나 축내며 눌러 있을 수는 없지 않겠습니까?"

"흥, 너는 왜 논에 나가 일을 하지 않는 거냐? 밭을 갈고 짐승을 키우지 못하는 거냐?"

"농사라고는 한 번도 지어본 적이 없습니다."

“누구는 날 때부터 안다든? 배우려고 들면 뭐가 어려워?”

“농부는 땀 흘려서 세상을 이롭게 합니다. 그게 농부의 일이지요. 병사는 칼을 들고 변경을 지킴으로써 세상을 이롭게 합니다. 그게 병사의 일이겠지요. 저는 제가 세상을 이롭게 할 수 있는 일이 따로 있다고 생각합니다. 이제 그 일을 하려는 것입니다.”

“그게 뭔데?”

“아직은 명확히 알 수 없습니다. 그러니 우선 그 일을 찾는 게 중요하겠지요. 그러기 위해서는 역시 이곳을 떠나 세상 속으로 들어가야 하지 않겠습니까?”

노파가 매섭게 눈을 흘겼다.

그들의 언쟁을 묵묵히 듣고만 있던 초자생이 비로소 말했다.

“아우의 생각이 그렇다면 그렇게 해야지. 우리도 곧 이곳을 떠날 작정이었으니 이별이 조금 빨리 온 것일 뿐이야.”

“여기를 떠나신다고요?”

“잊었는가, 사도욱이라는 놈이 살아서 빠져나간 일을?”

“아!”

사도욱이 이곳에서의 일을 북경에 고할 건 뻔하다. 그렇게 되면 조정에서는 깜짝 놀라 대군을 동원하리라.

운남이 온통 백련교 토벌을 위해 달려온 병마로 들끓고, 그들의 등쌀에 애꿎은 백성들만 더욱 고달파질 것이다.

초자생은 그 일을 걱정하고 있었다.

자신들로 인해 백성들이 핍박받는다면 그건 백성을 위한다는 백련교 본래의 뜻에 어긋나는 일이다.

그래서 초자생은 교도들을 이끌고 이곳을 떠나 다른 은거지를 찾으려 하고 있었다.

그의 처지가 딱하고 안쓰럽기만 해서 도수백은 가슴이 아팠다.

"어디로 가시렵니까?"

"글쎄……."

초자생이 난감한 얼굴로 멍하니 허공을 바라보았다.

"딱히 정해둔 곳이 없어. 하지만 어디가 되었든 관의 이목을 피할 수 있는 곳으로 들어가 당분간 숨어 있어야겠지."

쓸쓸한 얼굴로 멍하니 허공을 바라보던 그가 한숨과 함께 말했다.

"지금 생각나는 곳은 사부께서 은거하셨던 녹총파(綠葱坡)야. 거기로 가볼까 하네."

호북의 서쪽 끝으로, 삼협(三峽)의 물줄기와 기험한 무산(巫山) 골짜기에 숨어 있는 궁핍한 산골 오지 마을이다.

장초운이 그곳에서 백련교도를 이끌고 난을 일으켰으니, 한바탕 풍파가 휩쓸고 지나간 지 오래전이다.

지금쯤은 관의 감시도 풀려서 다른 곳보다 오히려 안전한 곳이 되었을 것이다.

하지만 그곳에서의 삶이 얼마나 궁핍하고 고단할 것인가.

이곳에서 오랫동안 닦아온 기반을 다 버리고 빈 몸으로 쫓겨가듯 떠나는 일도 결코 쉽지 않을 것이다.

도수백은 초자생과 그의 교도들에 대하여 죄지은 마음이 되었다. 이곳에 동창의 무사들을 끌어들인 게 자신이라고 해야 하기 때문이다.

손적풍은 저를 잡기 위해 뒤따라왔고, 그래서 백련교의 정체가 발각되지 않았던가.

하지만 초자생과 그의 교도들은 거기에 대해서 한마디의 원망도 하지 않았다. 도수백은 그게 더 괴로웠다. 그러면서도 그들을 위해 지금 자신이 해줄 게 아무것도 없다.

묵묵히 고개를 숙이고 있는 그의 얼굴이 먹구름이 낀 것처럼 어두워졌다.

초자생이 하하, 웃고 도수백의 어깨를 두드렸다.

"젊은 사람이 무슨 근심걱정이 그리 많은 게야? 생각이 많으면 잡념도 많아지지. 그저 네 마음이 끌리는 대로 따르면 돼."

"저는 형님과 교도들에게 크나큰 신세를 졌습니다. 그 빚을 갚을 길이 없어서 이처럼 괴롭군요."

"누구나 빚을 지면서 사는 거야. 네가 나에게 빚을 졌다고 하지만 나는 또 다른 사람에게 빚을 졌을 것이고, 그 사람은 또 너에게 빚을 졌는지도 모르지. 그러니 따지고 보면 누구나

빚쟁이이면서 또 누구나 이미 다 갚은 것이기도 하지 않겠
나?"

위로하려고 하는 말이다.

도수백이 감격하여 초자생의 두툼한 손을 덥석 잡았다.

"어디에 가 있든지 형님께서 곤란을 겪으신다는 소식이 들
리면 도산검림을 마다하지 않고 달려가겠습니다."

"하하, 마음이 든든해지는군. 나도 너의 곤란을 모르는 척
하지 않을 테니 내 힘이 필요해지면 언제든 녹총파로 연락을
취하게."

초자생도 힘주어 도수백의 손을 잡았다. 두 사람의 뜨거운
눈이 한동안 떨어질 줄 모르고 맞닿았다.

*　　　*　　　*

도수백이 그렇게 백석평의 무명암을 등지고 휘적휘적 떠
났을 때, 자운 노도와 운지는 용호관에 이르고 있었다.

벌써 열흘이 지났지만 여전히 관주며 전주들은 아침부터
저녁때까지 관문 앞에 나와 줄지어 서서 자운 노도를 기다리
는 지극정성을 보였다.

자운 노도가 온다던 날에서 어느덧 열흘이 지났으니 지금
은 다들 피곤에 절어 있었다. 그래서 죽을상을 하고 있었지만
노도가 운지의 손을 잡고 저 멀리 모습을 드러낸 순간 피곤한

기색을 감추고 환희에 찬 웃음을 함빡 웃었다.

볼 근육이 푸들푸들 경련을 일으킬 때까지 웃고 또 웃는다.

"노조사님을 뵙니다!"

자운 노도가 다가오자 용호관의 열두 명이나 되는 관주며 전주와 원주들이 모두 한목소리로 그렇게 외치며 엎드렸다.

자운 노도는 턱을 오만하게 치켜들고 눈길을 허공에 둔 채 그들을 일별하지도 않았다.

뚜벅뚜벅 걸어 활짝 열린 도관의 높은 문 안으로 들어갈 뿐이다.

저쪽에서 기별을 받은 관주, 일운 도장이 허겁지겁 달려와 고개를 숙였다.

"무량수불…… 제자가 노조사님을 뵙습니다."

한껏 예를 갖추어 말하지만 자운 노도의 입에서 터져 나온 건 천둥이 치는 것 같은 호통이었다.

"시끄럽다! 너는 내 제자가 아니고 나는 용호관의 도사가 아닌데 무슨 헛소리가 그렇게 거창하냐!"

일운 도장이 진땀을 삘삘 흘리며 어쩔 줄 몰라 했고, 여기저기 숨어서 그들을 지켜보는 용호관의 도사들이 모두 몸을 떨었다.

"흥!"

용호관의 거창하고 웅장하며 화려한 모습을 쓱, 훑어본 자운 노도가 코웃음을 쳤다.

"황제로부터 십만 냥을 받아 죄다 쏟아 부었다더니 과연 돈지랄을 한 흔적이 역력하구나. 보기는 좋다."

잔뜩 비꼬고 비웃지만 일운 도장은 감히 대꾸하지 못했다. 그저 머리만 조아릴 뿐이다.

그런 관주 앞에 자운 노도가 불쑥 손을 내밀었다.

'드디어 올 게 왔구나.'

그 빈손을 바라보는 일운 도장의 안색이 새파랗게 질렸다.

용호관은 도중문(陶仲文)이 황제로부터 받은 거금을 희사하여 건립한 도관이었다.

방사 왕금의 초대로 황궁에 들어간 그는 황제에게 비방으로 지은 홍연(紅鉛)이라는 단약과 그것의 제조법을 바쳤는데, 크게 기뻐한 황제가 그에게 십만 냥이라는 거금을 선뜻 시주했던 것이다.

그 후 도중문은 왕금의 수족이 되어서 황궁에 머물렀고, 왕금은 최근에 사라졌던 내행창(內行廠)을 재건하면서 도중문을 그 수장에 앉혀 저의 위치를 더욱 공고히 했다.

"내놔."

자운 노도의 조용한 한마디가 일운 도장에게는 저승사자의 속삭임처럼 들렸다.

그가 창백해진 얼굴로 진땀을 뻘뻘 흘려가며 사정하듯 말했다.

"먼 길을 오시느라 피곤하실 테니 우선 상방에 드시어 좀

쉬신 다음에 말씀하시는 게 어떨지요?"

"사부님, 그렇게 해요."

운지가 자운 노도의 옷소매를 흔들며 말했다. 청수한 용모
에 선기(仙氣)가 줄줄 흐르는 일운 도장이 쩔쩔매는 걸 보자
동정심이 생긴 것이다.

운지의 말이 있고 나서야 자운 노도는 마지못한 듯 걸음을
떼어놓았다. 한숨을 쉰 일운 도장이 손수 길을 안내해 그들을
도명선원(道明仙院)으로 안내했다.

궁성처럼 넓은 용호관 중심 깊숙한 곳에 있어서 고요하기
가 깊은 골짜기의 암자 같은 곳이다.

도중문은 원래 모산파의 도사이고, 자운 노도의 사제이기
도 했다. 그가 자운곡에서 함께 살 때 운지는 일곱 살 남짓한
앳된 계집아이였다. 도중문은 그런 운지를 귀여워해서 늘 데
리고 다녔다.

도중문이 있는 곳에는 운지가 있었으니 마치 부녀지간처
럼 보였다.

그러던 도중문이 온다 간다 말도 없이 자운곡을 떠난 게 십
삼 년 전이었다. 그리고 삼 년 뒤에 이곳에 용호관을 세웠고,
두 달 전에는 불쑥 자운곡으로 찾아온 적이 있었다.

용호관에 들렀다가 옛 생각이 나서 사문(師門)을 찾아온 셈
이다.

자운 노도는 제멋대로 자운곡을 떠난 사제를 책망하지 않았다. 그가 다시 찾아온 것을 기특하게 여기고 기뻐했을 뿐이다.

오랜만에 사숙을 만난 운지의 기쁨이야 말할 것도 없었다. 도중문은 아가씨가 되어버린 운지를 보고 어리둥절하다가 한탄을 했다.

"세월이 너에게는 이처럼 아름다운 청춘을 주었으면서 나에게는 늙고 초라한 얼굴을 주었으니 정말 불공평하구나."

자운곡에 머물던 열흘 동안 도중문은 옛날처럼 운지를 곁에서 떼어놓지 않았고, 운지도 오랜만에 나타난 사숙의 손을 꼭 잡고 그가 어디를 가든 따라다녔다.

그러던 그가 또다시 작별의 말 한마디 없이 훌쩍 자운곡을 떠났다. 운지는 꼬박 하루를 울어서 눈이 퉁퉁 불었고, 자운 노도는 아무 말도 하지 않았다.

그러더니 한 달 뒤에 불쑥 말했다.

"그놈을 찾으러 가자."

그리고는 운지가 뭐라고 하기도 전에 그녀의 손을 이끌고 자운곡을 떠났던 것이다.

이유를 묻는 운지에게 자운 노도는 딱딱하게 굳은 얼굴로 말해주었다.

"그놈이 우리 모산파의 보물을 훔쳐서 달아났다."

"예? 설마, 설마 그럴 리가……."

운지는 제 귀를 의심했다.

도 사숙이 절대로 그런 짓을 할 사람이 아니라는 믿음을 깨뜨릴 수 없다. 다시 묻는 운지에게 자운 노도가 치를 떨며 말했다.

"그놈이 천선보경(千仙寶經)을 가져갔다."

운지는 절망하는 마음이 되었다.

천선보경은 모산파의 역대 조사들의 깨우침을 집대성해 놓은 보전(寶典)이었다.

그 안에는 각 동부며 관, 곡이 배출한 뛰어난 선조들의 모든 것이 기록되어 있었는데, 의약이나 연단(煉丹) 비법, 술법, 무공 등 없는 것이 없었다.

천선보경이야말로 모산파의 모든 것이라고 해도 과언이 아니었던 것이다.

그것을 자운곡에서 보관하고 있었는데, 도중문이 훔쳐가 버렸으니 다른 동주며 관주, 곡주들이 안다면 난리가 날 일이었다.

일운 도장은 어떻게 무슨 말로 이 고집불통 늙은 도사의 마음을 돌려놓을 수 있을지 몰라 진땀만 흘렸다.

그를 지그시 바라보던 자운 노도가 말했다.

"그놈이 정말 이곳에 없단 말이냐?"

"황궁으로 돌아가신 지 벌써 두 달이 되어갑니다."

"흥! 자운곡을 나와서 이곳에 들르지도 않고 곧장 북경으로 갔다고?"

"잠시 들러 하루를 지내고 바로 떠나셨습니다."

"도중문 그놈이 제가 무슨 짓을 했는지는 알았던 모양이로구나? 그렇기에 그처럼 정신없이 도망친 거겠지."

"그분께서는 아무런 말씀도 하지 않았습니다. 다만, 다만……."

"다만?"

"장차 곡주께서 찾아오실 텐데 지극정성을 다해 모시고 조금도 소홀함이 있어서는 안 된다고 단단히 이르셨을 뿐이지요."

"물건은?"

"예?"

일운 도장이 어리둥절해져서 자운 노도를 바라보았다. 노도의 번쩍이는 눈길이 일운 도장에게서 떠나지 않았다. 창자 속까지 낱낱이 들여다보려는 듯하다.

"그놈이 이곳에 물건을 두고 가지 않았단 말이냐?"

"무슨 물건을 말씀하시는 건지 제자는 잘……."

"흥! 시치미 떼도 소용없다. 이 빌어먹을 용호관을 쥐새끼 잡듯 뒤져서라도 반드시 찾아내고 말 테니까."

"곡주님, 제자가 어찌 거짓말을 아뢰겠습니까. 정말 도 사부께서는 아무것도 남겨두지 않으셨습니다. 그분이 무엇을 남겨두고 갔다면 그것이 천하에 둘도 없는 보물이라도 곡주님께서 원하시는데 제가 어찌 내드리지 않을 수 있겠습니까?"

일운 도장의 표정과 말엔 진정이 철철 넘쳤다. 자운 노도는 그가 거짓말을 하지 않고 있다는 걸 잘 알 수 있었다. 하지만 도중문이 그것을 북경으로 가져갔다고 믿기 싫었다. 그래서는 안 되는 것이기 때문이다.

"시끄럽다!"

버럭 소리 지른 자운 노도가 노여움을 가득 띠고 주먹을 움켜쥐었다.

"찾아내! 내일 정오까지 찾아내서 가져오지 않는다면 내가 네놈의 머리통을 잘라서 북경으로 가져갈 테다."

일운 도장의 얼굴이 새파랗게 질렸다.

없는 물건을 찾아내라고 생떼를 쓰는 자운 노도에 대한 원망이 하늘에 닿을 지경이지만 일운 도장은 감히 반발하지 못했다.

자운 노도가 어떤 인물인지 잘 아는 탓이고, 도중문으로부터 단단히 명령받은 게 있는 탓이다.

일운 도장이 진땀을 훔쳐내며 비틀거리는 걸음으로 물러났다.

'일이 이렇게 되었으니 나로서도 어쩔 수 없는 일이지, 최후의 수단을 쓸 수밖에.'

일운 도장은 그렇게 결정했다.

결과가 잘못되면 오히려 돌이킬 수 없는 재앙을 가져오겠지만, 잘된다면 이 진퇴양난의 상황에서 빠져나올 수 있을 것이다.

그리고 일운 도장은 잘될 것이라고 믿었다. 이쪽의 급한 전갈을 받은 도중문이 한 사람을 천거해 주었기 때문이다.

그 사람은 검은 옷을 입은 늙은 도사였다. 해남도(海南島)에 있었는데, 도중문의 전갈을 가지고 찾아온 것이다. 도중문은 밀봉한 서찰을 통해 일운 도장에게 말했다.

이 사람은 최후의 수단이니 신중하게 생각하고 판단하여 그를 쓰도록 해라.

일운 도장은 도중문이 그런 밀서를 덧붙였을 때는 그만한 이유가 있을 것이라고 믿었다.

그는 이제 해남도에서 왔다는 그 늙은 도사에게 모든 희망을 걸 수밖에 없었다.

일운 도장이 낙심한 얼굴로 물러가자 그때까지 가만히 보고만 있던 운지가 자운 노도에게 조심스럽게 물었다.

"왜 보물이 없어진 걸 안 즉시 도 사숙을 뒤쫓지 않으셨어요?"

그랬더라면 지금처럼 복잡하게 일이 진행되지 않았을 것이라는 책망이다.

자운 노도가 한숨을 쉬고 말했다.

"그놈에게 기회를 주고 싶었던 거란다."

"기회요?"

"나는 그놈이 비록 왕금의 꾐에 빠져 제 본분을 잊었지만 본래의 성품마저 변했다고는 믿고 싶지 않았다."

하나뿐인 사제를 아끼는 마음이리라.

"그놈이 잠시 보물에 눈이 어두워져 그런 짓을 했지만 곧 뉘우치고 그것을 다시 가져다 놓을 것이라고 믿었다. 그놈이 절대로 사문을 배신하고 나를 배신할 놈이 아니라고 믿었기 때문이지."

운지는 그것이 사부의 간절한 바람이라는 걸 알았다. 사제를 잃어버리고 싶지 않은 것이다.

그래서 한 달을 기다려 주었지만 도중문은 영영 소식이 없었다.

"그렇다면 북경으로 사숙을 찾아가지 않고 왜 용호관에 와서 그를 찾는 거지요?"

"그건, 그건……."

자운 노도가 잔뜩 눈살을 찌푸렸다.

운지는 그런 사부의 기색에서 그가 불안해한다는 걸 느낄 수 있었다.

"사부님도 그것이 이곳에 없다는 건 이미 짐작하고 계셨지요?"

"끄응—"

"그러면서도 생떼를 써서 용호관의 도사들을 모두 떨게 하시니 아마 다른 속셈이 있어서일 거예요. 그렇지요?"

"휴—"

자운 노도가 길게 탄식하고 어쩔 수 없이 제 속마음을 털어놓았다.

"그렇다. 나는 용호관의 도사 놈들을 귀찮게 해서 도중문이 제 발로 황궁에서 걸어나오게 하려는 것이다."

그가 지금처럼 황궁 안에 숨어 있어서는 아무리 날고 뛰는 재주가 있다고 해도 그를 잡을 수 없지 않은가. 그래서 일부러 찾아와 시비를 걸고 생떼를 썼던 것이다. 보전은 핑곗거리에 지나지 않다.

魔風俠星

第四章

노룡(老龍)과 노호(老虎)의 격돌

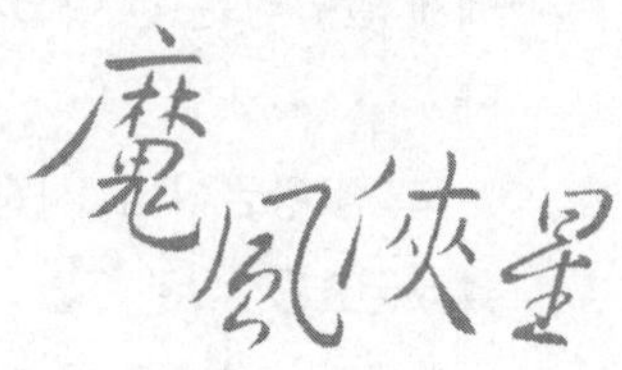

운지가 다시 물었다.

"그런데 도 사숙이 그것을 훔쳐서 황궁으로 가져간 이유가 무엇일까요? 설마, 설마……."

제 생각이 끔찍한지 운지는 말을 끝내지 못하고 잔뜩 겁먹은 얼굴이 되어 주저했다.

그건 자운 노도 또한 마찬가지였다.

운지의 말을 들은 그도 심각한 안색이 되었는데, 지극히 걱정하고 두려워하는 빛이 있었다.

길게 탄식한 노도가 마지못한 듯 머리를 끄덕였다.

"그렇다. 네 짐작대로다. 나는 그 미련한 놈이 보전을 왕금에게 팔아먹은 건 아닐까 하는 걱정을 떨쳐 버릴 수가 없구나."

"그럼 왕금이 도 사숙을 불러들인 것도 그런 이유 때문이었겠군요?"

"아무리 생각해 봐도 그런 결론밖에는 나오지 않는다. 그놈이 도중문 그 어리석은 놈을 꾀어낸 게 틀림없어. 결국 우리 모산파의 천선보경을 노리고 그런 것이지. 듣자 하니 도중문 그놈은 내행창의 제독이 되어서 막강한 권력을 행사하고 있다더구나. 그게 최근의 일이니 더욱 의심하지 않을 수 없다."

"아니에요. 도 사숙이 절대로 그럴 리가 없어요. 사숙은 사문의 보물을 왕금에게 팔아먹지는 않았을 거예요."

그렇게 옹호해 주면서도 안색이 어두운 건 운지 또한 그럴 가능성이 있다는 걸 생각했기 때문이다.

"휴, 나도 제발 그렇기를 바랄 뿐이다."

자운 노도가 다시 길게 탄식했다.

도중문이 꾐에 빠져서 황궁에 들어갔다는 것 자체가 이미 제 본분을 잊은 일이다. 게다가 왕금의 수족이 되어 권력을 탐하는 자가 되었다니 기가 막혔다.

"정도에서 벗어나고 정법에서 벗어난다면 그건 도사이되 도사가 아니지. 감히 입을 벌려 태상노군을 말하고 상제에게 염을 드리지 못할 것이다."

도사가 도사로서의 본분을 떠났으니 속인이나 마찬가지라는 말이다.

속인의 삶이 얼마나 고단하고 궁핍하던가.

가진 자이든 그렇지 못한 자이든 상관없다. 그들은 늘 시간에 쫓기며 사는데, 그건 가질수록 커지는 자신의 욕망 때문이었다.

열 걸음 앞에 그것이 있는 것 같아 열심히 달려가지만 손에 잡은 순간 열 걸음 앞에 있는 또 하나의 욕망을 보게 된다. 그리고 다시 달려간다.

하지만 그들은 자기가 욕망을 향해 달려가는 것보다 자기를 뒤쫓아오고 있는 시간의 발걸음이 훨씬 빠르다는 걸 모른다. 그래서 결국 그놈에게 잡아먹히고 마는 것이다.

욕망을 향해 내뻗은 손이 그것에 닿을 듯 말 듯하니 시간의 먹이가 되어 죽어가는 게 더욱 원통하기만 하다. 그러니 죽음에 대한 편안함마저도 그들에게는 없는 것이다.

삶이 그런데 어느 한순간인들 만족과 기쁨이 있을 것인가.

일찌감치 깨우친 자는 그런 삶이 싫어서 속세와의 인연을 끊고 중이 되거나 도사가 되어 영원불변하는 진리를 따른다.

그런데 도중문은 그런 제 바람을 버리고 속세의 삶으로 돌아갔으니 안타깝기만 한 일이었다.

지금 자운 노도가 이렇게 화를 내는 것도 할 수만 있다면 도중문을 다시 도의 영원한 세계로 데려오고 싶었기 때문이었다.

그러기 위해서는 우선 그놈의 욕망이 깃들어 있는 이 용호관을 없애 버려야 한다는 생각을 했다.

도사도 아닌 도사 놈들을 모두 내쫓고, 불을 질러서 주춧돌마저 태워 버릴 작정이다.

"이 일을 어떻게 하면 좋겠습니까?"

일운 도장의 잔뜩 겁먹은 음성이 어둑어둑한 방 안에 메아리친다.

저쪽, 구석의 검은 침상 위에 검은 옷을 입고 백염을 늘어뜨렸으며 상투를 튼 늙은 도사 한 사람이 조상(彫像)인 것처럼 앉아서 지그시 눈을 감고 있었는데, 일운 도장은 간절한 눈길로 노도사를 바라보고 있었다.

흑의노도사로부터 아무런 말이 없자 일운이 다시 말했다.

"그의 성미가 불같고 변덕이 심해 예상할 수가 없습니다. 그가 이제 그분과 그 물건을 찾아왔으니 도력이 얕은 저로서는 감당할 수가 없습니다."

여전히 흑의노도사는 말이 없다.

"노선(老仙)."

그가 혹시 잠이 든 건 아닌가 의심이 든 일운 도장이 조심스럽게 불렀다.

"듣고 있다."

흑의노도사가 여전히 눈을 감은 채 낮게 대답했다. 한숨을 쉰 일운 도장이 지금까지 했던 말을 되풀이하자 비로소 노도사가 눈을 떴는데, 강렬한 안광이 이글거려서 마주 볼 수 없을 지경이었다.

"도 제독이 나를 이곳으로 보낸 일이 바로 그것 때문이 아니더냐?"

"그렇습니다."

"도 제독의 부탁을 받고 이곳까지 왔으니 그를 대신해서 일을 처리해 주지 않을 수 없지."

"감사합니다."

흑의노도사의 말에 일운 도장이 비로소 안도의 한숨을 쉬고 거푸 머리를 조아렸다.

자운 노도가 자운곡을 떠났다는 소식을 들은 즉시 일운 도장은 전서구를 날려 북경의 도중문에게 급한 사정을 전했었다.

도중문이 적당한 사람을 보내주기 전에 자운 노도가 들이닥칠까 봐 전전긍긍하던 참이었는데, 다행히 노도는 열흘이나 지나서야 찾아왔다.

그리고 어제 이 흑의노도사가 도중문의 부탁을 받았다면서 찾아왔으니 시간이 절묘하게 맞아떨어진 것이다.

일운 도장은 그가 누구인지 알지 못했고 알고 싶은 마음도 없었다. 하늘처럼 받들고 있는 도중문이 천거했다니 무조건 믿을 수밖에 없는 까닭이다.

스스로를 흑선(黑仙)이라고 소개했을 뿐 아무것도 말하지 않았고, 이 침침한 방 안에서 한 발짝도 나가지 않은 채 틀어박혀 있던 노도사가 빙긋 웃었다.

"그냥 내쫓아주기를 바라느냐? 아니면 아예 숨통을 끊어주기를 바라느냐?"

"예?"

인자하게 생긴 모습과는 다르게 속되고 험악한 말인지라 일운 도장이 의아해서 얼굴을 들었다. 그러다가 무섭게 이글거리는 흑선 노도의 눈길을 받고는 온몸이 딱딱하게 굳는다.

무슨 생각을 하고 있는 건지 자운 노도는 잔뜩 인상을 찌푸린 채 허공만 바라보고 있었다.

"사부님, 걱정거리라도 있으세요?"

운지가 벌써 몇 번째 묻지만 자운 노도는 대꾸도 하지 않았다.

무거운 침묵이 흐르기를 한참. 자운 노도가 혼잣말처럼 중얼거렸다.

"수상해. 냄새가 난단 말이야."

"예?"

"이놈들이 이렇게 태연할 리가 없거든."

"잔뜩 긴장해서 다들 벌벌 떨던걸요?"

“흥! 너는 속일 수 있었을지 몰라도 나까지 속일 수는 없지.”

운지는 사부가 무엇인가 좋지 않은 느낌을 받았다는 걸 알 수 있었다.

“두려워할 것 없다. 이 사부가 있는데 누가 너에게 해를 끼칠 수 있겠느냐?”

자운 노도가 빙긋 웃고 위로해 주었지만 운지는 그래도 마음이 놓이지 않았다.

“저는 사부님에게 나쁜 일이 있을까 봐 그러는 거지요.”

“흘흘, 천하에 사람들이 헤아릴 수 없이 많다지만 그중에 나를 해칠 수 있는 자가 과연 몇 명이나 되겠느냐? 너는 아직도 이 사부가 어떤 사람인지 모르는구나?”

“사부님이 이미 반선(半仙)의 경지에 드신 고수라는 걸 잘 알아요. 하지만 이제는 연세가 많으시니 기력도 그만큼 떨어졌을 거 아니겠어요?”

“고얀 놈. 신선이 늙었다고 기운이 없어서 골골거리는 거 봤느냐?”

운지의 말이 서운한 듯 자운 노도가 입을 삐죽거렸다. 그러던 어느 순간 그의 눈빛이 싸늘해졌다. 그리고 밖에서 기척이 느껴졌다.

“흐흥, 역시 음흉한 놈들은 어쩔 수가 없어.”

“예?”

사부의 중얼거림이 무엇 때문이지 운지는 아직도 감을 잡지 못하고 어리둥절해했다.

"여기서 꼼짝하지 말고 있어라. 절대 나와서는 안 돼."

빠르게 말한 자운 노도가 옷자락을 떨치고 일어섰다.

도명선원의 그윽하고 고요한 정원 복판에 흑의 자락을 펄럭이며 한 노도사가 우뚝 서 있었다.

그를 지그시 바라보던 자운 노도가 침중한 음성으로 물었다.

"그대는 누구인가?"

"흑선."

"흑선?"

자운 노도가 살짝 눈살을 찌푸렸다. 잠시 생각하더니 '엇?' 하고 놀라 눈을 크게 뜬다.

"네가 종남산의 악종이라는 그 마도흑선 장유기란 말이냐?"

마도흑선(魔道黑仙) 장유기(張裕奇)는 젊었을 때 종남파가 배출한 희대의 기재로 강호에 이름을 날리던 자였다.

그러다가 삼십 년 전 파문을 당해 쫓겨났는데, 그의 나이 서른다섯 살 때의 일이었다.

그가 파문당한 이유에 대해서는 종남파가 굳게 입을 다물었으므로 알려진 바가 없었다.

그 무렵 장유기의 무공은 이미 일가를 이룰 만큼 높았던지
라 강호에서는 그에 의하여 종남파가 무당과 화산파를 누르
게 될 것이라고 했다.

그러나 장유기는 젊은 나이에 파문당하여 세상에서 모습
을 감추었고, 그로 인해 종남파는 여전히 무당과 화산파에 눌
려 기를 펴지 못하고 있었다.

그가 파문당한 이후 강호에서는 그를 폄하하여 마도흑선
이라고 불렀는데, 이제 장유기 본인이 그 불명예스런 이름을
제 외호로 당당히 말하고 있었다.

자운 노도는 그가 정말로 젊은 날의 당당함을 버리고 어둠
의 길을 가게 된 것임을 알았다.

세상에 크게 쓰일 인재 하나가 그렇게 되고 말았으니 안타
깝기만 했다.

강호의 배분으로 따지자면 장유기는 자운 노도와 거의 동
배였다.

한 번도 서로 만나본 적은 없었지만 한 사람은 북쪽에서 한
사람은 남쪽에서 서로의 이름을 듣고 흠모했던 적은 있었다.

그런 생각으로 착잡한 심정이 되어 묵묵히 바라보는 자운
노도에게 흑선 장유기가 말했다.

"장강 남쪽에 그대의 이름이 우레처럼 울린 적이 있었지.
그대에 의해서 한때 모산파가 구대문파를 압도할 지경에까지
이르렀으니 정말 대단했다."

"지금은 그렇지 않단 말이냐? 나는 무당파나 화산파의 도사들을 지금도 우습게 여긴다. 물론 종남파의 도사 나부랭이들은 눈에 들어오지도 않지."

"흐흐, 나는 이미 종남산을 떠난 몸이니 그런 말로 충동질해 봐야 소용없다."

자운 노도가 탄식하고 말했다.

"너는 종남산의 기린아로 강호에 아름다운 이름을 크게 떨쳤는데 오늘날 올빼미처럼 어둠을 틈타 숨어 다니는 신세가 되고 말았으니 애석한 일이다."

"흥!"

자존심이 상한 듯 흑선 장유기가 냉랭하게 코웃음을 쳤다.

"그때의 나도 나이고 지금의 나도 나일 뿐이다."

"그때의 장유기는 종남파의 희망이었는데 지금의 장유기는 그렇지 못하니 어찌 그때의 장유기가 지금의 장유기와 같단 말이냐?"

"들기로 모산파의 자운곡주가 천하제일의 무공을 가지고 있다던데 그건 너의 주둥이를 두고 한 말인 듯싶구나?"

"흥!"

자운 노도 역시 싸늘한 코웃음으로 대꾸한다.

노려보는 두 사람 사이의 공간이 차갑게 얼어붙었다. 빙동을 빠져나온 것처럼 냉랭한 기류가 흐른다.

장유기가 오랫동안 강호를 떠나 있었던 것처럼 자운 노도 또한 오랫동안 자운곡 안에만 있었기에 세상에서는 그들 두 명의 선대 기인을 거의 잊고 있었다.

하지만 이렇게 마주 선 두 사람은 가슴에 와 닿는 서로의 기운을 통해 무서움을 절실히 느꼈다. 강호에서 활동하던 때보다 활동하지 않고 은거해 있던 때에 더욱 무공이 높아지고 깊어졌다는 걸 단번에 알아챈 것이다.

"돌아가라."

자운 노도가 조용하게 말했다.

"세상은 너나 나와 같은 사람이 빌붙어 살 만한 곳이 되지 못한다. 네가 있던 곳으로 돌아가 조용히 수양하며 여생을 보낸다면 너는 다시 옛 이름을 찾을 수 있을 것이다."

자운 노도가 진심으로 충고하지만 장유기에게는 저를 비웃는 소리로밖에는 들리지 않았다.

그가 흑의 자락을 펄럭이며 노하여 소리쳤다.

"내가 세상에 나왔으니 너야말로 자운곡으로 돌아가 숨도 크게 쉬지 말고 처박혀 있어라! 그것만이 얼마 남지 않은 목숨을 그나마 온전히 보존하는 길이 될 것이다!"

그의 뜻이 확고하다는 걸 안 자운 노도는 더 이상 설득하려는 마음을 버렸다. 묵묵히 장유기를 바라보던 자운 노도가 다시 말했다.

"너는 누구의 부탁을 받고 이곳에 왔느냐?"

"네가 찾는 그 사람으로부터 받았지."

"그렇군, 세상에는 과연 너를 부릴 사람이 있었구나. 너는 자신을 낮추어 스스로 종 신세가 되었으니 참 딱한 일이다."

"헛소리!"

버럭 소리친 장유기가 삼 장의 거리를 격하고 털듯이 가볍게 우장을 뻗어냈다.

후우웅—

그 즉시 웅장한 파공성과 함께 한줄기 강력하고 두터운 잠력이 뻗어 나와 자운 노도의 가슴으로 쇄도했다.

자운 노도가 감히 경시하지 못하고 역시 한 손을 펴서 천천히 앞으로 밀었다.

그의 몸을 우르릉거리는 은은한 뇌성이 감싸더니 두텁고 뜨거운 장력이 밀려나가 흑선의 일장과 부딪쳤다.

쿠우웅—

그들 사이의 공간에서 땅속 깊은 곳의 울림인 것처럼 낮고 음침하며 웅장한 울림이 터져 나왔다.

그리고 이내 충격파가 해일처럼 사방으로 쏟아져 나간다.

콰아아—

갑자기 터져 나가는 기파의 해일이 폭풍처럼 휩쓸어가는 곳마다 땅거죽이 일어나고 돌조각들이 어지럽게 날렸다.

커다란 나무가 뿌드득거리며 진동하고 전각이 지진을 만난 것처럼 흔들렸다.

콰앙!

뇌전이 떨어진 것 같은 굉음과 함께 짜자자작, 하고 요란한 방전음이 쏟아져 나왔다.

삼 장의 거리를 격하고 서서 자운 노도와 흑선 장유기는 두 손을 번갈아가며 다섯 장을 잇달아 쳐냈는데, 매번 장력에 장력이 더해져서 마지막에 이르렀을 때는 그것이 태산을 밀고 바다를 가를 만한 위력이 되었다.

두 노인의 필생의 공력이 실린 장력이 충돌하자 아주 잠깐 세상을 뒤덮을 것 같은 적막이 내리덮였다. 그 속에서 백색 광망이 번쩍이더니 드디어 그것이 폭발하듯 터져 나가고, 눈부신 빛과 함께 귀청을 찢을 듯한 굉음이 쏟아졌다.

콰아앙—!

엄청난 기의 폭풍이 주위를 황폐화시킨다.

요란한 소리와 함께 아름답던 전각이 무너져 내렸다. 기둥이 쓰러지고 서까래가 쏟아지더니 전각 자체가 바깥쪽으로 누워버린 것이다.

정원을 장식하던 거대한 바위가 쩍쩍 갈라져 부서지고, 아름드리 고목들이 뿌리를 드러낸 채 누웠다.

쿠우우우—

기파의 폭풍이 물러갔지만 여진(餘震)인 것처럼 은은한 뇌성은 여전히 남아서 한동안 더 으르렁거렸다.

그리고 조금씩 엷어지더니 드디어 사라졌다.

깊은 바다 속처럼 완전한 적막이 내리덮여 그 모든 것을 가

두었다.

마주 선 두 노인 사이에 거대한 구덩이가 가로놓였다.

일만 근의 폭약을 숨겨놓았다가 터뜨려 버린 것 같았다.

두 노인은 창백한 안색이 되어서 여전히 우뚝 서 있었다. 서로를 노려보는 눈이 여전히 이글거리고, 가슴 앞에 모으고 있는 손에 불끈불끈 힘줄이 일어나 꿈틀거리고 있다.

곧 또 한 번의 장력을 쏟아낼 것 같은 모습이었다.

하지만 누구도 입을 열어 말하지 않았고, 누구도 손을 뻗어 내지 않았다.

그렇게 한참 동안 무거운 침묵을 지키더니 흑선 장유기가 어깨를 부르르 떨었다.

"우욱!"

억눌린 신음과 함께 울컥 한 덩어리의 검붉은 피를 토해내 앞자락을 적신다. 그의 몸이 더욱 크게 흔들렸다.

쿵쿵쿵—

그가 깊은 발자국을 찍으며 세 걸음이나 물러서고 나서야 겨우 몸의 중심을 바로잡고 섰다.

"으으음—"

눈을 부릅뜬 채 노려보던 자운 노도의 입에서도 고통스러운 신음성이 흘러나왔다. 그러더니 이내 왁, 하고 한 모금의 선혈을 토해낸다.

그리고 그 또한 흑선과 마찬가지로 쿵쿵거리며 세 걸음이

나 물러나 겨우 몸을 버티고 섰다.

　한 번의 격돌로 두 사람 모두 심상치 않은 내상을 입은 게 틀림없었다. 그만큼 모든 힘을 다해 부딪쳤던 것이다.

　이런 싸움은 도검을 휘두르며 부딪치는 것과는 비교할 수 없이 위험하고 무시무시한 것이었다.

　먼 거리를 두고 마주 서서 장난하듯 손을 내뻗는 것처럼 보이지만 그 안에 감추어져 있는 흉흉함은 천군만마가 부딪치는 것과 비교할 정도인 것이다.

　"과연 대단하다. 허명(虛名)이 아니었어."

　옷소매로 입가의 선혈을 닦아낸 자운 노도가 진심으로 탄복해서 말했다.

　묵묵히 자운 노도를 노려보던 장유기가 볼을 떨었다. 그리고 입을 열어 말했는데, 억지로 말하는 탓에 목소리가 쩍쩍 갈라지고 힘이 없었다.

　"사람들이 자운곡주가 천하제일이라고 하기에 믿지 않았는데 과연 사실이었구나. 설마 이 정도일 줄은 몰랐다."

　"흘흘, 이제 네가 있으니 그런 찬사를 듣기도 틀렸다."

　솔직하게 상대를 인정해 주는 말이다.

　냉막하기만 하던 장유기의 얼굴에 희미한 미소가 스쳐 갔다.

　"좋은 시절에 만났다면 서로 손을 잡고 명산을 유람하며 도를 논하고 무학을 논했을 텐데 아쉽다."

장유기의 입에서 그런 말이 나왔다는 게 뜻밖이어서 자운 노도가 흠칫 놀랐다.

눈을 크게 뜨고 바라볼 뿐 무어라고 대꾸할 말을 언뜻 떠올리지 못한다.

그런 자운 노도를 지그시 바라보던 장유기가 다시 말했다.

"어떻게 할 테냐? 이곳에서 기어이 사생결단을 내고 말 테냐?"

"……?"

"네가 떠난다면 나도 더 이상 이곳에 머물지 않고 떠나겠다. 그래서 후일을 기약하는 게 서로에게 이롭지 않겠느냐?"

장유기가 제법 간절한 어조로 권하지만 자운 노도의 낯빛은 냉랭해져만 갔다.

노도가 천천히 손가락을 들어 장유기를 가리키며 근엄하게 말했다.

"너는 듣지 말아야 할 사람의 말을 들었고, 오지 말아야 할 곳에 왔다. 나는 오늘 너를 죽여서 세상의 후환 하나를 제거할 테다."

"세상의 후환이라고? 내가 말이냐?"

흑선 장유기가 어리둥절해서 되묻는다. 그를 노려보는 자운 노도의 낯빛이 서릿발처럼 싸늘해졌다.

"지금 네가 하고 있는 짓을 돌이켜 생각해 보면 아니라고는 못하겠지."

"흥! 세상의 후환이란 바로 너 같은 자들을 두고 하는 말이다. 내가 모를 줄 아느냐? 네가 백련교도들과 손을 잡고 세상을 뒤엎을 궁리를 하고 있다는 걸 아는 사람은 다 안다."

"무엇이?"

장유기의 그 말은 자운 노도에게 뜻밖의 것이었다. 노도가 깜짝 놀라 노성을 터뜨리자 장유기가 음침한 웃음을 흘리며 다시 말했다.

"흐흐흐, 십 년 전 장초운이라는 놈이 제 분수를 알지 못하고 난을 일으켰을 때 뒤에서 그놈을 부추기고 도와준 게 자운곡주라는 걸 알 사람은 다 알고 있지. 그 일이 실패하자 자운곡에 틀어박혀 꼼짝하지 못하고 있었던 것 아니냐? 그러니 세상에 후환이 될 자는 바로 너다."

자운곡주가 버럭 소리쳤다.

"너, 그 말을 누구에게서 들었느냐!"

"손바닥으로 하늘을 가릴 수는 없는 법이다. 때가 되면 너는 갈가리 찢겨 시체조차 온전히 보존할 수 없는 처참한 죽음을 맞게 될 것이다."

장유기가 말하는 동안 자운 노도의 얼굴에서 표정이 싹 사라졌다.

"흐흥."

코웃음을 친 노도가 '이얏!' 하는 기합성을 터뜨리며 훌쩍 몸을 날렸다. 전광석화처럼 덮쳐 오는 그의 움직임에 흑선 장유기는 크게 당황했다.

그는 심각한 내상을 입은 상태였던지라 함부로 움직일 수 없었다. 자운 노도 또한 자신의 장력에 그만한 내상을 입었을 것이라고 여겼는데 저와 같이 덮쳐 오는 걸 보니 그렇지 않은 것 같아 더럭 겁이 난다.

부드득 이를 간 장유기가 젖 먹던 힘까지 모두 끌어올려 다시 일장을 후려쳤다.

후우웅—

허공을 격하고 무거운 장력이 자운 노도를 향해 뻗어나간다. 자운 노도가 몸을 쭉, 펴며 두 손을 맹렬하게 밀었다.

쿠아앙—!

다시 한 차례 무지막지한 충돌음이 터져 나오고, 뜨거운 기파의 폭풍이 미친 듯이 사방을 휩쓸었다.

"우욱!"

자욱한 흙먼지 속에서 흑선 장유기의 신음 소리가 들려왔다.

검붉은 선혈을 왈칵왈칵 토해내면서 몸을 날려 달아났다.

뒤쫓아가면 그를 잡을 수 있으련만 자운 노도는 그러지 못했다. 우두커니 서서 숨을 고르고 있었는데, 가슴이 빠르게 오르내리고 얼굴이 불에 달구어진 것처럼 새빨갛게 변해 있었다.

그렇게 일 다경 정도나 숨을 고르고 나서야 자운 노도는 겨우 몸을 움직일 수 있었다.

"사부님!"

무너지는 전각을 피해 멀리 달아났던 운지가 놀라 소리치며 달려왔다.

왁, 하고 한 모금의 뜨거운 선혈을 토해낸 자운 노도가 머리를 설레설레 흔들었다.

"아깝다, 아까워."

"말씀하지 마세요."

운지가 급히 노도를 품에 안으며 말했다. 자운 노도가 씁쓸한 웃음을 짓는다.

"네 말처럼 나도 이제 늙었나 보다."

"아니에요, 그 도사가 너무 강했던 거지 사부님이 늙어서 그런 게 아니에요."

"흘흘, 정말 아깝구나. 한 번만 더 후려쳤더라면 그놈을 무덤 속으로 보내 버릴 수 있었는데 말이다."

그 한 번을 더 공격할 수 없었다는 아쉬움이 컸다.

"후환을 남기게 되었으니 장차의 일이 어려워지겠구나."

한숨을 쉰 자운 노도가 품에서 옥병을 꺼내 십여 알의 단환을 한꺼번에 입에 넣고 천천히 씹었다.

운지는 저보다 큰 사부를 등에 업고 어둠 속으로 몸을 날렸다. 사부가 정양할 수 있을 만한 곳을 찾으려는 것이다.

사흘 뒤에 자운 노도가 운지와 함께 다시 용호관에 찾아왔을 때 그곳은 텅 비어 있었다.

서산 북쪽 기슭을 온통 붉은 담으로 두르다시피 하고, 삼궁(三宮)과 삼전(三殿), 삼관(三觀), 삼원(三院)이 있는 거대한 도관이 사흘 만에 폐가처럼 흉하게 변해 버린 것이다.

상주하고 있는 도사만 해도 천여 명에 이르렀는데, 모두 땅으로 꺼지기라도 한 듯 그림자 하나 보이지 않았다.

굳게 닫혀 버린 전과 관, 원의 문들을 하나하나 살펴본 자운 노도가 탄식을 했다.

"아깝다, 아까워. 이 크고 아름다운 곳이 새끼 마귀들의 소굴이 되어버렸으니 어찌 아깝지 않을꼬."

"사부님, 귀신이라도 나올 것 같아 무서워요."

운지가 자운 노도의 옷자락을 꼭 쥔 채 두리번거리며 잔뜩 겁먹은 얼굴로 보챘다.

자운 노도가 그녀의 머리를 쓰다듬었다.

"여기 모산파의 도사가 둘씩이나 있는데 귀신이라니? 흘흘. 이 녀석아, 이곳에 득시글거리던 그 많은 귀신들이 잔뜩 겁을 먹고 이렇게 죄다 달아나 버리지 않았느냐?"

"이제 어떻게 하실 거예요?"

"아깝지만 할 수 없지. 다시는 이곳이 귀신들의 소굴이 되지 못하도록 불을 처질러 버릴 수밖에."

"예? 이렇게 넓은 곳을 모두 다요?"

"흥, 내가 독하게 마음먹으면 어떤지 보여주는 거다. 이까짓 도관이 문제겠어? 천하라고 해도 짓밟아 문질러 버릴 수 있다."

그날 저물녘. 늙고 젊은 도사 두 사람이 빠른 걸음으로 서산을 떠났는데, 넘실거리는 불길에 휩싸여 있는 용호관을 등 뒤에 두고서였다.

서산 한쪽이 모두 불바다가 된 것 같았다. 거대한 불길이 하늘 높이 치솟았고, 우르릉거리며 전각들 무너지는 소리가 산사태가 난 것처럼 쉬지 않고 들려왔다.

그렇게 타오른 불길은 무려 열흘 동안이나 계속되고 나서야 저절로 꺼졌는데, 그때쯤 자운 노도와 운지는 곤명을 떠나 북쪽으로 일천 리 떨어진 귀주(貴州) 땅에 있었다.

영복왕(英福王) 주수도(朱水道)의 왕부(王府)가 있는 귀양(貴陽)을 이틀 거리에 둔 곳이다.

魔風俠星

第五章
야차(夜叉)가 되다

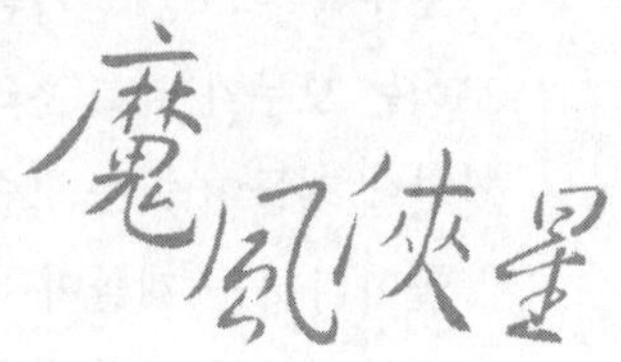

보름 뒤, 도수백은 천목산(天目山) 서쪽 기슭을 따라 오르고 있었다.

천목산은 항주(杭州)에서 서쪽으로 오백여 리 떨어진 곳, 안휘와의 경계에 우뚝 서 있는데, 남쪽의 안탕산(雁蕩山)과 함께 절강의 명산으로 꼽힌다.

드넓은 평원이 끝나는 곳에 솟아 있으므로 더욱 높고 험해 보이는 그 산은 폭이 넓고 골짜기가 깊으며 숲이 울창한 것으로 이름나 있기도 하다.

그 산의 서쪽에 가파른 벼랑을 의지해 다랑이논과 화전을 일구고 붙어 사는 몇 개의 마을이 있었다.

도수백은 그중 남가촌(南哥村)이라는 곳을 지나고 있었다. 보이는 모두가 낡고 초라하기만 했다. 집도, 사람도 하나같이 가난에 찌들어 있는 모습이다.

돌아다니는 개들마저도 뼈가 앙상하게 드러나서 눈치를 보며 슬금슬금 달아날 뿐, 제대로 짖지도 못했다.

정칠명의 아내와 두 아들이 살고 있는 곳은 남가촌 너머의 향화촌(香花村)이다. 넓은 골짜기를 따라서 이십여 호의 흙집이 드문드문 퍼져 있는 곳인데, 정칠명의 집은 골짜기 아래쪽에 있었다.

도수백은 그날 산정평원에서 죽어가던 정칠명의 모습을 떠올렸다. 그가 돌아오기만을 기다리며 하루하루 이를 악문 채 살아가고 있을 그의 아내에게 뭐라고 해야 할지 난감해진다.

품속에 손을 넣어 정칠명이 부탁한 한 쌍의 금가락지를 더듬어보는 마음이 착잡하기만 했다.

제 아버지가 용맹한 장군이라고 큰소리치며 동네 꼬마들을 주눅 들게 하던 대두(大頭)와 득보(得寶), 두 개구쟁이의 얼굴이 떠오른다.

커서 아버지같이 훌륭한 장군이 되겠다고 하던 녀석들. 제 아버지가 세상에서 가장 용감하고 가장 훌륭하며 가장 높은 장군인 줄만 알고 있다.

그런저런 생각들로 발길이 느려지기만 하는데, 골목 안에서 꾀죄죄한 아이들 대여섯 명이 와, 소리 지르며 쏟아져 나왔다.

하나같이 대나무 토막을 들고 휘두르는 것이 전쟁놀이라도 하는 모양이다.

"아저씨!"

그중 한 녀석이 도수백을 소리쳐 부르며 마구 달려왔다.

"너는?"

땟국이 꼬질꼬질한 그 녀석을 본 도수백이 어리둥절해서 눈을 크게 떴다.

정칠명의 둘째 아들인 득보였다. 올해 일곱 살이 되었을 것이다.

작년에 며칠 보았을 뿐인데 용케 얼굴을 기억하고 있다.

"어찌 된 일이냐? 여기까지 놀러 나온 거야?"

와락 달려들어 허리에 매달리는 아이를 안아주며 묻자 득보가 머리를 살래살래 흔들었다.

"나 이제 여기에서 살아. 형아랑 둘이서."

"둘이서? 네 어머니는? 여기로 이사 온 거냐?"

득보의 얼굴이 금방 시무룩해진다.

"아저씨, 우리 아빠는 안 와? 같이 안 왔어?"

도수백의 뒤를 기웃거리는 모습이 너무 안쓰러웠다. 아이의 얼굴에 곧 실망이 드리웠다.

"아버지는 안 왔구나……."

"너희 집으로 가자."

도수백의 말에 득보가 또 머리를 살래살래 흔들었다.

"집 같은 건 이제 없어."

"……!"

"보름 전이라오. 그날 일은 생각하기도 싫어. 에휴, 세상이 어쩌다 이렇게 되었는지 원……."

늙은 촌장이 주름살 가득한 얼굴을 잔뜩 찌푸리며 곰방대를 탕탕 소리가 나게 털었다.

도수백의 눈에서 조금씩 이글거리는 불길이 타오르기 시작했다.

"향화촌뿐 아니라 우리 마을에도 한바탕 난리가 났었지. 여기서도 네 사람이나 끌려갔다오."

"현령의 소행이란 말씀이지요?"

촌장이 말없이 머리를 끄덕인다.

이곳이 모두 안길현(安吉縣)에 속해 있는데, 곡물과 피륙으로 내기로 한 국세(國稅)를 이 년째 미루었다고 관병을 동원해 강제로 징발해 갔던 것이다.

지난 이 년 동안 가뭄 탓에 작황이 좋지 않았다. 풍년이 든 해도 다랑이논과 화전에서 거두어들일 수 있는 양식은 소량에 지나지 않다.

겨우 한 해 먹고 살 만할 뿐인데, 흉년까지 들었으니 보지 않아도 그 궁핍함이 어땠을지 충분히 알 수 있었다.

하지만 조세는 그렇지 않았다. 풍년이 들었든 흉년이 들었든 변함이 없다. 아니, 매년 부쩍부쩍 늘어나기만 한다.

오죽하면 자영 농민들이 제 전답을 버리고 대지주의 소작으로 들어가겠는가. 자유인의 신분을 버리고 스스로 종살이를 자처할 만큼 한 해 한 해 살기가 더 나빠졌던 것이다.

보름 전에 갑자기 쳐들어온 관병들은 이곳 몇 개 촌락을 휩쓸었는데, 양민을 대하는 게 아니라 마치 토비(土匪)들을 소탕하기라도 하는 것처럼 모지락스럽게 몰아쳤다고 했다.

그 와중에 창칼에 찔려 죽은 자만 해도 십여 명이 되었고, 짓밟힌 전답은 금년에 소출을 얻을 수 없을 만큼 황폐하게 되어버렸다.

세금을 미루고 내지 못한 자들은 가산을 몰수당했는데, 그나마 가져갈 게 없는 집은 남자와 여자를 가리지 않고 끌고 갔다.

가솔을 인질로 잡아놓고 남은 자에게 세금을 마련해 와서 데려가라고 했다니 관병이 아니라 산적들이 하는 행태와 다를 게 없다.

반항하고 항의하는 자들은 적도로 몰아서 무참하게 죽여버렸다.

도수백의 이글거리는 눈이 한쪽에 앉아 있는 대두를 바라보았다. 그 녀석은 이제 열 살이 되었는데, 입을 꾹 다물고 있었다. 무릎 위에 올려놓은 주먹이 부들부들 떨린다.

촌장의 말을 듣자 그때의 기억이 되살아나 증오와 함께 설움이 복받친 것이다.

하지만 대두는 이를 악물고 울음을 참고 있었다.

"이 두 녀석이 무슨 죄가 있겠나? 아비는 전장에 나가 소식이 없지, 어미는 머리채를 잡혀서 개처럼 끌려갔지……."

"정칠명이 척가군에 복무하는 병사라고 했는데도 통하지 않았단 말입니까?"

"그거야 낸들 알 수 있나, 그때는 우리 남가촌을 건사하기에도 정신없었거든. 대두야, 네가 보았을 테니 말해주렴."

한참을 침묵하던 대두가 겨우 마음을 가라앉히고 잠긴 목소리로 말했다.

"병사가 아니라 장군이라고 해도 세금을 내지 않으면 용서 없다고 했어요. 이곳은 안길현의 현령이 다스리는 곳이니 척계광 장군이 온다고 해도 소용없다더군요."

"이 무지막지한 도적놈들 같으니."

도수백이 기어이 이를 부드득 갈았다. 눈에서 불길이 확확 뿜어지는 것 같다.

노촌장이 다시 말했다.

"이 아이들이 졸지에 오갈 데가 없어졌으니 어쩌겠나, 제 어미가 풀려날 때까지 내가 데리고 있을 수밖에."

"신세를 졌습니다."

도수백이 정칠명을 대신해 깊이 머리를 숙였다. 촌장이 손 사래를 친다.

"우리 같은 사람들이 서로 돕지 않으면 세상을 어찌 살아가겠어? 나라에서도 버림받았으니 우리끼리는 버리지 말고 똘똘 뭉쳐서 악착같이 살아야지. 그게 복수하는 길 아니겠나?"

"잡아간 사람들은 언제 풀어준답니까?"

"지금이라도 밀린 세금을 가지고 찾아가면 풀어주겠지. 하지만 원금만으로는 되지 않을 거야. 그 도둑놈들이 이자에 이자까지 쳐서 받아낼 테니까 말일세."

촌장은 도수백이 세금을 내고 두 아이의 어미를 데려오려는 것이라고 생각한 모양이다.

돈이 넘쳐 나도 이제는 그렇게 할 생각이 조금도 없는 도수백은 말없이 칼을 쥐고 일어섰다.

"나도 같이 가겠어요."

대두가 주먹을 움켜쥐고 벌떡 일어났다. 그 아이는 도수백이 무얼 하려는 건지 직감적으로 느낀 모양이다.

물끄러미 아이를 바라보던 도수백이 머리를 끄덕였다.

"그래, 네 동생도 함께 데리고 가자."

잠시 후, 대두와 득보가 마당에 넙죽 엎드려서 노촌장이 그동안 자신들을 보살펴 준 은혜에 감사하는 절을 올리고 도수백을 따라 마을을 떠났다.

노촌장은 짓무른 눈을 비비며 그들이 보이지 않을 때까지 바라보았다.

"여기서 꼼짝하지 말고 기다려라."

"함께 가면 안 되나요?"

"나는 너희들을 돌봐줄 수 없을 만큼 바빠질 거야."

도수백의 말이 무엇을 의미하는 건지 잘 안다는 듯 대두가 동생의 손을 꼭 잡고 서서 입술을 잘근잘근 깨물다가 머리를 끄덕였다.

어둠 속에 불룩 솟아올라 있는 야트막한 야산 속의 낡은 사당 안이었다. 음침하게 서 있는 저 소나무 숲을 지나 내려가면 현성이 있다.

도수백은 대두와 득보를 데리고 갈 수 없었다. 음침한 사당에 어린것들 둘만 남겨놓고 가야 한다는 게 꺼림칙하지만 어쩔 수 없다.

"무섭지 않겠느냐?"

득보의 머리를 쓰다듬으며 묻자 아이가 흰 이를 드러내고 밝게 웃었다.

"형이랑 함께 있으니까 괜찮아요."

도수백이 이번에는 대두에게 물었다.

"동생을 잘 데리고 있을 수 있지?"

"약속해 주세요."

"응?"

대답 대신 야무진 얼굴로 자신의 팔을 꽉 붙드는 대두의 말에 도수백이 어리둥절했다.

"반드시 우리 어머니를 데려온다고요."

"약속하마."

"나는 아저씨가 그렇게 할 수 있다는 걸 믿어요."

도수백을 바라보는 눈길이 뜨겁다.

아이의 어깨를 굳게 한 번 안아준 도수백이 보따리에서 칼만 꺼내 든 채 성큼 사당 밖으로 나갔다.

음습한 바람이 얼굴을 스친다.

'저 어린것들을 불쌍히 여기고 지켜주십시오.'

사당에 모시고 있는 것이 어떤 신령인지 모르나 간절한 마음이 되어서 절하며 그렇게 염(念)한 도수백이 빠른 걸음으로 소나무 숲을 향해 멀어져 갔다.

*　　　*　　　*

깊은 밤중이다. 성문이 모두 닫혀 있었지만 도수백이 현성 안으로 들어가는 데는 아무 어려움이 없었다.

번을 서는 병사의 눈을 피해 성벽을 뛰어넘은 도수백은 곧장 아문(衙門)이 있는 곳으로 달려갔다.

현성의 서쪽, 버드나무 무성한 곳에 개울이 있는데, 폭 넓은 돌다리 건너에 안길현의 현청이 있었다.

그 안에 현령이 정무를 보는 정청과 아문을 지키는 병사들의 숙사와 뇌옥이 있고, 현령과 그 가솔이 기거하는 사택이 있다.

거리에는 오가는 사람들 하나 없이 적막하기만 했다. 개도 짖지 않는다.

다리 난간의 어둠에 기대서서 도수백은 잠시 제 생각을 정리했다.

이대로 치고 들어가 파옥을 한다면 그다음부터는 영영 밝은 세상으로 나올 수가 없다.

'상관없다.'

도수백은 자기 자신에게 그렇게 다짐해 주었다.

지금 가중 중요한 건 오직 정칠명의 아내를 구해내는 것이다. 그래서 정칠명과 한 약속을 지키는 것이다. 두 아이에게 어머니를 돌려주는 것이다.

대두와의 약속을 지켜야 하지 않겠는가.

백성들의 고혈을 빨아먹는 썩은 관리 따위야 열 명이 되었든 백 명이 되었든 상관없다. 다 죽여 버리는 것이 민초들을 위해 옳은 일이 될 것이다.

병사들의 병영은 현성의 북쪽 끝에 있었다. 성안에 주둔하고 있는 지방군이 모두 오백여 명이라니 그들이 달려오기 전에 모든 일을 끝내야 한다.

일이 터지고, 병사들이 달려올 때까지 두어 각 정도의 시간밖에 없을 것이다.

현성 안에서 번을 서고 있는 병사들은 스무 명 남짓할 터였다. 그놈들을 하나씩 베어나가자면 시간이 많이 걸릴 것이니 될 수 있는 한 부딪치지 않는 게 좋다.

그렇게 생각을 정리한 도수백은 칼자루를 굳게 움켜쥐고 성큼 돌다리 위로 올라섰다.

일을 시작한 이상 조금의 머뭇거림도 망설임도 있을 수 없다.

저벅거리며 성큼성큼 걷는 그의 발소리를 두 명의 위병이 들었다.

"웬 놈이냐?"

창을 겨누며 소리친다.

도수백은 듣지 못한 것처럼 무시했다. 허리를 쭉 펴고 당당하게 다가가자 문을 가로막고 서 있던 두 놈이 서로 눈치를 본다.

이 깊은 밤중에 허름한 옷을 입은 자가 저렇게 당당한 모습으로 다가오니 그게 오히려 그들을 위축되게 한 것이다.

부(府)에서 감찰관이라도 뜬 건지 모른다고 생각했으리라.

"현령이 있겠지?"

당당한 도수백의 물음에 두 놈이 어쩔 줄을 모른다.

"있느냐, 없느냐?"

"처, 처소에 계시오만……?"

"됐다."

번쩍!

말이 끝난 순간 도수백의 옆구리에서 흰 빛이 뻗어나갔고, 어리둥절해 있던 두 놈이 창을 떨어뜨린 채 모로 픽, 픽, 쓰러졌다.

칼등으로 두 놈의 목을 번갈아 친 것인데, 칼을 뽑는 것과 치는 것이 동시의 일처럼 이루어졌다.

"운이 좋은 줄 알아라."

칼을 갈무리한 도수백이 정신을 잃고 쓰러져 있는 놈들을 넘어서 성큼 아문 안으로 들어갔다.

그는 먼저 현령의 처소부터 찾았다. 현청의 넓은 마당을 왼쪽으로 크게 돌자 월동문이 나타났고, 지키는 자가 두 명 있다.

그놈들도 성큼성큼 다가오는 도수백을 의아하게 바라보기는 마찬가지였다. 경계하는 마음이 반, 그렇지 않은 마음이 반이다.

"뉘시오?"

한 놈이 창 자루를 거머쥔 채 물었다.

"현령의 목을 베러 왔다."

"뭐라고?"

언뜻 들은 말이 너무 기가 막힌 것이라 제 귀를 믿지 못하는 듯 눈을 둥그렇게 뜨고 도수백을 바라본다.

"살아서 전하거라, 불사귀 도수백이 다녀갔다고."

번쩍!

그의 칼이 다시 뇌전을 뿜어냈고, 두 놈 또한 목덜미를 강하게 칼등으로 얻어맞고 나뒹굴었다. 깨어나려면 한참 걸릴 것이다.

깊은 숲 속처럼 나무가 울창하고 태호석들이 박혀 있는 호사스런 정원이었다. 그 끝에 현령이 기거하는 숙사가 있다.

아름드리 매화나무 그늘을 벗어나 하얀 마당에 들어선 순간 주방에서 나오던 하녀가 도수백을 보았다. 그의 이글거리는 눈과 손에 들고 있는 칼을 보더니 쟁반을 떨어뜨리고 소리쳤다.

"도둑이야! 강도야!"

놋쇠 그릇이 돌바닥에 부딪쳐 구르는 요란한 소리와 하녀의 찢어지는 듯한 비명 소리가 고요하던 적막을 순식간에 아수라장으로 만들어 버렸다.

"쯧……."

도수백이 잔뜩 눈살을 찌푸리고 혀를 찼다.

성큼성큼 다가가자 하녀는 새하얗게 질린 얼굴로 털썩 주저앉았다. 다리가 풀려 도망칠 엄두도 내지 못하면서 여전히 악을 쓴다.

"시끄럽다!"

낮게 꾸짖은 도수백이 그녀를 지나쳐 안채로 서너 걸음 다가갔을 때였다.

좌우의 방문이 벌컥 열리더니 당직을 서고 있던 병사 네 명이 칼을 뽑아 들고 달려나왔다.

하녀는 그들에게 밤참을 가져가던 길이었던 모양인데, 공교롭게도 도수백이 들어온 시간과 딱 맞았던 것이다.

"이놈! 여기가 어디라고 겁도 없이 담을 넘어왔단 말이냐!"

"게다가 흉기마저 지니고 있다니!"

"당장 칼을 버리고 목을 늘여라!"

놈들이 동시에 소리치며 흉흉한 기세로 달려들었다.

"시끄러운 놈들이구나."

조용하고 은밀하게 일을 처리하기는 틀렸다. 그렇다면 바람처럼 빠르게 들이쳐서 끝내 버리는 길밖에 없다.

도수백이 땅을 박차고 비조처럼 마주쳐 들어갔다.

"이놈!"

겁도 없이 칼을 휘둘러오는 놈을 옆으로 흘려보내고 돌아나간 도수백이 왼쪽 놈을 향해 힘껏 칼을 뿌렸다.

"으악!"

최초로 처참한 비명 소리가 터져 나왔다.

갑주와 함께 가슴이 쩍 벌어진 놈이 나뒹굴 때 도수백의 칼은 처음 달려들었던 놈의 목덜미를 깊이 찍고 있었다.

뼈에 부딪친 칼이 튕겨 나온다. 그 탄력을 흡수한 도수백의 손목이 가볍게 꺾였다.

피잉—

그의 칼이 매서운 바람 소리를 내며 돌아갔고, 또 한 놈이 '으악!' 하는 비명을 터뜨렸다. 쩍 벌어진 목에서 분수처럼 핏줄기를 뿜어낸다.

마지막 놈은 겁에 질려 주춤주춤 뒷걸음질칠 뿐, 감히 칼을 뻗어내지 못했다. 하지만 도수백은 크게 살심을 일으킨 뒤였다.

"에잇!"

미끄러지듯 다가서며 가볍게 뿌린 칼이 그놈의 목을 깊이 베고 빠져나왔다.

눈 깜짝할 사이에 네 놈의 당직 병사를 베어버린 도수백이 성큼 낭하로 뛰어올랐다.

쾅!

거친 발길질에 빗장이 부러지며 단단한 문짝이 활짝 열렸다. 현령의 침실인 것이다.

흑석을 가지런히 깐 바닥 저 너머에 비단 침상이 있고, 아른거리는 휘장이 드리워져 있다.

"으악! 강도야!"

바깥의 비명 소리에 잠을 깬 듯, 침상에서 알몸을 일으키던 여자가 찢어지는 비명을 터뜨렸다.

성큼성큼 다가간 도수백이 휘장을 죽 찢어버렸고, 알몸의 여자가 더욱 째지는 비명을 터뜨리며 침상 아래로 굴러 떨어졌다.

오십 줄에 들어 보이는 현령이 술 취한 눈을 겨우 뜨고 두리번거린다.

"누구냐? 이 밤중에 웬 지랄이야?"

아직 도수백이 누구인지 알아보지 못하는 모양이었다. 제가 부리는 하녀로 보이는 건지도 모른다.

"네가 현령이냐?"

"응?"

현령이 눈을 비빈다. 도수백이 성큼 손을 뻗어 그런 현령의 상투를 틀어쥐었다.

"보름 전, 천목산 서쪽 남가촌과 향화촌을 짓밟은 일을 기억하겠지?"

"어, 어……."

현령이 얼이 빠진 얼굴로 말도 제대로 하지 못하고 눈을 까뒤집는다.

"그 일 때문에 죽는 것이다. 염라대왕에게 그렇게 고하여라."

번쩍!

한 번 후려친 칼에 현령의 목이 뎅경 잘려 떨어졌다.

"꺄아악!"

그것을 본 계집이 제 목이 잘린 것처럼 비명을 지르더니 입에서 거품을 내뿜으며 기절했다.

　도수백이 칼에 묻은 피를 비단 이불에 썩 문질러 닦고 돌아 섰을 때, 우당탕거리며 침실로 뛰어든 관병 네 놈이 그 모습을 보았다.

　"저놈이 현령을 죽였다!"

　도수백을 향해 달려들며 악을 쓴다.

　"하나같이 시끄러운 놈들뿐이로군."

　혀를 찬 도수백이 그대로 마주쳐 갔다.

　쨍!

　일격이 한 놈의 칼을 높이 날려 버렸다.

　서걱!

　다른 놈의 옆구리를 길게 찢고 나온 칼이 부드럽게 휘돈다.

　그가 허공에 그려 보이는 완만한 칼의 길에 걸린 것들은 무엇이든 쩍쩍 베어져 갈라졌다.

　"으아악!"

　"크악!"

　두 마디의 참혹한 비명성이 쏟아지고, 남은 놈들이 정신없이 물러섰다.

　도수백은 달아나는 자들을 뒤쫓지 않았다.

　문을 나서 낭하에 서자 저쪽에서 빠르게 달려오는 자들이 보였다.

　모두 네 명.

한눈에 관병들이 아니라는 걸 알아볼 수 있는 자들이었다. 몸놀림이 가볍고 날렵하며, 다가오는 기세가 고요하게 가라앉아 있다.

'강호의 무리?'

도수백은 의아하게 생각했다.

부중에서도 뚝 떨어진 외진 곳의 현청에 어찌 강호의 무리가 있단 말인가.

"달아나지 마라!"

앞서 달려오고 있는 쥐눈의 사내가 날카롭고 낮게 꾸짖었다.

도수백이 성큼 난간을 뛰어넘어 넓은 마당으로 내려섰다. 그때쯤은 현령의 숙소에서 벌어진 참극이 아문 구석구석에 전해진 듯, 당직 관병들이 모두 횃불을 들고 쏟아져 나왔다.

십여 개의 횃불이 넓은 마당을 빙 두르고 있으니 대낮처럼 밝다.

"자객이다!"

"놓치지 마라!"

멀찍이서 에워싼 관병들이 바쁘게 왔다 갔다 하며 소리쳐 댔다. 갑주 쩔그렁거리는 소리와 횃불에 비쳐서 번쩍이는 창칼들이 눈을 어지럽게 한다.

뒤따라 마당으로 뛰어내린 네 명의 사내가 도수백을 에워쌌고, 그중 우두머리로 보이는 자가 손을 번쩍 들어 관병들의 입을 막았다.

대머리가 벗겨지고 몸집이 단단해 보이는 땅딸막한 자다.

그자가 검을 뽑아 들며 매섭게 번쩍이는 눈으로 도수백을 노려보았다.

"너는 누구냐? 무엇 때문에 현령의 목을 노리고 월장해 들어온 거지?"

도수백은 저를 에워싸고 있는 자들을 하나하나 살펴보았다. 모두 검을 들고 있었는데, 눈빛이 강렬하고 꾹 다문 입매에 잔혹함이 배어 있었다.

하나같이 제법 강호의 물을 먹은 관록이 느껴지는 자들이었다.

도수백이 못마땅한 듯 눈살을 찌푸렸다. 설마 이런 놈들이 현청에 있을 줄 예측하지 못했던 게 마음에 걸린다.

하지만 언제까지나 망설이고 있을 수만은 없었다. 지금쯤은 급한 전갈을 받은 관병들이 달려오고 있을 것이기 때문이다.

이제 일각 정도의 시간밖에 남지 않았다.

"너희들은 수상하다. 현청에 있을 놈들이 아닌데?"

머리를 갸웃거린 도수백이 다시 말했다.

"어쨌든 상관없지. 길이나 터라. 그러면 산다."

도수백의 말에 땅딸막한 자가 히죽 웃었다.

"흐흐, 우리가 누구인지 알면 감히 그런 헛소리를 하지 못할걸?"

"정 그렇다면 할 수 없지."

도수백이 홱, 돌아서더니 높이 뛰어올랐다. 놈들의 머리를 뛰어넘어 달아나려는 것처럼 보인다.

"어림없는 짓!"

뒤를 지키고 있던 자가 싸늘한 코웃음과 함께 검을 어지럽게 휘둘러 찍고 베어왔다.

"차핫!"

도수백이 급히 몸을 돌리며 왼쪽으로 떨어져 내렸다. 그러자 기다렸다는 듯 대머리가 벗겨지고 강팍하게 생긴 자가 검을 휘두르며 맹렬하게 달려들었다.

그것을 신호로 삼은 듯 다른 두 놈도 동시에 달려든다.

도수백은 그들의 검진에 갇혀 버렸다. 그때 번쩍 하고 떠오르는 생각 한 가지가 있었다.

"사상검진!"

두목 격인 땅딸보가 매섭게 코웃음을 쳤다.

"흥! 이놈이 사상검진을 알아보는 걸 보니 역도의 무리가 틀림없다."

도수백은 비로소 네 놈의 정체를 짐작할 수 있었다. 그가 노기를 실어서 버럭 소리쳤다.

"이제 보니 네놈들은 동창의 개들이로구나!"

"죽일 놈."

네 놈이 일제히 이를 갈며 매섭게 검격을 날리기 시작했다.

도수백은 무명암이 있던 백석평의 송림 속에서 손적풍이 풀어놓은 동창의 무사들과 싸우던 때를 떠올렸다. 그들의 사상검진에 걸려 얼마나 고전했던가. 심각한 부상을 입고 목숨이 경각지경에 달리기도 했다.

꿈에서도 이가 갈리는 검진인데, 이곳에서 그것을 다시 대하게 되자 원한이 하늘 끝까지 치솟는다.

그때, 사상검진을 깨뜨리던 운지의 검격이 떠올랐다. 그녀는 마치 네 개의 손에 검을 쥐고 동시에 네 명을 상대하는 것 같지 않았던가.

그렇게 하나씩 상대할 수 있다면 좋으련만 도수백에게는 그런 검격의 재주가 없었다.

하지만 도수백은 그 순간 하나의 생각을 떠올렸다.

허리춤에 꽂아두고 있는 다섯 자루의 비도다.

그것을 적절히 활용한다면 운지가 네 가닥의 검기를 뽑아내던 것과 같은 효과를 볼 수 있을 것이다.

"좋다! 네놈들에게 나, 불사귀 도수백이 어떤 자인지 똑똑히 가르쳐 주겠다!"

자신감이 충만해진 도수백이 버럭 소리치고 칼에 더욱 힘을 실어 맹렬하게 휘둘렀다.

씨잉―

벼락처럼 닥쳐드는 도수백의 일격을 가까스로 피한 땅딸

보가 검을 흔들어 엄밀한 수세를 취하며 소리쳤다.

"무엇이? 네놈이 불사귀 도수백이라고?"

"흥! 동창의 개들에게는 저승사자의 이름이지. 각오해!"

"잡아라! 이놈을 사로잡아야 해!"

땅딸막한 자가 세 놈에게 소리치며 수세를 더욱 엄밀하게 하고 한 걸음 물러선다.

그들의 그런 욕심이 도수백에게는 둘도 없는 기회를 가져다주었다. 비록 찰나에 불과한 시간이었지만 잠깐의 머뭇거림은 도수백을 그물에서 벗어나게 해준 것이나 마찬가지였던 것이다.

'한 놈만.'

도수백은 그렇게 생각했다. 네 놈이 펼치는 검진이니 한 놈이 죽어 나자빠진다면 나머지 세 놈은 제대로 된 검진을 펼칠 수 없을 것이다.

그리고 그의 그런 생각은 옳았다.

다른 때 같으면 언제나 세 명이 한 명을 뒷받침해 주니 한 명을 죽이기가 네 놈을 한꺼번에 죽이는 것보다 더 어려웠을 것이다.

하지만 아주 잠깐의 흔들림이 도수백에게 그것을 가능하게 해주었다.

"차핫!"

외친 순간 그가 왼손을 힘껏 뿌렸다.

피잉—

한 자루의 비도가 쇠뇌처럼 뻗어나간다.

수없이 많은 싸움을 통해서 그의 왼손은 비도를 제 몸처럼 능숙하게 다룰 수 있도록 단련되어 있었다.

열 걸음 안에서는 절대로 빗나가는 법이 없는 그것 아니던가. 그런데 지금은 고작 두 걸음 남짓을 두고 뿌렸다.

왼쪽에 있던 자는 지척에서 갑자기 쏘아져 오는 비도를 막거나 피할 수가 없었다. 예상하고 있었다고 해도 힘든 일인데 뜻밖의 암습이니 더욱 그렇다.

"으악!"

놈이 비명을 터뜨리며 뒤로 내팽개쳐진 것처럼 나가떨어졌다. 이마 한복판에 깊숙이 박힌 비수가 부르르 떨고 있다.

"엇!"

"아앗!"

그 뜻밖의 일에 남은 세 놈이 놀란 외침을 터뜨렸다. 그리고 공격의 기회는 도수백에게로 넘어왔다.

씨잉—

그의 칼이 매서운 바람 소리마저 끊어내며 떨어진다.

땅!

날카로운 쇳소리가 터져 나왔다.

정면의 땅딸보가 검을 휘둘러 쳐놓은 엄밀한 검막이 단번에 깨지고, 놈의 정수리가 반으로 쩍 갈라졌다.

도수백의 칼은 귀신이 들려 저절로 날뛰는 것 같았다. 정면을 치기 무섭게 뒤를 후려치고 오른쪽으로 쳐들어가는 기세가 질풍과도 같다.

땅땅땅—

몇 번의 쇳소리가 귀 따갑게 터져 나왔다. 그때마다 새파란 불똥이 어지럽게 튄다.

도수백의 칼에 실려 있는 힘은 무지막지하기가 끔찍할 정도였다. 두 놈이 부러져 버린 장검을 들고 마구 물러서지만 도수백의 쫓아 들어가는 발걸음보다 빠를 수는 없었다.

쉬잉, 하는 바람 소리가 스쳐 갔을 때 두 개의 목이 어두운 밤하늘로 둥실 떠올랐다.

눈 깜짝할 사이에 벌어진 그 일은 횃불을 들고 둘러서서 지켜보던 병사들을 놀라게 했다.

"저놈, 저놈!"

"어엇, 저럴 수가!"

다들 제 눈을 믿을 수 없다는 듯 부릅뜨고 비명인지 감탄성인지 모를 외마디 소리를 질러댄다.

당직 병사들을 지휘하는 군관이 제일 먼저 버럭 호통쳤다. 눌러쓴 투구 아래로 검은 수염이 가득한 텁석부리다.

"잡아라! 일제히 들이쳐!"

하지만 병사들의 눈에는 아직도 번쩍이며 종횡으로 떨어지던 도수백의 칼이 남아 있었다. 끔찍한 그 모습이 잔상이 되어 머물고 있는 것이다.

그래서 머뭇거릴 뿐, 누구 한 놈 선뜻 나서려 하지 않았다.

도수백이 비로소 크게 숨을 내쉬었다. 답답하던 가슴이 후련하게 뚫린다.

"나는 불사귀 도수백이다! 오늘 현령의 목을 베어서 보름 전 네놈들이 천목산의 남가촌과 향화촌에서 저지른 천인공노할 짓을 응징하고 돌아간다!"

도수백이 칼을 쥐고 성큼성큼 다가가자 겁에 질린 병사들이 우르르 흩어졌다.

약한 백성에게는 아귀처럼 지독한 자들이지만 강자 앞에서는 쥐구멍을 찾기에 정신이 없다.

생각 같아서는 이 야비한 놈들을 모조리 죽여서 분을 풀고 싶었다. 그러나 아직 해야 할 일이 남아 있고, 시간은 별로 없다.

도수백이 다가가자 그래도 군관이랍시고 텁석부리가 커다란 칼을 치켜 세우며 버럭 소리쳤다.

"이놈! 후환이 두렵거든 칼을 버리고 무릎을 꿇어라. 그러면 목숨은 살려줄 테다!"

"흥!"

코웃음을 친 도수백이 힘껏 땅을 걷어찼다.

씨잉—

그의 칼이 낙뢰처럼 떨어지고, 텁석부리는 미처 피하거나 막아낼 엄두도 내지 못했다.

"으앗!"

텁석부리가 놀란 외침을 터뜨렸다.

허전해진 몸뚱이를 느끼고 눈을 돌린 순간 왼쪽으로 날고 있는 저의 두 팔을 본 것이다. 아직도 커다란 칼을 움켜쥔 채였다.

비로소 팔뚝에 서늘한 느낌이 왔는지 매끈하게 잘려 버린 그것을 들여다보는 얼굴이 어리둥절하다.

퍽!

그런 텁석부리의 목덜미에 한 올의 자비심도 없는 도수백의 칼이 틀어박혔다.

군관이 참혹한 몰골로 죽어버린 걸 본 남은 병사들이 와, 소리를 지르며 일제히 달아나기 시작했다.

몇 걸음 그놈들을 뒤쫓던 도수백이 방향을 틀어 뇌옥이 있는 곳으로 내달렸다.

이미 소식을 들었던지 뇌옥을 지켜야 할 옥사장 놈들도 죄다 달아나고 없었다.

십여 개의 석실마다 붙잡혀 온 양민들이 가득했다. 하나같이 피멍이 들고 남루해져 있는 그들을 본 도수백의 분노는 더욱 커졌다.

'세상이 이렇게 되어서는 안 된다.'

어떻게 해서든 황제와 조정의 대신들 모두에게 세상이 잘

못되고 있다는 걸 경고해 줄 필요가 있다는 생각이 든다.

두리번거리던 도수백이 벽에 기대어 세워져 있던 도끼를 집어 들고 자물쇠를 내려쳤다.

그렇게 십여 개의 옥문을 모두 부수자 수많은 사람들이 쏟아져 나왔다.

그중에는 나쁜 짓을 저질러 갇혀 있는 악당도 더러 끼어 있을 것이다. 하지만 대부분은 아무것도 모르는 농투성이들이었다. 단지 세금을 제때에 내지 못해서, 단지 관원에게 뇌물을 바치지 않아서 밉보인 사람들인 것이다.

그들의 죄라면 먹고살기조차 힘든 가난일 것이다.

옥석을 가릴 수 없고, 그럴 시간도 없으니 모두 풀어주었지만 거리낌은 없었다.

'아무리 죽을죄를 짓고 갇혀 있는 악당이라도 고관대작이나 지방 수령이라는 자들이 하고 있는 짓에 비하면 조족지혈일 것이다.'

그런 마음이 들기도 한다.

살인자나 도적은 몇 명의 백성을 괴롭힐 뿐이지만 이곳의 현령 같은 자는 수많은 백성을 괴롭히고 고혈을 빨아대는 악머구리 같다. 그들이 주는 피해가 살인이나 강도 짓을 저지르는 자들보다 훨씬 크고 심각한 것이다.

'하물며 황제와 조정의 고관대작 같은 자들이야⋯⋯.'

지그시 어금니를 악물 때, 정칠명의 아내가 그를 알아보고 달려와 매달렸다.

엉엉 설움이 북받쳐 통곡하는 정칠명의 아내를 다독여 주면서 도수백은 새삼 어리석은 황제와 그를 현혹시키고 있는 왕금이라는 엉터리 도사에 대해서, 조정의 권력을 장악하고 있는 대신 엄숭이라는 자에 대해서 증오가 치솟았다.

멀리서 횃불이 하늘을 붉게 물들이고, 말발굽 소리와 함성이 들려왔다. 숙영하고 있던 병사들이 현청에 적도가 난입했다는 소식을 듣고 달려오는 것이다.

풀려난 사람들이 비명을 지르며 사방으로 흩어졌고, 도수백은 정칠명의 아내를 들쳐 업은 채 현청의 뒷담을 뛰어넘어 어둠 속으로 달려갔다.

魔風俠星
第六章
왕소령(王小鈴)의 무서운 변화

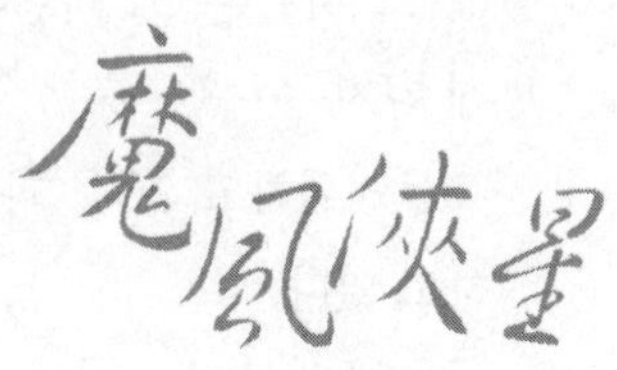

세 모자의 상봉은 눈물겨운 것이었다.

두 어린 아들을 부둥켜안고 볼을 비비며 울어대는 정칠명의 아내와, 어머니를 다시 본 기쁨으로 매달리며 소리쳐 우는 대두와 득보의 울음이 도수백의 가슴속으로 옮겨들었다.

그들을 멍하니 바라보던 도수백이 뜨거워지는 눈자위를 감추려는 듯 외면하고 돌아섰다.

"이 은혜를 어찌 갚아야 할지……."

겨우 정신을 차린 정칠명의 아내가 옷깃을 여미고 절을 했다. 도수백이 깜짝 놀라 부축해 일으키자 그녀가 간절한 눈으로 바라본다.

"그 사람은, 그 사람은 잘 있나요? 어째서 함께 오지 않으신 건지……."

두려워하고 있다. 파르르 떨리는 눈꼬리가 불길함을 예감하고 있다.

도대체 무엇을 어디에서부터 어떻게 말해야 할지.

도수백은 머릿속에 담아두었던 많은 말들을 한순간 모두 잊어버렸다.

묵묵히 허공만 노려보던 그가 쩍쩍 갈라지는 음성으로 겨우 말했다.

"나는 병영에서 나왔소. 다시 돌아가지 않을 것이오."

많은 것을 함축하고 있는 말이다. 정칠명의 아내가 멍한 눈길로 도수백의 얼굴을 더듬는다.

도수백이 한 쌍의 금가락지를 꺼내 불쑥 내밀었다.

"결혼 예물도 주지 못한 걸 매우 가슴 아파하더군요. 그가 남긴 건 이것뿐이오."

그녀가 와들와들 떨리는 손으로 그것을 받았다. 품에 끌어안고 엎드린다. 그녀의 초라하고 작은 어깨가 마구 떨렸다. 울음을 참느라고 입술을 피가 나도록 악물었을 것이다.

"다시는 향화촌으로 돌아가지 못할 터. 이 돈이면 당분간 먹고살 양식은 구할 수 있을 거요."

도수백이 제 보따리에서 의형인 초자생으로부터 받아 지니고 있던 은자 주머니를 꺼내 그녀 앞에 내려놓았다.

"인적없는 산속에 들어가 다시 밭을 일구고 다랑이논을 만들어 사는 것이 이 더러운 세상에 나와 사는 것보다 나을 것이오. 그럼……."

깊이 머리 숙여 작별을 고하는 마음이 착잡하고 무겁기만 했다. 그녀에게 해줄 수 있는 게 고작 이것밖에 없다는 자책감 때문이다.

하지만 잡초처럼 질긴 생명력을 가지고 있는 게 민초들 아니던가. 그녀도 두 아이를 보듬고 꿋꿋하게 살아남을 것이다.

"같이 가겠어요."

대두가 손등으로 눈물을 훔치고 나섰다.

"안 된다."

도수백이 엄한 얼굴로 그를 나무랐다.

"너는 어머니를 돌봐 드려야 할 의무가 있다. 네 동생을 보호해 주는 것도 이제는 네 몫이다. 어머니와 동생을 내팽개치고 떠나는 걸 나는 용서할 수 없어."

대두가 고개를 푹 숙였다. 울먹이며 어눌하게 말한다.

"나는, 나는…… 아저씨처럼 강한 사람이 되고 싶어요. 그래서 힘없는 우리 같은 사람들을 괴롭히는 나쁜 놈들을 모두 죽여 버리고 싶어요."

"그 일은 내가 해주마."

도수백이 불쑥 그렇게 말했다. 말해놓고 나서 스스로도 깜짝 놀란다.

하지만 저도 모르게 튀어나온 그 한마디가 곧 자신의 운명이었던 것처럼 여겨졌다.

바로 그 길을 가기 위해서 여태까지 생사를 알 수 없는 모진 상황 속에 수도 없이 내던져졌던 건 아닐까? 하는 생각이 든다.

이해(洱海)의 중이도에서 멋모르고 왕 대인을 죽인 일과, 운도 화상을 만나고 자운 노도를 만난 것. 의형인 초자생을 만난 것과 오늘의 일까지.

그 모든 게 바로 지금, 대두에게 불쑥 내뱉은 그 한마디의 말을 위한 운명의 안배였던 것처럼 여겨진다.

무거워진 얼굴로 묵묵히 서 있던 도수백이 대두의 머리를 끌어당겨 가슴에 안았다.

"내가 해주마."

다시 한 번 말해준다.

"너는 하나뿐인 네 어머니와 동생을 지키고 꿋꿋하게 살아라. 그 일만 제대로 해낸다면 너는 나보다 훨씬 크고 위대한 일을 하는 사람이 되는 것이다."

"알았어요. 나도 약속할게요."

대두가 두 팔을 둘러 도수백의 허리를 힘껏 끌어안고 놓아주었다.

도수백이 이번에는 득보를 끌어안았다.

"형과 함께 끝까지 네 어머니를 돌봐야 한다. 형의 말을 아버지의 말처럼 따르는 거다. 형과 네가 한 몸이 된 것처럼 힘

을 합치면 이기지 못할 일이란 없을 것이다. 그리하여 나중에
네가 힘을 갖게 되면 오늘의 일을 잊지 말고 백성들을 위해서
아낌없이 써야 한다. 약속할 수 있지?"
　"약속해."
　득보가 다 큰 아이처럼 엄숙한 얼굴을 하고 도수백의 새끼
손가락을 잡았다.
　그녀는 끝내 사당 밖으로 나오지 않았다.
　억누른 낮은 흐느낌만 풀잎에 떨어지는 가랑비 소리처럼
들려와 도수백의 가슴을 적셨을 뿐이다.
　홀로 떠나는 그의 쓸쓸한 뒷모습을 배웅한 건 대두와 득보
의 반짝이는 눈이었다.
　어린 동생의 손을 꼭 쥐고 서서 대두는 도수백이 송림 속으
로 사라져 보이지 않게 될 때까지 꼼짝하지 않고 서 있었다.
　"봤지?"
　그가 동생에게 말했다.
　"아저씨의 모습을 잊어버리면 안 돼. 아저씨와 한 약속을
잊어버리면 안 돼."
　"응."
　득보가 야무지게 입을 다물고 머리를 끄덕였다.
　"그런데 형아, 아저씨를 또 볼 수 있을까?"
　"아니, 이제 다시는 볼 수 없을 거야. 하지만 우리가 오늘
을 기억하는 한 아저씨는 언제나 우리 곁에 있는 거야."

"아버지처럼 말이지?"

득보의 얼굴에 문득 그늘이 드리웠다. 아이도 이제는 영영 아버지를 볼 수 없다는 걸 아는 것이다.

＊　　　＊　　　＊

"허튼짓했다간 죽을 줄 알아."

"어딜, 어딜, 내가 어떻게 소저에게 허튼짓할 마음을 품을 수 있겠소?"

"홍!"

왕소령이 모닥불을 등지고 돌아누웠다.

불 건너에 앉아 있는 자는 대리의 악당 모악봉이었다. 불빛에 이글거리며 드러나 있는 왕소령의 풍만한 엉덩이를 넋을 잃고 바라본다.

'제기랄.'

그가 마른침을 삼키더니 마구 머리를 흔들었다.

그녀의 모습은 그대로인데, 대리에서부터 알았던 그 왕소령은 이제 아니었다.

그녀의 검은 전혀 다른 사람의 그것처럼 표독스럽고 몰인정하게 바뀌었다.

다섯 명이나 되는 자들을 간단히 찔러 죽여 버린 게 오늘 낮의 일이다.

이게 웬 떡이냐 하고 겁없이 달려들었던 산적 놈들은 죽은 동료들마저 내팽개쳐 둔 채 꽁지가 빠져라고 달아났다.

모악봉은 북경으로 가는 길에 그녀를 만났다.

왕소령이 단호림을 떼어놓고 혼자서 소나무 언덕을 떠난 열흘 뒤였다.

왕소령을 본 순간 모악봉은 행운이 저에게 이처럼 갑자기 찾아온 것을 미칠 듯 기뻐했다.

그녀를 잘 꾀어서 어떻게 하든 북경까지 데리고 갈 흉심을 품은 것이다.

동창에서 눈에 불을 켜고 그녀를 찾고 있지 않던가.

손적풍의 일과 함께 그녀를 북경 동창의 본영에 넘겨준다면 두 배의 공을 세우는 게 되니 동창의 무사가 되는 건 물론이고 커다란 보상도 받을 것이다.

어쩌면 열 명의 수하를 부리는 조장으로 발탁될 수도 있다.

그럴 가능성이 충분하다고 혼자서 꿈꾸고 혼자서 단정한 모악봉은 제 입이 귀에 걸리는 것도 모를 만큼 기뻐했다.

게다가 왕소령은 바라보는 것만으로도 가슴이 설렐 만큼 아름답지 않은가.

그녀와 함께 가면 북경까지의 석 달 길이 지루하기는커녕 내내 황홀할 것이다.

그리고 그녀는 강호의 명문정파이면서 당당하게 구대문파

에 꼽히는 점창파의 제자다. 그녀의 검법이 훌륭하니 북경에 이르는 먼 길을 가는 동안 든든한 의지처가 될 수 있다.

모악봉은 이거야말로 꿩 먹고 알 먹는다는 말에 딱 들어맞는다고 생각했다.

그런 흑심을 품고 끈질기게 뒤따르는 모악봉을 귀찮아하던 왕소령도 결국 그를 동행으로 삼게 되었다.

아무리 강호에 나선 여협이라지만 여자 혼자의 몸으로는 불편한 게 한두 가지가 아니었던 것이다.

모악봉과는 특별히 원한도 없고, 도수백을 죽이고 싶어한다는 공통점이 있다는 것도 그녀의 마음이 너그러워지게 된 이유가 되었다.

불을 뒤적이던 모악봉이 은근한 음성으로 물었다.

"그런데 이제 어떻게 할 작정이오?"

왕소령은 여전히 등지고 누운 채 침묵한다.

모악봉이 다시 말했다.

"어찌 된 게 그놈은 갈수록 사납고 무서워지는 것 같소. 팽나무 언덕에서도 사나웠지만 그때는 그저 독 오른 야수 같은 사나움뿐이었는데, 이제는 제대로 사나워진 것 같단 말씀이야."

"그래서, 겁이 난다는 거냐?"

그녀가 어깨너머로 대꾸했다. 모악봉이 머리를 끄덕였다.

"겁이야 나지. 하지만 참 묘한 게 사람의 마음이거든. 그놈이 더 사나워졌다는 말을 들을 때마다 미움도 더 커진다오. 더 죽이고 싶어지니 이상하지 않소?"

"나는 조금도 겁나지 않아."

"그렇겠지. 왕 소저의 검법도 날로 무서워지고 사나워지거든. 그것도 참 신기한 일이지. 안 그렇소?"

"……."

"점창파의 꽃으로 있을 때나 지금이나 사부로부터 배워 지니고 있는 재간은 똑같을 것 아니오?"

"……."

"그런데 창산에 있을 때는 곱고 여리기만 했지. 하지만 지금은 강호의 고수라도 당신의 검이 무서워 떨지 않을 수 없게 되었으니……."

"……."

"스스로 생각해도 이상하지 않소?"

왕소령은 가만히 생각해 보았다.

모악봉의 말이 틀리지 않다.

백석평 소나무 언덕에서의 싸움 이후로 그녀는 또 한 번 변해 있었던 것이다. 더욱 모질고, 이제는 검을 휘둘러 베거나 찌르는 데에 주저함이 없게 되었다.

한 번 그렇게 변하고 나자 그녀는 비로소 사문인 점창파의 검법을 십분 발휘할 수 있게 되었다.

주저하고 머뭇거리던 것이 없어지니 과감하고 신랄한 점

창파 검법의 특징을 잘 살릴 수 있게 된 것이다.

백 번의 연습보다 한 번의 실전이 더 중요하다는 것과 같은 이치로 그녀의 검법 조예는 산을 내려올 때보다 몇 배는 더 높고 무서워진 것 같았다.

다만 아쉬운 건, 사부인 사일검협(斜日劍俠) 편옥수(便玉樹)와 사모인 백화선고(白花仙姑) 단목향(段木香)의 가르침을 지키지 못하게 된 것이었다.

사부와 사모는 언제나 제자들에게 대협의 풍모를 보여주었고, 영웅 협사의 길을 가르쳤다. 하지만 왕소령은 그것보다 복수와 원한을 더 깊이 받아들였다. 그러니 그녀의 검에는 이제 정정당당한 웅풍(雄風) 대신 괴이 신랄하고 악독한 살기가 남았다.

그건 그녀의 검법 조예가 높다는 반증이기도 했다.

같은 점창파의 검법을 펼치는데도 그처럼 자기만의 특징을 지닐 수 있게 된 것이다.

사부와 사모 슬하에서 얌전히 수련만 했을 때는 몰랐던 일이었다.

'내가 이렇게 지독하게 된 건 다 그놈 때문이야.'

왕소령은 입술을 잘근잘근 깨물었다.

창산에서의 일을 생각하자 사부와 사모, 사형들이 그리워진다. 이제 다시는 돌아갈 수 없을 거라는 생각이 그녀의 가슴을 아프게 했다.

이렇게 변한 모습으로, 피 묻은 손을 가지고 어찌 사문으로 다시 돌아갈 수 있을 것인가.

'죽일 놈. 나쁜 놈. 개자식.'

그녀의 볼을 타고 눈물이 흘렀다.

운지의 품에 안기다시피 기대어 있던 도수백의 모습이 자꾸만 떠오르고, 그에 대한 원망이 커질수록 이상하게 그때의 그 광경이 뚜렷하게 기억되었다.

그게 꼭 미움과 증오 때문은 아니라는 게 그녀 자신을 어리둥절하게 했다.

창산의 소나무 숲에서 그의 가슴을 찔렀을 때 아무런 저항도 없이 서 있던 그의 모습이 떠올랐다.

검을 통해 온몸으로 전해져 오던 그 느낌을 잊을 수 없다. 지금도 끔찍한 기억이었다.

납조촌 밖의 개울가에서 맞았던 밤도 잊지 못한다.

동창의 무리에게 사로잡혀 겁탈당할 위기에 처했을 때 그가 불쑥 나타나 구해주던 일이 떠올랐다.

동창의 무사들을 베어버리던 그의 끔찍하고 잔인한 모습이 잊혀지지 않는다.

그때는 두려움이었는데 지금은…….

'나는 정말 그를 죽이려는 걸까?'

왕소령은 자기 자신에게 그렇게 묻지 않을 수 없었다.

기를 쓰고 도수백의 종적을 찾아 헤매고 다니는 게 꼭 그를 죽여 아버지의 복수를 하기 위해서라고 이제는 자신있게 말할 수가 없었다.

하지만 그녀의 또 다른 마음은 그렇지 않다고 악을 쓴다.

'그놈 때문에 네 인생이 이렇게 망가진 거야. 너를 봐, 누가 지금의 너를 창산일화라고 하겠어? 너는 서슴없이 살인을 하는 마녀가 되어버렸잖아? 그게 누구 때문이지? 정신 차려, 이것아! 그놈은 네 아버지를 죽였을 뿐 아니라 너의 인생마저도 망쳐 놓은 원수야!'

그렇게 악을 쓰는 여자와 안타까워하고 눈물 흘리는 여자 중 어느 게 본래의 자신인지 이제 왕소령은 알 수 없게 되었다.

다음날 그녀와 모악봉은 남안탕산을 벗어나 금화현(金華縣)을 향해 나아갔다.

막연히 도수백이 절강 방향으로 향했다는 소식을 듣고 길을 잡은 것인데, 절강이 손바닥만 한 땅이 아니니 막막한 건 변함없다.

"지성이면 감천이라지 않소? 소저와 내가 이렇게 간절히 원하고 있는데 하늘이 무심할 리가 없지. 반드시 그놈을 만나게 해주실 거요."

모악봉이 그런 되도 않는 말로 위로했다.

어차피 북경까지는 하루 이틀에 갈 길이 아니니 조금 돌아간다고 해도 크게 손해날 것 없고, 지금은 왕소령의 뜻에 고

분고분 따라주어야 할 필요가 있었기 때문이다.

또 그녀를 따라다니다가 정말 도수백이라는 놈을 만날 수 있을지도 모른다. 그렇다면 복덩이가 또 한 개 굴러들어 온 격이니 더욱 좋다.

그런 속셈으로 모악봉이 위로하지만 왕소령의 얼굴은 어두워지기만 했다.

송양(松陽)에 이르러 점심을 먹기 위해 객잔에 들었다. 송양은 금화를 지나 항주부로 이르는 관도상에 위치한 마을이라 번화하고 차마의 통행이 끊이지 않는다.

왕소령은 대로가 잘 내려다보이는 이층 창가에 턱을 괴고 앉아 있었다.

소식을 알아보겠다며 거리로 나간 모악봉은 반 시진 가까이 지나도록 돌아오지 않고 있었다.

멍하니 거리를 바쁘게 오가는 사람들을 살펴보고 있자니 제 꼴이 한심해진다. 그래서 조금씩 짜증이 날 무렵이었다.

세 사람의 건장하게 생긴 장한이 쿵쾅거리며 이층 계단을 올라왔다. 두리번거리더니 창가에 우두커니 앉아 있는 왕소령을 보고 눈빛을 반짝인다.

그녀의 얼굴은 어느덧 바람과 햇빛에 그을려 구릿빛으로 반짝이고 있었다. 창산에서 볼 수 있었던 그 뽀얗던 얼굴과는 또 다른 야성의 아름다움을 띠게 된 것이다.

더구나 곁에 고색창연한 한 자루의 보검을 기대놓고 있으니 더욱 돋보인다.

한눈에 강호를 주유하는 여협이라는 걸 누구나 알아볼 수 있을 만큼 창산일화는 외모부터 예전과는 비교할 수 없을 만큼 변해 있었다.

세 사람 또한 강호의 인물인 게 틀림없었다. 한 사람은 등에 폭이 넓은 파풍도를 짊어졌고, 두 사람은 허리에 검을 차고 있었던 것이다.

그들은 왕소령과 탁자 두 개를 사이에 두고 앉았다. 호탕하게 술과 음식을 시키더니 주위의 시선을 아랑곳하지 않고 걸걸한 음성으로 떠들어댔다.

"요즘 세상이 왜 이리 어수선해진 거야?"

"나라 돌아가는 꼴을 봐. 어지러워지지 않을 수 있겠어?"

"도대체 언제부터 도사 나부랭이가 나라를 말아먹는 세상이 된 거야?"

"제기랄, 어디 세상을 시끄럽게 하는 게 도사뿐인가? 이제는 온갖 어중이떠중이들이 죄다 영웅입네 하고 활개를 친다. 강호의 물도 예전과는 달라."

"쳇, 한낱 야인에 불과한 놈이 겁도 없이 현성의 담을 뛰어넘어 관병들을 죽이고 현령의 목을 땄다니 알아볼 조지."

"그거야 통쾌한 일인데 뭘 그래? 나 같아도 그런 망할 현령 놈이라면 단칼에 목을 쳐버렸을 거다."

"그래서 관병들이 강호를 뒤덮고, 동창의 무리들이 날뛰라고? 그러면 평화는 끝이야."

"이 개똥보다 못한 세상에 평화는 무슨 평화? 확 뒤엎어 버렸으면 속이 시원하겠구만."

그들은 누가 듣든 말든 상관하지 않고 큰 목소리로 위험한 말들을 마구 쏟아내고 있었다.

사람들이 모두 힐끔힐끔 바라보다가 하나둘 자리를 떴다. 곧 이층은 텅텅 비고, 그들 세 명의 장한과 왕소령, 그리고 저쪽 구석에 아까부터 조용하게 앉아 있던 중년의 도사 한 사람만 남게 되었다.

왕소령은 그자들의 정체가 궁금해졌다. 행색으로 보아 강호의 무리라는 건 알겠는데, 저렇게 거침없이 말하니 그만한 배경이 있거나 실력이 있는 자들인 것 같아 더욱 궁금하다.

파풍도를 지니고 있는 장한이 구석의 도사를 힐끔거리며 그가 들으라는 듯 말했다.

"도대체 도사라는 것들은 왜 산에서 도나 닦지 않고 세상으로 기어 내려와 온통 분탕질을 치는 거야?"

노골적으로 시비를 걸려는 의도가 분명했지만 마른 몸에 허리가 대나무처럼 곧은 중년의 도사는 듣지 못한 것처럼 미동도 하지 않았다.

"도가 어디 세상을 떠나서 있던가? 세상 속에 도가 있고 도 속에 세상이 있으니 산에 있든지 속세에 있든지 상관없는 게 도사들 아니던가, 커흠."

말상의 사내가 의젓하게 말하고 있지도 않은 턱수염을 쓰다듬는 시늉을 했다.

다른 두 명의 사내가 큰 소리로 웃어댔다.

"그렇지, 그래! 그러니 도사가 곧 속인이고 속인이 곧 도사이겠군. 하지만 나는 도사가 되고 싶은 마음이 조금도 없는걸?"

"그럼 너는 중을 하렴. 중들도 마찬가지니까."

"하하하―"

도대체가 거침이 없는 자들이었다. 무엇을 믿기에 저렇게 안하무인인지 궁금하다 못해 눈살이 찌푸려진다. 그래서 왕소령은 매섭게 그들을 흘겨보았다.

파풍도를 등에 진 눈매 부리부리한 장한이 그런 왕소령을 보고 어리둥절해서 말했다.

"어라? 저기 저 아가씨께서 이 몸에게 관심이 있나 본데?"

"어디?"

다른 두 놈이 짐짓 모르고 있었다는 얼굴로 왕소령을 바라보더니 '아!' 하고 탄성을 발했다.

"아니, 이런 빌어먹을 객잔에 저렇게 아름다운 아가씨가 있었단 말인가? 어허, 이러니 속세가 선계이고 선계가 곧 속세라고 할밖에."

"흥!"

이번에는 명백히 저를 놀리는 말투라 왕소령이 차갑게 코웃음을 쳤다. 그 소리를 들은 세 놈이 더욱 너스레를 떤다.

말상의 사내가 파풍도를 지고 있는 장한을 가리키며 놀려 댔다.

"역시 선녀는 콧방귀 소리도 아름답구만. 너같이 막되어 먹은 놈과는 달라."

"제기랄, 그것 말고 뒤로 뀌는 방귀는 그럼 어때? 그것도 아름다울 것 같으냐?"

놀림을 받은 사내가 벌컥 화를 내자 주걱턱의 사내도 말상의 사내를 거들어서 파풍도 진 사내를 놀려댔다.

"네놈의 지독한 방귀와는 확실히 다르겠지. 아마 향기가 날 거야."

그들 세 사람이 자꾸 민망한 말로 저를 놀리자 왕소령은 참을 수 없게 되었다.

그녀가 손바닥으로 탁자를 치며 소리쳤다.

"그만두지 못해!"

서로 다투던 세 사내가 일제히 어리둥절한 얼굴로 그녀를 바라본다.

"어라? 선녀님이 화를 낼 줄도 아는구나?"

가뜩이나 심란해 있던 왕소령인데 그들의 놀림을 받자 화가 폭발하기 직전이었다. 한껏 분풀이라도 해주고 싶다.

"한 번만 더 지저분한 소리를 꺼내면 그 입들을 영영 놀리지 못하게 해주겠어."

착 가라앉은 차분한 음성이다. 그것이 그녀의 마음이 얼마나 싸늘해져 있는지 알려주지만 세 명의 장한은 아랑곳하지 않았다.

"선녀가 화를 내니 더 예쁘다."

"내 소원이 뭐였는지 알지?"

"선녀를 한 번 품어보는 거?"

"으흐흐흐—"

음침한 웃음을 흘린 말상의 사내가 벌떡 일어나더니 왕소령에게로 다가갔다.

"처음 뵙겠소. 소생은 철룡방의 향주인 이무곡이외다."

"흥!"

왕소령은 여전히 쌀쌀맞은 코웃음으로 대꾸할 뿐이다.

자기를 소개한 말상의 사내는 물론, 자리에 앉아 있던 두 명의 장한이 모두 의아하다는 얼굴을 했다.

절강 남쪽 지방뿐 아니라 강호에서 철룡방(鐵龍幇)이라면 모르는 사람이 없을 정도로 유명한데, 저 아가씨는 조금도 알지 못하고 있는 것 같으니 그렇다.

魔風俠星

第七章

마녀(魔女) 출현

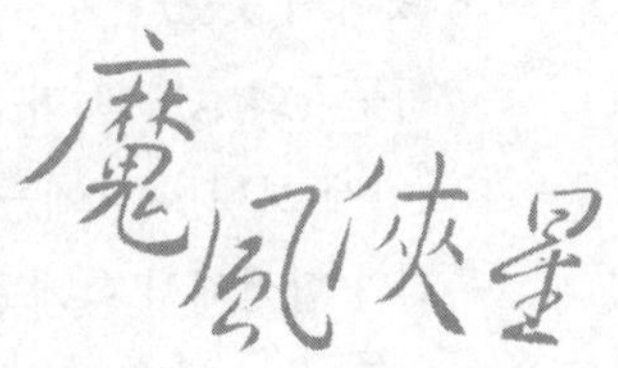

철룡방은 항주에 자리 잡고 있는 악가장(岳家莊)과 함께 절강 무림을 양분하고 있는 두 세력 중 하나였다.

방주인 화룡신검(火龍神劍) 양명악(陽明岳)이 검법의 종사로 꼽히는 걸출한 인물이고, 그의 휘하에 고수가 구름처럼 많다.

절강 무림을 좌지우지하다 보니 그들의 위세는 관도 우습게 여길 만큼 대단했다.

그곳에 속해 있는 무사들만 수백 명인데, 철룡방의 무사라는 자부심이 지나쳐서 때로는 오만하고 거칠기도 했다.

그래서 종종 물의를 일으키지만 누구도 그것을 드러내 놓고 탓하지 못했다.

이무곡이 음흉한 미소를 지으며 말했다.

"이제 보니 절강에는 처음 온 아가씨인 모양이군. 어떻소, 우리와 합석해서 함께 즐거운 시간을 보내는 것이."

노골적으로 치근거린다.

왕소령이 매서운 눈길로 노려보며 속삭이듯 말했다.

"저리 꺼져 버려. 나는 너 같은 말상을 보면 종일 재수가 없거든."

"뭐라고?"

말상의 사내, 이무곡의 얼굴이 보기 흉하게 일그러졌다.

그러잖아도 자신의 얼굴 생김 때문에 고민이 많은 그였다.

다른 건 다 참아도 누가 제 얼굴을 가지고 놀리면 결코 참지 못한다.

"이것이 낯짝 반반하다고 귀여워해 주렸더니 화를 자초하는구나!"

왕소령을 얕보는 투가 말투에서 그대로 드러났다.

어린 계집애가 검을 쓰면 얼마나 쓸 것이며, 재주를 부리면 얼마나 부릴 것인가 하고 생각한 것이다.

철룡방의 향주라는 제 위세를 믿는 바도 크다.

그가 손을 번쩍 들어 힘껏 왕소령의 뺨을 후려쳤다.

짝! 하는 소리와 함께 그녀의 얼굴이 홱, 돌아가고 비명을 터뜨려야 옳은 일인데 아무 소리도 나지 않았다.

“엇?”

저쪽에서 빙글빙글 웃으며 지켜보던 두 장한이 놀라서 눈을 휘둥그레 떴다. 이무곡이 새빨개진 얼굴로 진땀을 뻘뻘 흘리며 어쩔 줄 모르고 있었던 것이다.

완맥을 왕소령에게 잡힌 것인데, 그녀의 내력이 봇물 터진 것처럼 쏟아져 들어와 순식간에 상반신 반쪽을 마비시켜 버렸다.

고통을 참느라고 이를 악물었던 이무곡이 더 견디기 힘든 듯 온몸을 와들와들 떨어댔다.

안색마저 창백해져 있는 것이 그대로 조금만 더 시간이 지난다면 혈맥이 모두 상해서 폐인이 되어버리고 말 상황이었다.

왕소령의 얼굴은 싸늘할 뿐, 조금의 표정도 떠올라 있지 않았다.

“그 손을 놓아라!”

파풍도를 쥔 자가 버럭 소리쳤고, 주걱턱의 사내는 벌써 자리를 박차고 왕소령에게로 달려든다.

“감히 철룡방의 향주 어르신들에게 무례하게 굴다니! 어린 계집이라고 봐주지 않겠다!”

그들 세 명은 모두 향주라는 직분을 가진 자들이었던 것이다.

주걱턱의 사내가 말로 왕소령을 위협하는 한편, 두 손을 뻗고 후려치며 그녀를 핍박했다.

주먹에서 윙윙거리는 바람 소리가 나는 것이, 제법 내력이 굳세고 솜씨가 뛰어나다.

왕소령은 여전히 얼음굴에서 빠져나온 사람처럼 싸늘하기만 했다. 서릿발처럼 날카로워진 안광을 번쩍이며 경고한다.

"너희들이 스스로 화를 자초했으니 나를 원망하지 마라."

그녀가 이제는 정신을 잃을 지경이 된 이무곡을 와락 밀어 버리고 벌떡 일어났다.

그녀의 밀친 힘이 대단해서 커다란 덩치의 이무곡이 허수아비처럼 날아가 난간을 부수고 아래층으로 떨어져 버렸다.

우지끈, 하고 탁자 박살 나는 소리와 함께 사람들의 놀란 비명 소리가 들려왔다.

이제는 홀가분하게 된 왕소령이 슬쩍 머리를 기울이고 어깨를 비틀었다.

쉭, 쉭, 하는 바람 소리를 내며 주걱턱 사내, 엄태세의 주먹이 스쳐 갔다.

왕소령이 왼손을 뻗어 엄태세의 팔꿈치를 가볍게 밀었다.

힘껏 주먹을 뻗어낸 제 힘에 왕소령의 힘이 더해지니 엄태세는 감당하지 못한다. 중심이 한쪽으로 기울며 몸마저 덩달아 돌아갔다.

왕소령이 그런 엄태세의 발목을 걸어냈다.

점창파의 절기인 박룡장(搏龍掌) 중 연자급수(燕子急水)의 수법으로 날렵하게 발을 뻗어 비로 쓸듯이 한 것이다.

　엄태세의 몸이 중심을 완전히 잃고 허공에 뜬 순간 왕소령의 수도가 금부초두(金斧剿頭)의 수법으로 뒷덜미에 떨어졌다.

　빠악—!

　뒤통수에서 나무판자를 쪼개는 것 같은 소리가 터져 나오고, 엄태세는 거꾸로 매쳐진 것처럼 얼굴부터 바닥에 처박혀 의식을 잃고 늘어졌다.

　"이년!"

　눈 깜짝할 사이의 일에 얼떨떨해져 있던 문대랑이 지고 있던 파풍도를 뽑아 들었다.

　일백 근은 족히 나가 보이는 그것을 바람개비처럼 휘두르며 와락 덮쳐 오는데, 호랑이가 사슴을 노리는 듯했다.

　부웅—

　그는 생긴 것과 달리 완력이 대단했다. 타고난 모양이다.

　어지간한 장정도 힘에 부쳐 할 파풍도를 마치 부지깽이 휘두르듯 한다.

　"이 죽일 년, 감히 난동을 부리다니, 철룡방의 어르신들을 우습게봤다 이거지? 오냐, 사지가 찢어진 뒤에도 그럴 수 있나 보자!"

　이를 박박 갈며 끔찍한 욕을 해댄다.

　그러는 동안에도 쉬지 않고 파풍도를 풍차처럼 휘두르니

왕소령은 그자의 기세와 파풍도의 위력에 질려 언뜻 달려들 엄두를 내지 못했다.

왕소령은 사문의 경공신법인 삼보추월(三步追月)의 수법으로 가볍게 움직여 그 무지막지한 공세를 피하고 있었다.

날랜 족제비가 사냥꾼의 몽둥이를 피하듯 좁은 공간 속에서 이리저리 민첩하게 움직이는 것이 아름답기까지 하다.

그렇게 십여 차례나 파풍도를 휘둘렀지만 문대랑은 조금도 지치지 않았다. 이를 악물고 살기로 번쩍이는 눈빛을 쏘아대며 더욱 사납게 몰아칠 뿐이다.

왕소령은 짜증이 났다. 이만하면 이놈이 스스로 어려움을 알고 물러나 주었으면 하는데 전혀 그럴 기색이 보이지 않으니 그렇다.

그새 아래층으로 떨어졌던 이무곡이 정신을 차리고 날 듯이 이층 계단을 뛰어올라 왔다. 검을 뽑아 들고 두 눈에서 지독한 살기를 내뿜으며 왕소령을 노려본다.

저쪽에 얼굴을 처박은 채 기절해 있던 엄태세도 정신이 돌아오는지, 낮은 신음을 흘리며 꿈틀거렸다.

문대랑은 이년을 조금만 더 붙잡아두고 있으면 된다는 생각에 더욱 힘이 솟는 모양이었다. 휘두르는 칼에서 붕, 붕, 하는 요란한 바람 소리가 난다.

왕소령이 잔뜩 눈살을 찌푸리더니 탁자에 기대놓았던 제 검을 발끝으로 툭, 차 올렸다.

부웅—

그 틈에도 문대랑의 파풍도가 아슬아슬하게 앞섶을 훑고 지나간다.

재빨리 비켜서며 허공에 떠오른 검을 낚아채듯 움켜쥔 왕소령이 그것을 뽑았다.

쩽, 하는 경쾌한 소리가 들리는가 싶었는데 창백하고 시린 검광이 눈부시게 뻗어나가 주위를 밝힌다.

보검이었다.

그것을 본 문대랑이 주춤했고, 서너 걸음 앞으로 달려든 이무곡은 음심과 탐욕을 한꺼번에 드러냈다.

"좋다, 오늘 저 계집을 겁탈하고 검도 빼앗아야겠다. 그만하면 한 대 얻어터진 대가로는 충분하겠지."

차라리 그 말을 하지 않았으면 좋았을 텐데, 그 한마디가 왕소령의 살기를 불러일으키고 말았다.

개울가에서 동창의 무사에게 당할 뻔했던 기억 때문에 겁탈이라는 말만 들어도 살기가 뻗치는 것이다.

"네놈이 다시는 주둥아리를 놀리지 못하게 해주겠다!"

날카롭게 소리친 왕소령이 한 발을 번쩍 들어 맹렬하게 걸어찼다.

땅—!

그녀의 어깨를 노리고 떨어지던 문대랑의 파풍도가 왕소령의 발에 맞아 요란한 소리를 내며 옆으로 튕겨졌다.

"이얍!"

그 틈을 뚫고 맹렬하게 쳐들어가는 그녀가 쇳소리 같은 기합성을 터뜨렸고, 동시에 이무곡의 처절한 비명 소리가 들려왔다.

"으악!"

쏜살같이 달려든 왕소령이 점창파의 비전 검법인 사일검법(斜日劍法) 중 제일초인 승풍낙조(乘風落照)의 수법으로 거침없이 이무곡의 가슴을 꿰뚫어 버린 것이다.

미끄러지듯 달려드는 그녀의 신법이 놀랍고, 검법은 그보다 몇 배는 더 빠르고 놀라웠다. 그래서 이무곡은 제가 무슨 수법에 어떻게 당했는지도 알지 못하고 풀썩 고꾸라졌다.

살심이 미치도록 치솟은 왕소령의 검은 거기에서 멈추지 않았다.

그녀가 빙글 옆으로 도는가 싶더니 이번에는 옥령칠식(玉嶺七式) 중 삼첨간월(三尖看月)의 수법으로 맹렬하게 검을 찔러 넣었다.

문대랑이 빗나간 파풍도를 미처 끌어들이기도 전에 이루어진 일격인데, 세 자루의 검이 동시에 찔러 들어오는 것처럼 보였다.

"이크!"

깜짝 놀란 문대랑은 비로소 저희들이 사나운 암호랑이를 잘못 건드렸다는 걸 알았지만 늦었다.

문대랑의 얼굴에 언뜻 죽음의 그늘이 스치고 지나갔다.

그는 당황해서 손발을 허둥거렸다. 조금 전처럼 파풍도를 휘두를 수 있기는커녕, 어떻게 된 일인지 아무리 바쁘게 두 발을 움직이고 몸을 이리저리 비틀어도 왕소령의 검끝에서 조금도 벗어날 수 없었던 것이다.

"이얍!"

그가 악을 쓰듯 기합성을 터뜨리더니 짐이 되어버린 파풍도를 버리고 가슴 앞에서 두 손으로 그녀의 검을 덥석 붙잡아 버렸다. 무의식중에 그렇게 한 것이다.

"흥!"

왕소령의 냉랭한 코웃음 소리가 천둥소리처럼 귓속에 울렸다.

이제는 조금도 귀엽지 않은 끔찍한 소리다.

"크윽!"

문대랑이 참담한 비명을 쏟아냈다.

가볍게 검을 털어 그의 열 손가락을 날려 버린 왕소령이 그대로 검끝을 문대랑의 가슴 깊숙이 박아 넣은 것이다.

"어? 어?"

저쪽에서 주걱턱의 사내, 엄태세가 입을 딱 벌렸다.

막 정신을 차리고 일어나자 눈앞에서 문대랑이 맥없이 주저앉는 게 아닌가.

가슴에서 콸콸 피를 흘려대며 나자빠져 있는 이무곡도 보인다.

엄태세는 도대체 이게 꿈인지 생시인지 얼떨떨하기만 했다.

뒤통수가 아직도 뻐근하고 목마저 뻣뻣해져서 움직일 때마다 지독한 통증이 온다.

"이, 이게…… 이게…… 도대체……."

그가 한 손으로 제 뒷덜미를 누르고 한 손을 뻗어 이무곡과 문대랑을 가리키며 말을 잇지 못했다.

왕소령이 핏물이 뚝뚝 떨어지는 검을 쥐고 천천히 돌아섰다.

싸늘하게 굳어 있는 그녀의 얼굴이 더 이상 아름답게 보일 리가 없다.

"어떻게 된 거지? 네가…… 정말 네가 이렇게 했단 말이냐?"

왕소령의 붉은 입술이 파르르 경련을 일으켰다.

"너도 뒤따르게 해주마."

"뭐라고?"

아직 머릿속이 흔들려서 정신이 멍한 상태인 엄태세는 그녀의 말뜻을 빨리 이해하지 못했다.

"에잇!"

왕소령의 싸늘한 외침이 들렸고, 엄태세는 제 목을 치고 나가는 이물질의 섬뜩한 감촉을 느꼈다.

이내 눈앞이 깜깜해진다.

"지독한 솜씨로군."
저쪽에서 한탄과 함께 낮은 중얼거림이 흘러나왔다.
왕소령은 한 사람을 잊고 있었다는 걸 깨달았다.
죽은 자의 옷깃에 검을 문질러 닦은 그녀가 천천히 돌아보
았는데, 어느덧 평상시의 얼굴로 돌아와 있었다.
"한 놈을 죽이나 세 놈을 죽이나 마찬가지니 상관없어요."
그녀는 말을 하고 스스로 깜짝 놀랐다. 비로소 제가 무슨
짓을 했는지 알게 되었다는 듯하다. 그래서 이렇게 변해 버린
자기 자신의 또 다른 모습을 보고 스스로 경악한다.
침통해진 그녀의 얼굴을 물끄러미 바라보던 도사가 머리
를 끄덕이고 나서 말했다.
"여협은 점창파의 전인이었군?"
"당신도 강호의 인물인가요?"
"방금 여협의 검에 찔려 죽은 자가 잘 말해주었지. 도사와
속세의 인간이 둘이 아닌데 강호의 인물인가 아닌가를 따지
는 건 무의미한 일이야. 그렇지 않나?"
"그렇군요."
왕소령이 시큰둥하게 대꾸하고 이내 고개를 돌렸다.
그녀는 수상해 보이는 도사와 말씨름을 하고 싶은 마음이
조금도 없었다.

하지만 도사는 잔뜩 흥미가 동한 모양이었다. 순순히 물러서려 하지 않는다.

"그나저나 절강 땅에 들어와서, 게다가 금화를 지척에 둔 곳에서 철룡방의 세 향주를 간단히 죽여 버렸으니 장차 그 화를 혼자서 어찌 감당하려는가?"

"상관할 것 없어요."

매섭게 쏘아준 왕소령이 탁자에 앉아 태연히 남은 술을 따라 마셨다.

발아래 세 구의 참혹한 주검이 널브러져 있건만 조금도 신경 쓰지 않는다.

잠깐 흔들렸던 본래의 마음은 어디로 가고, 다시 매섭게 살검을 휘두르던 그녀로 돌아간 듯했다.

그녀가 두 잔째의 술을 마셨을 때 모악봉이 헐레벌떡 뛰어들어 왔다.

주청 안의 분위기가 살벌해지고, 남아 있는 손님들이 거의 없다는 걸 의아하게 여기면서 이층으로 올라왔는데, 손에 둘둘 만 종이쪽을 들고 있었다.

"으악!"

그가 왕소령의 발아래 널브러져 있는 세 구의 주검을 보고 기겁을 했다.

"왜 이제 오는 거야?"

왕소령이 짜증스럽게 물었지만 대꾸할 정신마저 없는 듯

쩔쩔매기만 한다.

"소, 소저, 이게 대체…….”

"신경 쓸 것 없어. 그것보다 다녀온 일이나 털어놔.”

왕소령의 태연함에 질린다는 듯 모악봉이 쭈뼛거리며 다가와 겨우 그녀와 마주 앉았다.

"현청 앞 광장에서 이런 걸 얻었소.”

둘둘 말아 쥐고 있던 종이를 좍 펼쳤는데, 벽에 붙어 있던 방을 떼어온 것이었다.

"응?"

그것을 들여다본 왕소령이 깜짝 놀랐다.

엉성하기는 했지만 그곳에 그려져 있는 게 바로 도수백의 얼굴이라는 걸 쉽게 알아볼 수 있었던 것이다.

"아니, 이게 어떻게 된 거야?"

"나야 까막눈이라 알 수 없지만 소저는 글을 배웠으니 읽을 수 있을 것 아니오?"

왕소령이 그림 곁에 빼곡하게 적혀 있는 죄상을 읽고는 코웃음을 쳤다.

도수백은 어느덧 난적의 무리가 되어 있었는데, 현청에 난입하여 현령과 관병들을 무참히 죽이고 뇌옥을 깨뜨려 죄수들을 방면시켰다는 내용이 소상하게 적혀 있었다.

그의 목에 무려 일천 냥의 현상금이 걸려 있었다.

'흥! 일천 냥의 상금에 눈이 멀어 죄없는 내 아버지를 죽이

더니 이제는 제 놈의 목에 그만큼의 상금이 걸리는 신세가 되었군.'

마음 한편으로 고소한 생각이 들면서 씁쓸하기도 했다.

난적으로 낙인찍혀 현상금이 걸리면 대륙 구석구석에 이와 같은 방이 나붙는다. 그러면 어디를 가든 그것을 노리는 사냥꾼들이 따라붙게 마련이었다.

한시도 마음 놓을 수 없는 신세가 되는 것이다.

"어떻게 하겠소?"

모악봉의 물음에 잠시 생각하던 그녀가 야무지게 대답했다.

"어떻게 하긴, 당장 그리 가봐야지."

"안길현으로? 닷새는 족히 걸릴 텐데? 그리고 거기 가봐야 그놈은 이미 멀리 떠나고 없을 거요. 어떤 멍청한 놈이 그런 짓을 저지르고 여전히 거기 눌러앉아 있겠소?"

"그래도 가겠어."

왕소령이 검을 쥐고 발딱 일어섰다.

그녀는 도대체 도수백이 무엇 때문에 그처럼 멍청한 짓을 한 건지 알고 싶었다.

그가 무모하게도 현청을 들이쳐 현령의 목을 베고 뇌옥을 깨뜨렸을 때는 그만한 이유가 있을 텐데, 그게 무엇인지 궁금했던 것이다.

"따라오는데?"

잰걸음으로 곁에 따라붙은 모악봉이 뒤를 힐끔거리며 말했다.

객잔에서 보았던 중년의 도사가 멀찍한 거리를 두고 뒤를 따르고 있다는 걸 왕소령은 벌써부터 알고 있었다.

"내버려 둬. 그도 같은 방향으로 가고 있는 중이겠지."

"그래?"

모악봉이 인상을 쓰고 머리를 갸웃거렸다. 자꾸만 중년의 도사가 마음에 걸리는 모양이다.

"저만큼 떨어져서 와라. 너 같은 자와 동행하고 있으니 사람들이 나까지도 이상하게 보잖아."

자꾸만 곁에 바짝 붙어 서는 모악봉에게 눈을 흘겨 보인 그녀가 쌀쌀하게 말했다. 모악봉이 히죽 웃고 떨어진다.

하지만 그의 마음은 저를 무시하는 왕소령에 대해서 서운함을 넘어 원한마저 갖게 되었다.

'좋아, 지금은 내가 참아주지. 하지만 언제고 나를 이렇게 멸시한 대가를 톡톡히 치르게 될 거다.'

날이 저물어 길가의 객잔에 들었고, 저녁을 먹고 있는 중인데 그 도사가 다가왔다.

"합석해도 되겠소?"

"싫다. 나는 도사니 중이니 이런 물건들이 영 마음에 들지 않거든. 저리 꺼져서 혼자 처먹든지 말든지 해!"

왕소령이 뭐라고 하기도 전에 모악봉이 나서서 한껏 독설을 퍼부어댔다.

왕소령에 대해 품고 있던 불만을 애꿎은 도사에게 터뜨리는 것이다.

중년의 도사가 잠깐 눈살을 찌푸렸으나 이내 얼굴을 펴고 빙긋 웃었다.

"성미가 급한 사람이로군. 나는 이 소저에게 물은 거라네."

"소저고 대저고 간에 나는 어쨌든 도사가 싫다. 그러니 어서 꺼져! 괜히 멀쩡한 대갈통에 금이 가고 난 다음에 후회하지 말고 말이다!"

모악봉이 허리춤에 꽂고 있는 두 자루의 도끼를 들썩이며 눈을 부라렸다.

왕소령은 상관하지 않았다.

모악봉이 성질이 나서 한번 패악을 부리기 시작하면 누구보다 흉포하다는 걸 알지만 저 알 수 없는 도사가 어떻게 대처할지 궁금했던 것이다.

모악봉이 개 패듯 두들겨 패서 쫓아버려도 좋고, 도사가 모악봉을 혼내줘도 좋다.

그런 생각으로 짐짓 모르는 척하며 천천히 젓가락질을 한다.

왕소령의 눈치를 힐끗 본 모악봉은 그녀가 상관하지 않는 걸 보고 더욱 기세가 등등해졌다. 이 허여멀끔한 도사 놈을 실컷 두들겨 패서 분풀이를 해도 괜찮겠다는 확신이 섰기 때문이다.

"정말 안 꺼질 테냐? 귀신 씻나락 까먹는 소리로 몇 푼의 돈이나마 우려내 보려는 수작이라면 딴 데 가서 알아봐. 너줄 돈이 있으면 뼈다귀를 사서 지나가는 개에게 던져 주겠다, 이 빌어먹을 도사 놈아."

이제는 도사를 거지 취급한다. 도사도 기분이 상했던지 더 이상 미소 짓지 않았다. 입을 꾹 다물고 묵묵히 모악봉을 바라본다.

"뭘 꼬나봐? 이 모 나리가 그동안 소저의 감화를 받아서 성질을 많이 죽였기에 망정이지, 대리에서 같았으면 너는 벌써 대갈통이 두 쪽이 되어서 우화등선했을 거다."

그의 험한 입담은 객청에 가득한 손님들마저 눈살을 찌푸릴 정도였다. 하지만 워낙 모악봉의 생김새가 추괴하고 기세가 흉흉한지라 감히 나서서 꾸짖으려는 자가 없었다.

모악봉은 더욱 기가 살았다. 지금의 제 처지를 잊고 대리에서 악당들의 우두머리로 군림할 때의 위세를 되찾은 것 같다.

"나는 저 여협에게 하고 싶은 말이 있으니 그대는 조금 기다려 주는 게 어떻겠소?"

도사는 수양이 깊은 모양이었다. 모악봉이 그렇게 패악을 떨건만 여전히 잔잔하고 온화하다.

그런 도사의 태도가 왕소령의 마음을 움직였다. 그녀가 모악봉을 노려보며 빽, 소리쳤다.

"시끄럽다! 혼자 있는 것도 아닌데 그만 떠들고 입 다물어!"

그녀의 고운 얼굴에서 그런 거친 말이 나오니 사람들은 모악봉의 패악을 본 것 못지않게 놀라 그녀를 바라보았다.

어느덧 왕소령은 강호의 여걸답게 몸도 마음도 변해 있었던 것이다.

모악봉이 찔끔해서 얌전히 제자리에 앉아 고개를 숙이고 젓가락을 깨작인다.

도사가 빙긋 웃고 포권했다.

"소저에게 조용히 할 말이 있는데 들어주시겠소?"

"그러시지요."

왕소령이 선선히 수락하고 눈짓을 하자 그 뜻을 읽은 모악봉이 잔뜩 인상을 쓰고 투덜거렸다.

"제기랄, 나는 아직 배를 채우지 못했단 말이오."

"객잔이 여기뿐이냐?"

"이 빌어먹을 도사 놈 같으니. 괜히 끼어들어서 어르신의 식사를 방해하다니. 내가 네까짓 말라비틀어진 도사 놈이 무서워 피하는 줄 아느냐? 더러워서 피한다. 하지만 잊지는 못하지. 그러니 늘 뒤통수를 조심해서 간수해야 할 거다. 제기랄."

한껏 눈을 부릅뜬 모악봉이 도사에게 불만과 협박을 뒤섞어 투덜거리고 나서야 어기적거리며 자리를 떴다.

말은 도사에게 했지만 마음속으로는 왕소령을 생각하고 그렇게 지껄인 것이다. 하지만 그녀도 귀에 담아두지 않았다.

그가 완전히 사라지고 나자 도사가 은밀한 음성으로 말했다.

"사부께서는 안녕하시오?"

"내 사부님을 아시나요?"

"하하, 강호의 물을 먹는 자치고 누가 창산의 은룡(隱龍)을 모르겠소?"

문득 왕소령의 얼굴에 그늘이 진다. 그것을 놓치지 않고 본 도사가 다시 부드럽게 말했다.

"사일검협 편 장문의 무공과 덕망이 창산을 덮을 만하고, 백화선고 단 여협의 명성이 우레와 같다는 걸 세상이 다 알지. 그대는 그런 사부와 사모의 공부를 모두 물려받았을 테니 부럽기 짝이 없소."

"지금 저를 비웃는 건가요?"

도사의 말에 왕소령이 고마워하기는커녕 발끈 화를 냈다.

그가 오늘 낮 객잔에서의 싸움을 모두 보았을 텐데도 그렇게 말하니 저를 놀리는 것으로밖에는 생각할 수 없었던 것이다.

"천만에, 천만에."

도사가 손사래를 쳤다.

"나는 진심으로 하는 말이라오. 듣기로 창산에 한 송이의 꽃이 있다고 하던데 내 생각에는 소저가 바로 그 창산일화인 것 같소만?"

"창산의 꽃은 오래전에 꺾였고, 지금은 강호를 떠도는 암고양이만 남아 있답니다."

왕소령이 처연하게 한숨을 쉬고 그렇게 말했다.

도사의 얼굴에 안타깝고 아쉬워하는 기색이 어린다.

"자식이 부모에게서 갈라져 나와 제 삶을 살지만 영영 부모를 떠날 수 없는 것처럼 소저 또한 지금은 혼자서 고난과 역경을 헤쳐 나가느라 고단해져 있어도 결국 사부와 사모에게로 돌아갈 터. 그때는 다시 본래의 모습을 되찾고 창산의 한 송이 꽃으로 되살아나지 않겠소?"

"감사한 말씀이군요."

왕소령이 쓸쓸하게 미소 지었다.

'과연 내가 창산을 떠나기 전의 그 모습을 되찾을 수 있을까? 과연 내가 사문으로 되돌아갈 수 있을까?'

도사의 위로에도 불구하고 그녀의 마음속에는 여전히 그런 자조적인 생각이 깃들어 있었다.

그녀가 잠시 빠져들었던 감상적인 생각에서 얼른 깨어나 말했다.

"그런데 도장께서는 이런 말을 하려고 저를 찾아오신 건가요?"

중년의 도사가 빙긋 웃었다.

"어찌 그렇겠소?"

"그럼 어서 하실 말씀이나 하고 떠나세요."

다시 냉랭해진다.

"나는 소저에게 한 가지 제안을 하고자 한다오."

"제안이라니요?"

"머지않아 소저는 곤란한 지경에 처하게 될 것이오. 그때 내가 소저를 한 번 도와서 곤경을 면하게 해주겠소."

"흥, 도장께서는 점술에도 조예가 깊은 모양이군요?"

"내 말을 허투루 들어서는 안 되오."

도사가 엄숙한 얼굴을 하고 왕소령을 빤히 바라보았다. 왕소령은 그의 눈길에서 그가 지금 자기를 놀리는 것도, 허튼소리를 하는 것도 아니라는 걸 느낄 수 있었다.

그러자 궁금증이 인다.

"대체 내가 어떤 위험에 어떻게 빠지게 된다는 건가요?"

"그건 두고 보면 알게 되지. 어떻소? 내 제안을 받아들이겠소?"

"내가 치러야 할 대가는 뭐지요?"

"나를 한 번 도와주면 되오."

"도와달라고요?"

"그렇소. 머지않아 나 또한 위험에 처하게 될 텐데, 아무래도 혼자 힘으로는 그것을 헤쳐 나갈 자신이 없구려."

알 수 없다. 그래서 왕소령은 빤히 도사를 바라보기만 했다.

도사는 그녀가 의심한다고 생각했던지 더 간절한 얼굴이 되어서 말했다.

"그래서 누군가 도움이 될 만한 사람이 없을까, 하고 고심하며 찾아다니던 참이었소. 그런데 알맞은 때에 알맞게도 소저를 만났으니 이는 하늘이 인도해 준 게 아닌가 싶소."

"도대체 도장은 누구신가요?"

"하하, 조금 전 소저는 스스로 강호를 떠도는 고양이에 비유했는데, 나 또한 그렇게 말하면 될 듯하구려. 정처없이 세상을 떠도는 한 마리 들개라고 합시다."

"그래도 강호에서 통하는 이름은 있을 것 아니겠어요?"

"강호의 친구들은 나를 곤륜삼도라고 하지."

"곤륜삼도?"

왕소령이 머리를 갸웃거렸다. 들어본 적이 없는 이름인 것이다.

사실 중원에서는 그를 아는 자가 거의 없었다. 하지만 곤륜삼도(崑崙三道) 여곤화(呂坤禾)라는 이름은 감숙과 청해 일대는 물론이고, 멀리 서장에까지 알려져 있었다.

그런데도 강호에 그를 아는 자가 드문 건 그가 좀체 중원으로 들어오지 않았던 탓이다.

그런데 이번에는 무슨 일 때문인지 이렇게 슬그머니 절강 땅에 나타났다.

"이제 보니 도장은 곤륜파의 사람이었군요?"

"천만에, 천만에."

곤륜삼도 여곤화가 손사래를 쳤다.

"내가 무슨 복이 있어서 곤륜산의 도를 얻었겠소? 그저 그 산의 그늘에 붙어 살면서 이름을 도둑질한 것에 지나지 않지."

정색을 하고 말하지만 왕소령은 그의 말을 그대로 믿지 않았다. 이처럼 자신을 비하하면서까지 애써 변명한다는 건 무언가 말 못할 사정이 있는 게 틀림없기 때문이다.

"어떻소, 소저는 내 제안을 받아들이겠소?"

잠시 생각하던 왕소령이 머리를 끄덕였다.

"좋아요, 과연 나에게 무슨 일이 일어날지, 도장에게 어떤 위험이 닥칠지 궁금해서라도 거절할 수 없군요. 하지만 이것만은 분명히 해둬야겠어요."

"말해보시오."

왕소령이 허락하자 곤륜삼도 여곤화가 얼굴에 희색이 만연해서 머리를 끄덕였다.

"첫째, 나는 지금 안길현으로 가는 길인데 그걸 바꿀 생각은 없어요."

"좋소, 좋아. 마침 내가 가려던 곳과 같은 방향이니 상관없소."

"둘째, 만약 사흘 안에 나에게 아무 일도 일어나지 않는다면 도장의 말이 틀렸으니 이 약속은 없던 걸로 하겠어요."

"그것도 좋소. 그 안에 반드시 아주 나쁜 일이 소저에게 닥칠 거라고 장담하지."

"셋째, 내가 한 번 도움을 받고 한 번 도와주면 그걸로 빚이 없는 셈이니 그다음에는 내 마음대로 하겠어요."

내내 성글벙글하며 '좋아'를 연발하던 곤륜삼도가 눈을 크게 떴다.

"어떻게 말이오?"

"도장이 나쁜 짓을 하고도 나를 이용해서 위기를 넘겼다면 내가 도장을 죽여서 나를 이용한 죄를 물을 수도 있다는 거지요."

"하하하, 치밀하구려. 좋소, 좋아. 만약 그렇다면 내 기꺼이 소저의 검을 받지."

곤륜삼도가 너털웃음을 터뜨렸다. 적어도 자신이 나쁜 사람이 아니라는 걸 강조하는 것이다.

"그 밖에 더 있소?"

"없어요. 그 세 가지만 약속하기로 해요."

"좋소, 기꺼이 약속해 드리리다."

魔風俠星
第八章
기요성(寄曜星)의 소식을 듣다

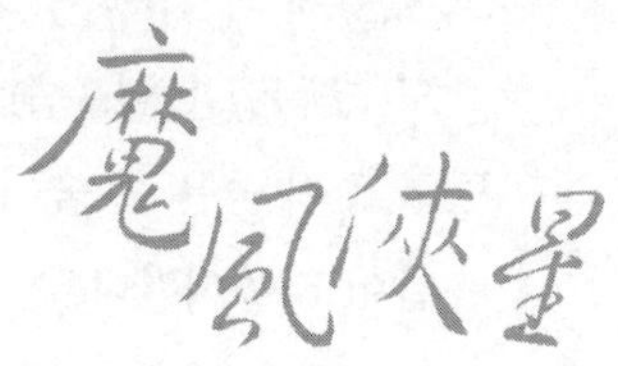

도수백은 안길현에서의 일이 있은 직후 그곳을 떠나 낮에는 자고 밤에만 걸어 닷새 뒤에 막간산(莫干山) 아래에 이르렀다.

벌써 각처에 자기를 찾는 방이 걸리고, 무려 일천 냥이나 되는 현상금이 목에 걸렸다는 걸 아는 터라 조심하지 않을 수 없었던 것이다.

저를 찾고 있는 동창 놈들에게 '나 여기 있소' 하고 광고를 한 것도 되니 늘 뒤에도 신경을 써야 할 것이다.

막간산은 천목산과 함께 절강 북부 지방에서 보기 드물게 크고 높은 산이다. 골이 깊고 숲이 울창하니 잠시 몸을 숨가고 있기에 적당하다.

도수백은 한 열흘쯤 어디 구석진 곳의 암자에라도 몸을 의탁하고 쥐 죽은 듯 숨어 있을 작정이었다.

날이 저물어간다.

도수백은 죽립을 깊이 눌러쓴 채 작은 촌락으로 들어섰다. 귀수촌(貴水村)이라는 곳인데, 막간산 북쪽 자락에 오십여 호가 모여 있는 부락이다.

어느 곳이나 그렇듯이, 촌락 가운데 높은 벽돌담을 두른 지주의 장원이 있고 그곳을 중심으로 드문드문 민호(民戶)가 퍼져 있다.

마을 입구에 귀수촌 유일의 객잔인 춘래호가(春來豪家)가 있었다.

제법 오래된 역사를 가지고 있는 곳이지만 지금은 오가는 사람이 없는 탓에 거의 폐업 직전에 와 있는 곳이었다.

그 춘래호가의 낡은 문을 밀고 한 사람이 들어섰다. 도수백이다.

퀴퀴한 냄새가 나는 낡은 주청에 홀로 앉아 맛없는 음식을 먹고 있는 동안 날이 완전히 저물었다.

"방이 있소?"

게으름이 뚝뚝 떨어져 보이는 주인에게 물으니 그가 턱짓으로 이층을 가리켰다. 뚱한 얼굴이 내내 펴지지 않는다.

“음식 값까지 해서 두 냥이오.”

점소이의 안내가 있을 리 없다. 아예 점소이가 없는 객잔인 것이다. 주인이 주방장이고 점소이며 집사다.

도수백은 그게 오히려 마음에 들었다. 그만큼 소문이 늦게 들어올 것이고, 저를 알아볼 일이 없을 것이기 때문이다.

느긋한 마음으로 술 한 병을 더 시키고 앉아 있는데 때늦게 밖이 소란스러워지더니 한 무리의 사람들이 우르르 객잔으로 몰려들었다.

게으른 주인의 눈이 휘둥그레진다.

삼삼오오 짝을 지어 먼지 쌓인 탁자를 차지하고 앉은 사람들이 시끄럽게 소리 질러대는 통에 절간처럼 고요하기만 하던 객잔이 순식간에 장터처럼 되어버렸다.

여기저기에서 소리 질러 주문하는 음식들을 주인은 다 기억하지 못할 것이다.

“시끄러!”

귀를 막고 있던 그가 기어이 버럭 소리쳤다.

다들 어리둥절해서 그런 주인을 바라본다. 손님에게 시끄럽다고 소리치는 주인이 있다는 건 듣도 보도 못한 터라 여기가 객잔이 맞나? 하는 생각이 들었으리라.

“고기는 돼지 수육밖에 없고, 채소는 배추밖에 없다! 술은 백주 두 단지가 다야! 밥을 지으려면 아랫마을에 가서 쌀을 가져와야 하니까 한참 걸릴 거다! 기다렸다가 먹을 거면 먹고 싫으면 말아!"

벽에 시커먼 그을음을 옷처럼 입고 매달려 있는 돼지 다리 몇 개가 보였다. 주인이 말하는 돼지 수육이 저거라면 한심한 일이다.

"제기랄, 날이 저물었는데 객잔이라고는 여기뿐이니 어쩌 란 말이야?"

누군가 투덜댔고, 주인이 눈을 부라렸다.

"그럼 잔말 말고 주는 대로 먹고 돈이나 내던가."

"이건 날강도가 따로 없구만."

누군가의 낮은 투덜거림이 주인의 귀에 들어갔다.

"날강도? 내가 언제 거저 돈을 달라고 했어? 술도 주고 음 식도 준단 말이다. 그게 싫으면 내 객잔에서 나가!"

기세가 등등하다. 그래서 늙고 젊은 스무 명의 장사꾼은 찍 소리도 못했다.

눈을 부라리고 그들을 휘둘러 본 주인이 쿵쿵거리며 주방 으로 들어가고 나자 비로소 사람들이 낮게 투덜거리기 시작 했다.

"제기랄, 관도를 막아놓고 가지 못하게 하면 우리 같은 사 람들은 어떻게 살라는 거야?"

"도대체 도수백이라는 놈이 무슨 짓을 저질렀기에 그 난리 들인 거지?"

"안길현에 쳐들어가서 현령과 관병들을 쥐새끼 밟아 죽이

듯 해버리고 뇌옥을 깨뜨렸다잖아. 잡아놓은 죄수들이 이백여 명이었는데 죄다 달아났대."

"저런, 저런, 큰일을 냈구만. 그런데 혼자서 그랬다는 거야?"

"혼자였을 리가 있겠어? 모르긴 해도 수십 명이 작당하고 쳐들어갔겠지."

"그런데 왜 도수백 한 놈만 찾는 거야?"

"그놈이 수괴였던 모양이지 뭐."

아는 척하는 노인의 말에 모두 고개를 끄덕인다.

저쪽 구석에서 없는 듯 앉아 그들의 말을 듣고 있던 도수백은 쓴웃음을 지었다.

이 중에는 혹시 방을 본 사람도 있을지 모른다는 생각이 들었지만 무시했다.

스무 명이나 되는 사람들이 모두 상인으로 보일 뿐, 관이나 강호에 관련된 자가 없어 보이니 그렇다.

도수백은 그들이 또 무슨 말을 하는지 들어볼 작정으로 식어버린 음식을 천천히 씹어 오랫동안 우물거리며 귀를 기울였다.

그들은 대부분이 남쪽 지방을 오가는 장사꾼들이었다.

가지 않는 곳이 없으니 언제나 각처의 다양한 소식들을 듣고 본다.

배를 타고 태호를 건너와 육로를 따라 금화 방향으로 가는 중인데 막간산 아래의 관도에서 길이 막힌 것이다.

세 번이나 그렇게 막혔다.

한 곳은 관병들이 관문을 세우고 철저한 검문을 했기 때문에 상인들은 그 길을 포기할 수밖에 없었다.

대부분이 보따리 속에 관에서 허락하지 않은 물품을 한두 가지는 숨겨두고 있었기 때문이다. 소금이 그렇고, 민간에서 몰래 정련한 금괴가 그렇다. 개중에는 아편을 숨겨놓은 자도 있었다.

그래서 그들은 관도를 버리고 샛길을 택할 수밖에 없었는데, 그곳에는 산적같이 생긴 자들이 사사로이 길을 막고 오가는 사람들을 검색하고 있었다.

하나같이 거칠고 험악한 자들인데다가, 관병들과 달라서 수틀리면 대뜸 죽여 버리고 보따리를 빼앗았다.

두 곳의 샛길이 그런 우악스런 자들로 막혀 있는 이유를 상인들은 뒤늦게 알았다.

관병들은 도수백을 잡기 위해서였고 험악한 자들도 그랬는데, 그놈들은 도수백의 목에 걸려 있는 일천 냥의 상금을 노리는 사냥꾼들이었던 것이다.

어느새 안길현의 현성을 중심으로 하여 사방 삼백여 리에 걸친 넓은 지역에 천라지망이 쳐져 있는 셈이었다.

무리 지어 움직이던 상인들은 인적 뜸한 이곳의 샛길을 택할 수밖에 없었다.

　막간산의 높은 고개를 넘어가는 힘들고 귀찮은 일을 감수
하려는 것이다.

　좁은 객잔 안에서 따로 할 일이 있을 리 없다. 이곳에 오는
동안 서로 낯익은 사람들은 식탁을 마주하고 모여 앉았다.

　주방에서는 주인이 음식을 준비하는 모양인데, 별 기대는
하지 않는다. 시간도 많이 걸리는 모양이다.

　무료해진 그들은 누가 시키지 않아도 다투어 저희들이 듣
고 본 것들을 자랑하듯 떠들어대기 시작했다.

　그중에 도수백의 귀를 솔깃하게 하는 말이 있었다.

　왕가라는 늙수그레한 장사꾼이 목소리를 낮추어 조심스럽
게 꺼내놓은 말이었는데, 동창에 대한 것이었다.

　그 즉시 주위의 사람들이 서로의 눈치를 보면서도 가까이
모여들었다.

　"지난달에 귀양에 패물을 팔러 갔다가 이상한 소리를 들었
어."

　"그게 뭐요?"

　"귀양에 영복왕의 왕부가 있다는 건 다들 알고 있겠지?"

　"그래서? 뜸 들이지 말고 그냥 말해 버리시오. 조금 전에
동창이 어쩌구 하지 않았소?"

　재촉하는 중년의 사내를 흘겨본 왕 노인이 헛기침을 하고

나서 더욱 목소리를 낮추어 은밀하게 말했다.

"그 영복왕부가 복마전이라더군."

"복마전?"

머리가 벗겨진 중년의 사내가 말을 가로막고 나섰다.

하관이 빠지고 눈매가 날카로운 것이 예사 장사꾼은 아닌 듯했다.

"내가 알기로 영복왕은 왕부에서 꼼짝하지 않는다던데? 나랏일에 전혀 상관하지 않고 유유한 삶을 살 뿐인데 무슨 복마전이란 말이오?"

왕 노인이 입을 삐죽거렸다.

"흥, 그렇게 잘 아면 자네가 말해보게."

"쳇, 못할 것도 없지. 영복왕은 몇 년 전에 큰아들과 딸을 잃어버렸는데 얼마 전에는 막내마저 전쟁에 내보냈다가 잃었다더군. 그 일로 후덕한 그분이 울화병이 나 누웠다는 소리를 들었소. 날로 병이 깊어져서 언제 죽을지 모른다는데 복마전은 무슨 얼어죽을 복마전?"

주소룡의 일이 어느새 세간에 은밀히 퍼지고 있었던 모양이다.

지금의 황제가 무능하고, 황제를 둘러싼 간신배들이 탐욕스러우니 사람들의 마음이 자연히 황제를 떠나 그의 유일한 혈육인 영복왕에게 모이고 있는 것이다.

도수백은 언뜻 동창이라는 말을 들었을 때부터 남모르게

귀를 기울이고 있었다. 그러다가 화제가 주소룡에 대한 것으로 넘어가자 그들의 말에 더욱 귀를 기울였다.

대머리의 사내가 다시 말했다.

"괜한 말로 가만히 있는 영복왕 전하를 위태롭게 하지 마시오. 가뜩이나 사면초가에 몰려 있는 그분을 동정하지는 못할망정 모략하다니? 다시 그런 소리를 하면 노인이라고 봐주지 않겠어."

은근히 협박한다.

왕 노인이 지지 않고 대꾸했다.

"내가 언제 그분을 모략했다는 거냐? 며칠 전에 귀양부에서 직접 보고 들은 걸 말할 뿐이다. 너는 누군데 영복왕의 말에 그렇게 열을 내지?"

대머리사내가 가슴을 불쑥 내밀며 큰 소리로 말했다.

"흥, 나는 지금의 빌어먹을 황제보다 영복왕 전하가 낫다고 생각하는 사람이오. 왜? 관에 고변이라도 하시려고? 그렇다면 마음대로 하시구려. 내 이름은 이자첨이고 산동 출신이오."

그 말이 동창의 귀에 들어간다면 당장 역적에 준하는 죄로 잡혀 들어가 모진 고문을 당하고 갈가리 찢겨 죽을 것이다.

하지만 스스로를 이자첨이라고 밝힌 사내는 조금도 두려워하는 기색이 없었다. 오히려 눈을 부라리며 장사꾼들을 노려보았다.

"나는 귀주에서 새 황제가 나와도 좋다고 생각하오. 흥, 나 같은 생각을 하고 있는 사람이 어디 한둘일까?"

"저, 저 사람 큰일 낼 사람이로군. 함께 있다가는 우리까지 화를 당하겠다!"

왕 노인이 새파랗게 질린 낯으로 소리쳤다. 주위를 두리번거리는 것이 동창의 무사들이라도 들이닥칠까 봐 겁먹고 걱정하는 기색이 역력하다.

그들의 언쟁을 지켜보던 둥근 얼굴의 장사꾼이 손사래를 치며 끼어들었다.

"자, 자, 두 분은 고정하시오. 설마 이 궁벽한 산골에까지 동창의 귀가 있겠소? 쓸데없는 언쟁은 그만두고 귀양부의 소식이나 들어봅시다. 이 왕 노인이 직접 보고 들었다니 궁금하지 않소?"

"커흠."

다들 머리를 끄덕이며 바라보자 으쓱해진 왕 노인이 헛기침을 하고 나서 기다렸다는 듯 입을 열었다.

"귀양부에 동창의 무사들이 들끓는 게 영복왕을 둘러싸고 있는 무뢰배들을 잡기 위한 것이라더군. 밤이면 몇 명씩 아무도 모르게 죽어나가는데 그중에는 동창의 무사들도 있다는 거야."

"동창의 무사들이 죽어?"

"누군가와 싸움을 했다는 거겠지. 하지만 정체를 알 수 없는 자들이 더 많이 죽어서 저자에 버려져 있으니 이게 대체 무슨 일이겠어?"

"어허, 귀양부가 어쩌다가 그렇게 되었담. 분위기가 흉흉할 테니 어디 마음 놓고 드나들 수 있겠어?"

누군가의 탄식이 끼어들었고, 대머리에 눈매 날카로운 사내, 이자첨은 입을 꾹 다문 채 왕 노인을 노려보기만 했다.

그러거나 말거나 왕 노인이 제 말을 계속했다.

"소문에는 전장에 나가 죽었다고 알려진 막내 공자가 살아서 몰래 돌아왔다는 거야."

"응? 죽지 않았어?"

"소문이 그렇다는 거지. 아무튼 그 뒤로부터 동창의 무사들이 부쩍 늘어서 밤낮을 가리지 않고 왕부를 감시한다는군. 그런데 더 희한한 게 뭔지 알아?"

"……."

이제는 다들 눈빛을 반짝이며 왕 노인의 입만 바라본다. 그들을 한차례 훑어본 왕 노인이 더욱 음성을 낮추었다.

"왕부에 낯선 자들이 자꾸 찾아온다는 거야. 하나같이 병장기를 지닌 게 강호의 무리가 틀림없다더군."

"아니, 강호의 무리가 왜 영복왕부에 출입을 한다는 거요?"

"그걸 난들 알겠나. 한데 이상한 건 그렇게 한 번 들어간 강호의 무리가 다시 나오는 걸 본 사람이 없다는 거지. 그러니 영복왕부 안에 도대체 몇 명이나 되는 강호의 무리들이 버글거리고 있는지 누가 알겠어? 그게 복마전이 아니고 뭐야?"

노인이 득의양양한 얼굴로 이자첨을 흘겨보았다. 사내가 낯을 잔뜩 찡그리고 슬며시 왕 노인의 시선을 외면한다.

왕 노인이 다시 말했다.

"또 한 가지 재미있는 일은 말이지……."

"그게 뭐요? 그만 뜸 들이고 어서 털어놓으시지."

"흘흘, 요괴 한 마리가 왕부로 들어가는 걸 본 사람들이 있더란 말이야."

"요괴? 쳇, 요즘 세상에도 그런 게 있소?"

"천하절색의 미인 같은 사내라니 그게 요괴 아니고 뭐겠나?"

"송나라 때에 이미 그런 사람이 있지 않았소? 천하제일의 미남자로 꼽히는 반악이나 송옥에 대한 말도 듣지 못했나 보군. 그렇다면 그들도 요괴겠네?"

누군가 아는 체를 하며 끼어들었다.

그의 말은 반은 맞고 반은 틀린 것이다.

반악이나 송옥이 역사상의 이름난 미남자인 건 사실이지만 송나라 때의 사람들은 아니기 때문이다.

반악(潘岳)은 서진(西晉) 때 사람이고, 송옥(宋玉)은 초(楚)나라의 유명한 문사(文士)인 것이다.

하지만 무리 중에 그런 사정을 아는 자가 있을 리 없었다.

모두 말한 자를 돌아보며 감탄했다는 듯 고개를 끄덕인다.

왕 노인이 그자를 한껏 흘겨주고 다시 말했다.

"반악이나 송옥이 언제 검을 들고 동창의 무사들을 찔러 죽였다던가?"

"응? 그 요괴가 검법을 썼어? 그것도 동창의 무사들을 죽일 만큼 대단했단 말이오?"

민간의 백성들에게야 기세등등한 동창의 무사들이 검법도 뛰어난 고수로 여겨지는 게 당연했다.

물론 동창의 무사들이 뛰어난 무예 솜씨를 지녔지만 강호에는 그들을 우습게 여길 만한 고수가 수두룩하다는 걸 알 리 없는 것이다.

요괴 같은 자가 검법으로 동창의 무사들을 죽였다니 그게 놀라울 뿐이다.

"한밤중에 일어난 일이라는데, 어떤 자가 우연히 보았다는 거야. 요괴가 요술을 부려서 세 명이나 되는 동창의 무사들을 꼼짝하지 못하게 하고 일검에 쓰윽, 해버렸다더군."

노인이 손으로 제 목을 긋는 시늉을 했다.

"너무 무섭고 끔찍한 일이라 그놈은 그 자리에서 오줌을 질질 싸고 말았다는 거야. 다행히 요괴가 그놈의 목숨에는 관심이 없었던지 그냥 사라졌다는데, 훌쩍 뛰어서 세 길이나 되는 왕부의 높은 담을 새처럼 날아 넘었다더군. 그러니 그게 요괴 아니고 뭐겠어?"

'기요성이다!'

도수백의 얼굴에 기쁨이 가득 번졌다.

이런 곳에서 기요성(奇曜星)의 소식을 듣게 될 줄은 몰랐던 터라 더욱 반갑다.

마음 같아서는 노인을 붙잡고 자세히 물어보고 싶었지만 사람들의 눈 때문에 그러지 못한다는 게 안타까웠다.

그 뒤로도 왕 노인은 이것저것 제가 주워들은 말들을 풀어놓았는데 도수백의 귀에는 이제 아무 소리도 들리지 않았다.

기요성이 주소룡을 데리고 무사히 귀주의 영복왕부로 들어간 모양이었다. 그리고 그 안에서 무언가 일을 꾸미고 있다는 느낌이 왔다.

동창의 무리들이 수상한 냄새를 맡고 바짝 긴장하고 있는 건 당연하리라.

'그놈을 도와줘야 하지 않을까?'

그런 생각이 들었다. 하지만 귀주는 이곳에서 멀리 떨어진 곳이다.

잠시 망설이던 도수백은 상관없다고 생각했다. 어차피 갈 곳이 정해져 있는 것도 아니고, 오라는 데도 없다.

말 그대로 강호의 뜨내기요 낭객이 된 셈이니 어디든 내 마음 내키는 대로 가면 그만이다.

게다가 기요성이라면 함께 생사고락을 했던 전우이면서 단짝이지 않았던가.

‘귀주로 간다.’

도수백은 자신의 행로를 그렇게 결정했다.

마음을 정한 그는 즉시 일어나 이층의 객방으로 올라갔다. 침상에 누워 퀴퀴한 냄새가 찌들어 있는 이불을 당겨 덮는다.

아래층에서는 밤을 샐 모양들인지 여전히 떠드는 소리가 들려왔지만 도수백은 귀를 닫았다.

자기로 마음먹으면 곁에서 천둥번개가 친다고 해도 코를 골며 잘 수 있도록 단련된 몸이었다.

습한 늪에 몸을 감추고 코만 겨우 내놓은 채 잠을 잔 적도 있으니 이만한 소음과 냄새쯤은 달콤하게 여길 수도 있다.

어렴풋이 잠이 들었던 도수백은 쿵쿵거리는 소리와 고함 소리, 비명 소리에 눈을 떴다.

가만히 귀를 기울여 보니 주청에 심상치 않은 일이 벌어진 모양이었다.

그가 보따리를 들고 벌떡 일어났을 때, 객방으로 험악하게 생긴 장한 두 놈이 뛰어들어 왔다.

“쥐새끼처럼 여기 숨어 있는 놈이 있었구나!”

번쩍이는 칼로 위협하며 기세등등하게 소리친다.

두 놈이 좌우에서 도수백의 어깨를 움켜쥐었다.

“흐흐, 달아날 데라고는 없으니 순순히 말을 들어라.”

도수백은 그들이 미는 대로 객실을 벗어나 이층 복도로 나왔다.

난간을 통해 아래쪽 주청이 한눈에 내려다보인다.

그곳에는 그때까지도 떠들어대고 있던 장사꾼들이 모두 벌벌 떨며 바닥에 꿇어앉아 있고, 커다란 칼을 쥔 텁석부리가 그들 앞에 버티고 서서 눈을 부라리고 있었다.

포로를 잡듯이 몰아놓은 장사꾼들을 다섯 명의 험상궂은 자들이 에워싸고 있었는데, 하나같이 병장기를 쥐고 있었으며, 눈빛이 날카로운 것이 심상치 않아 보였다.

'현상금 사냥꾼!'

도수백은 그자들의 정체를 짐작했다.

우두머리인 텁석부리장한의 발아래에는 한 사람이 피를 흘리며 쓰러져 있었다. 그새 말을 듣지 않는 장사꾼 한 명을 본보기로 죽인 것이다.

도수백은 희생자가 왕 노인과 언쟁하던 다혈질의 장한 이자첨이라는 걸 알아보았다. 정체를 알 수 없는 자들이 들이쳐오자 참지 못하고 나섰다가 단칼에 목숨을 잃었으리라.

도수백이 끌려 나오는 걸 본 텁석부리가 코웃음을 쳤다.

"흥, 이 와중에도 태평하게 잠을 처자는 놈이 있었다니? 이리 와. 네놈은 내가 직접 뒤져 봐야겠다."

도수백은 다른 사람보다 체구가 크고 어깨가 떡 벌어져서 얼른 보기에도 힘깨나 씀 직해 보인다. 게다가 광대뼈가 두드러지고 콧날이 우뚝하며 검게 그을린 각진 얼굴에 뻣뻣한 수

염이 더부룩하게 자라 있어서 험상궂어 보이기도 했다.

"황 두령이 부르잖아. 냉큼 가지 못해?"

좌우에서 도수백의 어깨를 움켜쥐고 있던 두 놈이 그를 떠민다.

그 순간 도수백이 안고 있던 보따리를 발아래로 떨어뜨리며 털듯이 어깨를 뿌리치고 몸을 낮추었다.

"엇!"

두 놈이 깜짝 놀라 당황한 외침을 터뜨렸을 때 그들의 손에서 풀려나 자유롭게 된 도수백이 왼쪽 놈의 손목을 꺾어 잡고 어깨를 비틀었다.

"으악!"

뼈가 어긋나는 고통에 놈이 목청껏 비명을 지르며 몸을 숙인다.

도수백의 손속에는 사정이 없었다. 놈을 잡아끌 듯이 반 바퀴 휘돌리며 그대로 힘을 주어 비트니 우두둑, 하고 어깨와 손목의 관절이 부러져 버렸다.

"이놈!"

오른쪽 놈이 그제야 정신을 차리고 칼을 휘둘러 도수백의 목을 후려쳐 왔다.

재빨리 돌아선 도수백이 몸을 굽혔다가 쭉 펴며 빗나간 칼을 따라 몸통이 돌아가는 놈의 옆구리를 힘껏 내질렀다.

"훅!"

놈이 숨도 쉬지 못하고 몸을 웅크린다. 정면으로 뻗어오는 도수백의 팔꿈치를 빤히 보면서도 피할 수가 없었다.

빠악!

놈은 얼굴 복판이 움푹 함몰된 채 비명도 지르지 못하고 난간을 부수며 아래로 떨어졌다.

우당탕, 하고 애꿎은 탁자가 박살 나는 요란한 소리가 잔뜩 겁먹고 있는 장사꾼들을 더욱 놀라게 했다.

"내려와!"

텁석부리가 버럭 소리쳤고, 그의 수하 장한들이 계단 아래로 우르르 달려갔다. 당장이라도 뛰어올라 와 도수백을 쳐버릴 듯한 기세다.

도수백이 보따리 속에 감추어두었던 칼을 꺼내 들고 천천히 계단을 걸어 내려간다.

텁석부리가 품에서 뜯어낸 방을 꺼내 화르륵, 펼쳤다. 그 속의 그림을 보고 도수백을 보더니 방을 내던지고 소리쳤다.

"찾았다! 바로 저놈이다!"

그에게는 이제 도수백이 걸어다니는 일천 냥짜리 은괴덩어리로 보였으리라.

천천히 계단을 걸어 내려가고 있는 도수백의 눈이 무심하고 싸늘하게 가라앉아 있다는 건 염두에도 없다.

"죽여 버려! 목만 가져가면 된다!"

텁석부리가 고함쳤고, 도수백이 마지막 계단을 내려가 주청에 우뚝 섰다.

"우야압—!"

좌우에서 두 놈이 벽력같은 기합성을 터뜨리며 칼을 휘두르고 달려든다.

빠악!

왼쪽 놈의 턱이 덜컥, 위로 들렸다. 도수백이 비틀듯 슬쩍 몸을 틀어서 놈의 일격을 흘려보내더니 되돌리는 탄력을 싣고 팔꿈치로 쳐버린 것이다.

씨잉—

동시에 그의 칼이 허공을 갈랐다.

번쩍이는 빛이 눈을 찌른다 싶었던 순간, 목 하나가 둥실 떠오른다. 비명도 없었다.

두 놈을 빠르고 가볍게 처치해 버린 도수백이 우뚝 섰다. 칼을 움켜쥐고 당당히 버티고 서 있는 모습이 부동명왕(不動明王) 같다.

부동명왕은 달리 부동여래사자(不動如來使者)라고도 하는데, 대일여래(大日如來)의 사자로서 번뇌의 악마를 응징하고 밀교 수행자들을 보호하는 왕이다.

밀교 오대명왕(五大明王)의 주존(主尊)이자 무서운 분노신(忿怒身)의 형상으로 나타나 악마를 박멸하는 불신(佛神)인 부동명왕.

도수백에게서 그와 같은 단단하고 무서운 분위기가 흘러

나온다.

남아 있는 자들이 투지를 잃고 머뭇거렸다. 도수백이 한 걸음 한 걸음 무겁게 다가가자 그만큼의 거리를 두고 서로 눈치를 보며 물러선다.

"못난 놈들, 저리 비켜!"

그걸 지켜보던 텁석부리가 버럭 소리치고 달려나왔다.

도수백은 그자가 누구인지 모른다. 하지만 칼을 겨누고 달려드는 기세가 범상치 않았다.

흑도의 세계에서 제법 거친 이름을 얻었을 만한 놈이라는 직감이 온다. 예사 악당의 무리 같아 보이지는 않았던 것이다.

"이얏!"

세 걸음 앞에서 잠시 숨을 고른 텁석부리가 크게 한 걸음을 더 다가서며 힘껏 칼을 휘둘렀다.

위잉—

그것이 뿜어내는 바람 소리가 비수처럼 날카롭게 귓속을 파고든다.

"핫!"

투지가 불길처럼 일어난 도수백도 물러서지 않고 정면으로 칼을 쳐올려 텁석부리의 일격을 받아냈다.

땅!

쇠 종을 두드린 것 같은 소리가 무겁고 격하게 터져 나왔다.

"이놈이?"

텁석부리가 눈을 부릅떴다. 손목을 타고 올라오는 충격파에 가슴이 저려올 지경이었던 것이다.

도수백도 사정은 크게 다르지 않았지만 그는 조금도 내색하지 않았다. 그 차이가 순식간에 기세의 우열을 정해주었다.

텁석부리가 당황한 얼굴로 주춤 반걸음 물러섰고, 도수백은 이를 악물고 그대로 칼을 쳐냈다.

피잉—

이번에는 그의 칼이 날카로운 바람 소리를 내며 횡으로 쓸어간다.

따앙!

새파란 불똥을 날리며 다시 한 번 요란한 충돌음이 터져 나왔다. 텁석부리가 더욱 질린 얼굴로 한 걸음 더 물러선다.

"이얍!"

도수백이 벼락같은 기합성을 터뜨리며 미끄러지듯 쫓아 들어갔다.

그의 손아귀에는 감각이 사라지고 없었다. 제가 칼을 쥐고 있는 건지 아닌지 알 수 없지만 눈으로 텁석부리를 좇으며 어깨와 팔꿈치를 맹렬하게 뻗어내고 손목을 꺾어 후려쳤다.

"으앗!"

텁석부리가 세 합째의 일격을 견디지 못하고 비명을 터뜨렸다.

비스듬히 떨어지는 도수백의 칼을 막아보려고 했지만 충격으로 무거워진 손이 마음을 따라가지 못했던 것이다.

콰직! 하는 소리가 모두의 귀에 들린 것 같았다. 그리고 도수백의 파랗게 살아 있는 칼날이 텁석부리의 오른쪽 어깨 위에 떨어지더니 그대로 뼈를 가르고 왼쪽 가슴까지 비스듬히 쪼개 버렸다.

쿵―

텁석부리가 눈을 부릅뜬 채 나무토막처럼 쓰러지는 소리가 주청 안에 울렸다.

붉은 피가 왈칵 뿜어져 허공을 적신다.

그들의 번갯불이 부딪치는 것 같은 싸움을 지켜본 자들은 모두 넋이 빠졌다.

무거운 침묵이 주청 안에 가득해지고, 도수백이 천천히 남아 있는 무사들을 돌아보았다. 그들이 화들짝 놀라 어깨를 부르르 떨며 도수백의 눈길을 피한다.

魔風俠星

第九章
복마전(伏魔殿)이 된 신당

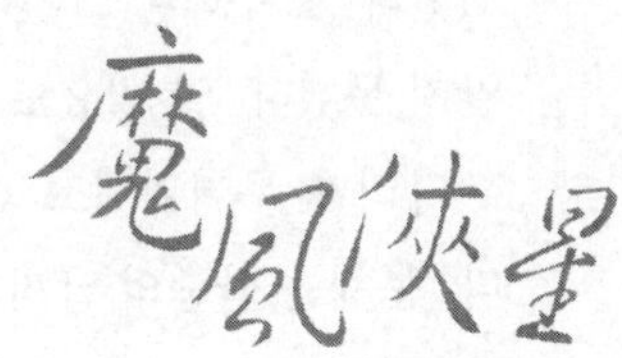

　더 이상 머물러 있을 수 없게 된 도수백은 그 길로 객잔을
나와 무작정 어둠 속으로 달려갔다.

　흐린 달빛 아래 저만큼 우뚝 솟아 있는 커다란 산이 보인
다. 막간산인 것이다.

　저 산을 넘어가노라면 날이 밝을 것이다.

　도수백은 밤새 산을 넘을 작정을 했다. 깊고 높은 산이라
어쩌면 산적들이 있을지도 모르고, 사나운 짐승이 있을지도
모르지만 상관없다.

　음산하고 적막한 숲 속을 버스럭거리며 헤치고 올라가기
를 얼마쯤 했을까. 비로소 바위틈새로 난 오솔길을 만날 수

있었다. 도수백은 그것이 교화령(僑華嶺)을 넘는 길이라는 걸 알지 못했다. 알 필요도 없다.

다리가 무거워지고 숨이 가빠지는 것쯤은 아무것도 아니다. 문제는 산중의 날씨가 변덕을 부린다는 것이었다.

교화령 정상에서 찬바람을 맞으며 피곤한 다리를 쉬고 다시 내려가기 시작했을 때부터 갑자기 먹구름이 몰려오더니 비를 뿌리기 시작했다.

높은 산 위의 밤은 한여름에도 으슬으슬하게 춥다. 게다가 비까지 내리기 시작했으니 어디 동굴이라도 찾아 쉬어갈 수밖에 없는 상황이었다.

두리번거리며 바쁘게 걷던 도수백의 눈에 저 앞쪽 나무 사이로 희끗희끗하게 걸려 있는 천 조각들이 보였다. 가까운 곳에 산신당이 있다는 것이어서 안도의 한숨이 절로 나온다.

이미 옷이며 머리가 다 젖어서 한기가 느껴지고 있었다. 바쁜 걸음으로 숲을 헤치며 나가기를 얼마쯤, 과연 소나무 우거진 곳에 다 쓰러져 가는 산신당 하나가 을씨년스럽게 서 있었다.

돌담은 반 넘어 무너졌고, 뜰에는 잡초가 무성하게 자랐다. 한쪽 벽이 곧 무너질 듯 기울어 있는 데다가 지붕마저 군데군데 주저앉아 있어서 폐가(廢家)나 다름없었다. 하지만 비를 피할 구석은 있을 것이다.

도수백은 아무 망설임 없이 낡은 문짝을 열고 성큼 사당 안

으로 들어갔다. 퀴퀴한 공기 속에 은은한 향 냄새가 남아 떠
돈다.

이처럼 버려진 산신당인데도 가끔씩 찾아와 향을 사르는
사람이라면 산중에서 며칠씩 묵어가는 사냥꾼이거나 약초 채
집꾼들밖에 없으리라.

여기저기 거미줄이 늘어졌고, 곰팡내가 배어 있는 제단 위
에는 낡은 목상(木像)이 서 있었는데, 칠이 벗겨지고 검게 썩
어서 형체가 흐려졌지만 아직 긴 수염에 도포를 늘어뜨리고
검을 든 윤곽은 남아 있었다.

신선을 모시는 신당이 분명하고, 그중에서도 검선(劍仙)으
로 불리는 여동빈(呂洞賓)을 모셨던 모양이다.

몇 번 합장한 손을 흔들고 머리를 숙여 하룻밤 신세지게 된
걸 고한 도수백이 비가 새지 않는 구석을 찾아 벽에 등을 기
대고 편하게 앉았다.

온통 젖은 몸을 차가운 벽에 기대고 앉아 있으니 으슬으슬
한 한기가 몰려들었다. 나뭇조각을 모아 불을 피우고 싶었지
만 눅눅한 습기가 배어 있는 터라 그럴 수도 없었다.

도수백은 가만히 눈을 감고 소류신공 속의 호흡법에 따라
숨을 조절했다. 바깥의 축축하고 차가운 기운이 들숨을 따라
들어와 몸을 한 바퀴 돌더니 날숨을 따라 나갈 때는 따뜻한
것이 되었다.

점차 몸 안에 부드러운 온기가 피어오르고 나른한 평화가

찾아왔다.

어느덧 도수백은 제 들숨과 날숨에 흠뻑 취해서 무아지경
에 이르렀다.

그가 다시 눈을 떴을 때는 사방이 온통 코를 베어가도 모를
정도의 어둠으로 가득해져 있었다. 그리고 그의 몸은 저도 모
르는 사이에 피로와 한기가 씻은 듯 사라지고 충만한 원기로
가득 차 있었다.

날아갈 듯한 그런 기분은 소류신공을 운기해 온 이래 처음
맛보는 것이어서 도수백은 어리둥절하다가 기뻤다. 제가 소
류신공의 운기법을 대성할 단계에 와 있다는 걸 느꼈기 때문
이다.

그건 운기행공을 통하여 내력을 조금씩 키워가는 강호의
일반적인 신공과는 달랐다. 외부의 기운을 받아들여 그것을
해소하고 다시 흘려보내는 건데, 그러는 과정에서 기운이 조
금씩 내 몸 안에 남게 된다.

염충서와의 싸움에서 그의 일장을 맞았을 때는 아직 소류
신공에 대성하지 못했던 때였다. 그래서 일시에 그자의 막중
한 내력을 해소시키지 못하고 중한 내상을 입고 말았다.

하지만 뒤에 자운 노도의 도움을 받아 내상을 치료하고 염
충서의 장력을 몰아냈는데, 그때에 그자의 내력이 일부분 몸
안에 녹아들어 와 도수백 본연의 기운과 합쳐졌다.

그리고 전지(滇池)의 소나무 언덕에서 중상을 입은 후 자운

노도가 그를 치료하기 위해 꾸준히 달여 먹인 영약의 약효가
그것을 증폭시켜 주었다.

그래서 도수백에게는 새로운 힘이 생겨나고 있는 중이었
다. 그건 아직 내공이라 부를 수 없는 미약한 것이었지만 소
류신공의 효능을 높이는 데에는 큰 힘이 되었다.

이제는 염충서의 일장을 맞는다 해도 즉시 그것의 힘을 해
소시킬 수 있을 만큼 완벽해진 것이다.

도수백이 그런 저의 상태를 신기해하고 있을 때 어둠 속에
서 인기척이 들려왔다.

바람에 옷자락이 펄럭이는 소리였고, 빗물이 그것에 떨어
지는 소리였으며, 철벅거리며 젖은 풀잎을 밟고 달려오는 소
리였다.

하나, 둘, 셋…….

모두 다섯 명의 기척이다. 도수백은 그들이 곧장 이 낡은
산신당을 향해 달려오고 있다는 걸 알았다.

누구인지 모르는 자들과 부딪친다면 오해가 생기고 시빗
거리가 생길 것이다. 그러면 싸움으로 발전하게 마련이다.

지금 저렇게 달려오는 자들의 기척이 은밀하고 발걸음이
가벼운 걸로 보아 강호의 인물들이 틀림없기 때문에 더 그렇
다.

두리번거리던 도수백이 제단 위의 목상을 안고 돌아갔다.

예상대로 목상 뒤쪽에 한 사람이 겨우 들어갈 만큼의 공간

이 있었다. 벽과 목상 사이의 틈인데, 그곳에 몸을 밀어 넣자 어둠이 그를 완벽하게 가려주었다.

"여기가 틀림없지?"

"그렇습니다."

"소제가 잠시 살펴보고 오지요."

밖에서 낮게 주고받는 음성이 들리더니 재빠르고 가벼운 기척이 신당을 한 바퀴 돌고 지붕 위로 훌쩍 뛰어오르는 게 느껴졌다.

멈추는가 싶었는데, 저쪽에 뻥 뚫려 있는 천장의 구멍으로 빗물과 함께 시커먼 그림자 하나가 미끄러지듯 떨어져 내렸다.

깃털처럼 아무 소리도 내지 않고 가볍게 내려선 자가 몸을 웅크리고 재빨리 사방을 살펴보더니 천천히 일어섰다. 그리고 이제는 거침없이 다가가 신당의 문을 연다.

"아무도 없습니다."

곧 네 명의 도사가 빗물을 뚝뚝 떨어뜨리며 신당 안으로 들어왔다.

하나같이 검은 경장을 입었고, 검을 지녔으며 우산 대신 챙이 넓은 죽립을 쓰고 있었다.

비가 새지 않는 곳으로 들어선 자들이 죽립을 벗어 빗물을 턴다.

도수백은 밝아진 눈으로 어둠 속에서도 그들의 면모를 살펴볼 수 있었다.

흰 수염을 늘어뜨린 노도사와 청수한 인상의 중년 도사, 그리고 아직 서른 살이 되지 않아 보이는 청년 도사가 세 명이었다.

그들은 노도사를 따라 제단으로 다가오더니 화섭자를 당겨 향로에 남아 있는 향에 불을 붙이고 낡은 신상을 향해 몇 번 머리를 조아려 예를 올렸다.

품에서 불진을 꺼낸 노도사가 진언을 중얼거리며 상하, 전후좌우 육방으로 그것을 한차례씩 휘둘렀다. 잡귀를 몰아내는 것이다.

간단한 축사(逐邪)의 의식을 끝내고 나서 노도사는 도수백이 앉아 쉬고 있던 곳에 가부좌를 틀고 앉았다. 그러자 중년의 도사와 세 명의 청년 도사가 노도사를 보호하듯 좌우로 펴져 앉아 지그시 눈을 감고 아무 말도 하지 않았다. 운기행공에 든 것이다.

잠시 후 밖에서 또 다른 기척이 느껴졌다. 이번에는 세 명이었는데, 그들의 민첩함 또한 앞서 들어온 흰 수염의 노도사 등에게 뒤지지 않아 보였다.

그들은 망설이지 않고 재빨리 신당 안으로 뛰어들어 왔는데, 이미 와 있는 사람들을 보고 깜짝 놀라 '엇!' 하는 경악성을 터뜨렸다.

한 명의 중년 도사와 두 명의 젊은 도사들이었다.

중년의 도사가 신광이 번쩍이는 눈으로 먼저 온 도사들을 보더니 다시 놀라서 소리쳤다.

"이제 보니 화산의 송풍 사형 아니십니까?"

"자네는 무당의 현천 사제 아닌가?"

먼저 와 있던 중년의 도사도 놀라 몸을 일으키며 말했다.

"역시 송풍 사형이었군요."

나중에 온 중년의 도사가 반갑게 다가섰다. 두 사람이 손을 잡고 반가워하는 한편 서로 의아하게 여겼다.

화산의 송풍(松風) 도장이 현천(玄天)에게 넌지시 말했다.

"다섯째 사숙께서도 함께 와 계시네."

"예? 손 사숙께서도 오셨단 말입니까?"

무당의 현천 도장이 깜짝 놀라 두리번거리다가 저쪽 구석에 앉아 있는 노도사를 보았다.

그가 송풍의 손을 놓고 급히 예를 올린다.

"손 사숙께서 이처럼 산을 내려오신 줄은 몰랐습니다. 그동안 찾아뵙지 못한 제자를 꾸짖어주십시오."

손 사숙이라고 불린 노도사가 흐뭇한 얼굴로 허허 웃었다.

"무당산은 큰 산이고 무당파 또한 많은 식솔을 거느린 곳이니 할 일이 좀 많을 것인가? 번거로우니 쓸데없는 예는 서로 잊기로 하자꾸나."

"손 사숙께서 그렇게 위로해 주시니 소질은 다만 송구할

따름입니다.”

그들은 서로 깍듯이 예를 차리고 공경했다. 나이가 많다고 아랫사람을 업신여기지 않았으며 젊었다고 윗사람을 무시하지 않으니 과연 명문정파의 제자들다웠다.

목상 뒤에서 그들의 하는 말을 듣고 행동을 훔쳐보면서 도수백은 내심 머리를 끄덕였다.

‘강호에 소림과 무당, 화산파가 명성이 높다더니 헛말이 아니었구나. 저들은 모두 화산과 무당의 제자들이면서 서로를 잘 알고 있는 모양이니 평소에도 활발하게 교류하고 있었다는 것이겠지.’

문득 그들에 대한 부러움이 들었다.

명문정파의 제자라는 자부심을 갖고 어디에서나 의젓하며 떳떳하게 행동한다면 그 얼마나 멋질 것인가.

도수백은 이 답답한 곳에서 나가 그들과 어울리는 게 좋지 않을까? 하고 생각해 보았다. 하지만 처음부터 숨지 않았으면 모를까, 내내 숨어 있다가 이제 불쑥 나타나면 그들이 더 오해할 것이다.

그가 이러지도 못하고 저러지도 못한 채 괜히 숨어버린 자기 자신을 원망하고 있을 때 무당파의 현천 도장이 고개를 갸웃거리더니 말했다.

“그가 우리만 부른 줄 알았는데 이제 보니 화산파의 형제들도 불렀군요. 그렇다면 또 누구를 더 불렀을지……”

"나도 우리만 부른 줄 알았는데……."

송풍 도장의 얼굴에 어둠이 빠르게 스쳐 갔다.

"이제는 혹시 무슨 꿍꿍이가 있는 건 아닌지 의심이 가는 군."

송풍 도장의 말을 들은 현천의 얼굴에도 미심쩍어하는 기색이 어린다.

현천 도장이 머리를 흔들어 제 생각을 떨쳐 버리고 말했다.

"하지만 아무리 그가 담이 크다 해도 설마 화산과 무당의 제자들을 한꺼번에 함정에 빠뜨릴 생각은 하지 않겠지요. 그나저나 이곳에 불러 모았으면서 왜 아직 나타나지 않는 걸까요?"

"우리가 조금 일찍 온 건지도 모르지. 그들이 조금 늦는 건지도 모르고. 어쨌든 올 걸세."

"송풍 사형은 여전히 온화하고 참을성이 많군요. 소제는 갈수록 마음이 더 급해지는 것 같으니 사형에게 배울 게 많습니다."

무당의 현천 도장이 겸양을 하자 화산의 송풍은 웃는 얼굴로 대답을 대신했다.

비록 사문은 다르지만 그들은 서로를 공경하고 흠모했으므로 동문을 대하듯 했다. 배분에 따라 사형이나 사제로 자연스럽게 부른다. 존장에 대해서는 사숙이나 사백 등의 호칭으로 불러서 예우를 해주는 게 당연한 일이었다.

두 파의 젊은 청년들은 시종 공손한 모습으로 서 있을 뿐, 감히 나서서 말을 하지 못했다. 그것만 보아도 그들의 규율이 얼마나 엄격한지 잘 알 수 있었다.

도수백은 그들이 누구를 만나기 위해서 이곳에 왔다는 걸 알고 의아했다.

'대체 누구이기에 이 궂은 날씨를 무릅쓰고 저들 두 문파의 제자들이 기꺼이 이곳까지 달려오도록 만든 것일까?

도수백이 알기로 강호에서 소림과 무당, 화산파의 위치는 여타의 문파보다 월등히 높았다. 그러니 그곳의 제자라면 당연히 자부심도 클 것이다.

그런데 누군가가 저들 두 문파의 사람들을 불러낸 모양이고, 그들은 기꺼이 이곳까지 왔으니 이상한 일이다.

그것도 원로 대접을 받는 듯한 화산파의 노도사까지 몸소 달려오지 않았는가.

그들이 무료함을 달래려는 듯 이런저런 강호의 일들을 말했는데, 도수백의 귀를 쫑긋하게 하는 내용이 있었다. 최근에 호남에서 벌어진 몇 가지 사건에 대한 것이다.

"백련지정은 오랫동안 신비에 묻혀 있던 것인데 갑자기 그것이 나타났다니, 소제는 어리둥절할 뿐입니다."

현천 도장의 말에 송풍도 머리를 끄덕였다.

"나 역시 그것의 진위가 궁금하다네. 백련지정은 백련교의 보물이라 대대로 교주에게 전해졌을 뿐인데 그것이 갑자기

강호에 던져졌으니 혹시 무슨 음모가 있는 건 아닐까 걱정되
는군.”

“돌이켜 생각해 보면 백련지정은 이미 한차례 백련교 밖으
로 나온 적이 있지 않습니까?”

“십여 년 전의 일을 말하는 것이로군. 그때 마교의 교주 장
초운이 자기를 구해준 정료 화상에게 백련지정의 일부를 선
물로 주었다는 말이 있었지.”

그들은 백련교를 서슴없이 마교라고 불렀다. 그들뿐만 아
니라 관에서도 그렇게 규정했고, 중들도 역시 마교라 손가락
질한다. 부인할 수 없는 현실인 것이다.

현천이 송풍의 말을 받았다.

“그게 사실일 것입니다. 그리고 또 한 부분이 유출되었다
고 하는데, 아마도 장초운이 황궁의 일곱 고수들과 싸울 때였
을 것입니다.”

“그런 일이 있었어?”

“소제도 최근에야 듣게 된 일이지요. 그때 황궁의 일곱 고
수는 장초운과 정료 대사에 의해 네 명이 죽고 세 명만 살아
남았는데, 그들은 끝까지 장초운을 쫓지 않고 소림사로 찾아
갔지요.”

소림사의 정료 대사가 뛰어들어 마교의 교주인 장초운을
구해 달아난 걸 따지려 했다는 게 강호에 널리 알려진 일이었
다.

“그런데 어찌 된 일인지 그들은 소림사에서 크게 분란을 일으키지 않은 채 어물쩍 황궁으로 돌아가고 말았지요.”

“음, 그랬다고 하더군.”

“그 이유가 장초운에게서 빼앗은 백련지정의 한 부분 때문이었다고 합니다.”

송풍 도장이 머리를 갸웃거렸다.

“그건 이해가 가지 않는군.”

현천 도장이 빙긋 웃고 다시 말한다.

“품에 보물을 지니고 있으니 몸도 마음도 급하지 않겠습니까? 소림사의 중들이 달려들어 빼앗지나 않을까 불안하기도 했겠지요.”

“설마 그럴 리가…….”

“어쨌든 그들은 보물을 지니고 그대로 황궁으로 돌아가 버렸습니다. 그리고 다시는 강호에 나오지 않았지요.”

송풍 도장이 한숨을 쉬고 말했다.

“요즘 강호가 온통 백련지정에 대한 이야기로 들끓더니 온갖 말들이 덧붙여져서 퍼지는 모양이로군.”

현천 도장이 보일 듯 말 듯 머리를 가로저었다.

“소문이 때로는 깜짝 놀랄 만한 사실을 말하기도 하지 않습니까? 저는 그 말들이 신빙성이 있다고 여깁니다.”

“하긴, 그때의 정황을 미루어 짐작해 보면 그럴듯도 하지. 황궁의 고수들이 취했던 행동이 수상쩍기는 해. 그리고 소림사가 그처럼 신속하게 정료 화상을 파문해 버린 것도 그렇고."

보통은 당사자를 잡아다 꿇어앉혀 놓고 장로 급의 원로들이 모여서 며칠 밤을 새며 회의를 한 다음에 파문의 여부를 결정하는 게 바른 형식이었다.

그렇게 해서 파문이 결정되면 무공을 폐해서 쓰지 못하도록 한 다음에 내쫓는다.

그런데 소림사는 정료를 잡아들이지도 않았으며, 장로들이 모여서 회의도 하지 않았다. 황궁의 고수들이 돌아가고 나자 장문방장의 명으로 곧장 정료의 파문을 공표해 버렸던 것이다.

그런저런 일들을 생각하자 송풍 도장에게도 현천 도장의 말이 사실일지 모른다는 생각이 들었다.

"그렇다면……."

송풍 도장이 잠시 머뭇거리다가 결심한 듯 입을 열었다. 무당의 현천이 제자들을 대동하고 이처럼 급하게 달려온 것도 자기들이 온 것과 같은 이유일 것이라고 생각한 것이다.

"그가 서찰을 통해 말한 그 백련지정은 그때 정료가 가져갔던 것일까, 아니면 황궁의 고수들이 가져갔던 것일까?"

송풍의 말에 현천 도장의 안색이 심각해졌다.

"역시 송풍 사형도 그로부터 그와 같은 서찰을 받고 온 것이로군요."

“자네는 그렇지 않은가?”

“저 또한 그렇습니다. 그러니 더욱 그의 속셈을 모르겠습니다.”

잠시 두 사람 사이에 어색하고 무거운 침묵이 흘렀다. 그것을 깨뜨린 사람은 현천 도장이었다.

그가 조금 전 송풍이 물었던 것에 대해 자기의 생각을 털어놓은 것이다.

“비록 강호에서 모습을 감추었지만 정료 대사는 어디에서인가 아직 건재하고 있을 것입니다. 감히 그의 손에서 비급을 빼앗을 자가 없을 것이니 아마도 그가 우리를 불러내는 데 미끼로 내세운 그 비급은…….”

현천 도장이 말꼬리를 흐리자 송풍이 머리를 끄덕였다.

“자네는 그것이 황궁의 고수들에게서 흘러나왔을 것이라고 생각하는군. 그렇다면 어떻게 된 일일까?”

아무리 비급에 눈이 먼 자라고 해도 감히 황궁까지 숨어들어 가 내원의 고수들을 속이고 비급을 훔쳐 온다는 건 불가능한 일이다.

그렇다면 장초운에게서 비급을 빼앗아갔던 황궁의 고수들이 스스로 그것을 강호에 흘려보냈다는 결론이 된다.

무언가 음흉한 속셈이 있지 않고는 있을 수 없는 일이다.

숨어서 그들의 말을 엿듣고 있던 도수백은 그것이 의형인 초자생이 찾고 있다는 또 하나의 백련지정임을 확신했다.

초자생은 지금의 백련지정이 완전하지 못한 것은 그때 흘러나간 두 부분 때문이라고 하지 않았던가. 그것을 찾기 위해 백방으로 노력하는 중이라고 했다.

그러던 중에 제가 원도 화상으로부터 받았던 소류신공 비급을 돌려주었으니 이제 하나가 남은 것인데 그게 강호에 나타난 것이다.

'의형을 위해서라도 그것을 꼭 되찾아야겠군.'

도수백이 속으로 그런 결심을 했을 때 다시 몇 사람의 기척이 신당으로 다가오는 게 느껴졌다.

도수백은 상념을 끊고 바깥의 동정에 신경을 곤두세웠다. 모두 세 사람이었다.

"또 누가 왔다."

그때 지그시 눈을 감고 있던 흰 수염의 노도사도 그들의 기척을 느꼈던지 그렇게 말하며 눈을 떴다.

강렬한 안광이 이글거리다가 이내 사라진다. 그리고 꽈당! 하는 소리와 함께 낡은 문짝이 네 쪽으로 쪼개지며 떨어졌다.

추적추적 비가 내리고 있는 어둠 속에 우뚝 서 있는 세 사람의 검은 모습이 음산하게 드러난다.

"으흐흐흐, 과연 백련지정의 위력은 대단하군. 그 한마디에 이렇게 다들 제집에 불이 났다는 말을 들은 것처럼 정신없이 달려왔으니 말이야."

늙은이의 음침한 음성이었다.

무당파의 젊은 도사 한 명이 품에서 화섭자를 꺼내 불을 당기더니 기둥에 걸려 있는 등잔의 심지에 옮겨 붙였다.

먼지가 켜켜이 쌓인 유등(油燈)이었지만 아직 기름이 마르지 않았던 모양이다. 매캐한 연기를 피워 올리다가 이내 심지에 불이 붙어서 음침하던 신당 안을 은은하게 밝혀주었다.

도수백은 더욱 제 기척과 호흡을 감춘 채 몸을 웅크리고 새로 나타난 자들을 살펴보았다.

매부리코에 나이를 짐작할 수 없는 음침한 인상의 노인과 두 명의 중년인이었다.

그들을 본 노도사가 침중해진 안색으로 가볍게 포권했다.

"당 노괴 당신이 아직 살아 있었군."

당 노괴라고 불린 매부리코의 노인이 흐흐, 하고 웃었다.

"손가야, 말코도사 같은 네놈이 아직 죽지 않고 살아 있는데 이 형님이 먼저 죽을 수가 있느냐?"

"무량수불……."

노도사는 화산파의 다섯 장로 중 한 명인 손금문(孫金門)인데, 도호를 청운(靑雲)이라 했다. 강호에서는 화산검선(華山劍仙)으로 이름이 높다.

화산파의 다섯 장로 중 오직 청운 도장만 일찍부터 강호에 출입하며 활동했으므로 화산파의 고수들 중에서 그의 이름이 가장 크고 넓게 알려져 있기도 하다.

젊어서부터 협행을 해온 탓에 사마외도의 무리들과는 많은 원한을 쌓기도 했는데, 눈앞의 당 노괴라고 불리는 인물과도 그런 사이였던 게 틀림없었다.

청운 노도가 낮은 음성으로 천천히 말했다.

"당신이 우리를 부른 사람인가?"

"너희 말코도사들을 부른 사람은 따로 있지."

"그럼 당신도 그가 청해서 온 것인가?"

"흐흐흐, 나는 그 사람보다 한발 앞서 온 것이다."

"그렇다면 당신은 그 사람과 한패로군."

청운 노도가 잔뜩 낯을 찌푸렸다.

무쌍괴가 얼마나 음흉하고 사악한 자인지 잘 아는 터라 자신을 부른 자가 그와 한패라면 마찬가지의 부류일 것이라고 짐작한 때문이다.

그렇다면 오늘의 모임은 좋은 일보다 나쁜 일이 더 많을 확률이 높다. 어쩌면 보물에 현혹되어 스스로 함정에 빠져든 건지도 모른다는 불안함이 든다.

청운 노도가 그런 걱정과 함께 어떻게 해야 할지를 생각하고 있는데, 그를 지그시 노려보던 무쌍괴가 흉악한 눈빛을 번뜩이며 말했다.

"이 무쌍괴님이 석년에 네놈에게 당한 치욕을 잊지 않듯이 너 또한 그때의 일을 잊지 않았겠지?"

청운 노도가 수염을 쓸며 짐짓 호탕하게 웃었다.

"핫하, 천하에 검장무쌍 당부겸이 나에게 혼쭐나서 꼬리를 말고 진흙탕 위를 구르며 달아난 일을 모르는 사람이 없는데 내가 어찌 잊었겠느냐?"

"죽일 놈의 말코도사 같으니."

청운 노도의 말에 노괴가 이를 부드득 갈았다. 두 눈에서 흉광이 줄기줄기 뻗쳐 나오는 것이 당장이라도 달려들어 청운 노도를 갈가리 찢어 죽일 것 같다.

당부겸(唐附鉗). 그것이 노인의 이름인데, 강호에서는 검장무쌍(劍掌無雙)이라고 불렀다. 달리 무쌍괴라는 말로 줄여 부르기도 한다.

그는 검과 장법에 특출한 조예가 있어서 대강 남북을 오가며 온갖 악행을 저질렀지만 감히 그를 막을 자가 없었다.

하지만 이십여 년 전 화북의 청목산(靑穆山) 기슭에서 청운 도장을 만나 그에게 패했다.

그 두 사람은 한 치도 양보하지 않고 백여 초를 겨루었는데, 청운 도장의 검이 결국 당부겸의 검을 꺾고 그의 가슴에 깊은 자상(刺傷)마저 남겼던 것이다.

크게 놀란 당부겸은 가까스로 목숨을 건져 달아났다.

그 뒤로 강호에서 그를 보았다는 자가 나타나지 않았다.

당부겸은 그때 워낙 깊은 상처를 입었으므로 다들 그가 어느 이름도 없는 골짜기에서 죽었을 것이라고 믿었는데 오늘 이렇게 나타난 것이다.

청운 노도를 노려보는 무쌍괴 당부겸의 눈에 살기가 더욱 짙어졌다.

청운 노도가 사람들 앞에서 그때의 일을 꺼내니 수치심을 참을 수 없게 된 것이다.

거친 숨을 씩씩거리던 그가 버럭 소리쳤다.

“네놈이 나를 이렇게 모욕하다니! 설마 세상 살기가 벌써 지겨워졌단 말이냐? 좋다! 오늘 내가 통쾌하게 너를 죽여서 그날의 원한을 풀고야 말 테다!”

그가 늘어진 장포 자락을 걷어 허리띠에 찔러 넣고 성큼 한 걸음 나섰을 때였다.

“당 노야는 잠시 참으시지요. 때가 되면 마음껏 싸울 수 있을 것입니다.”

신당 밖에서 맑고 낭랑한 음성이 들려왔다.

“으음—”

그 즉시 당부겸이 손을 늘어뜨리고 다시 물러선다. 얼굴을 잔뜩 찡그린 것이 불만이 가득한 모양이었으나 감히 입 밖으로 쏟아내지는 못했다.

모두 깜짝 놀라 떨어져 버린 문밖을 바라보았다.

한 사람이 느긋한 걸음으로 걸어 들어오고 있었다. 그가 도착한 걸 아무도 눈치 채지 못했던 것이다.

이십대 후반의 젊은 귀공자였다.

단정하게 뒤로 넘겨 묶은 머리가 비에 젖어 반짝이고, 비단 옷자락에서 빗물이 방울져 떨어지고 있다.

섭선을 쥐고 가볍게 흔드는 모습이 영락없이 풍류공자의 모습이었다.

깨끗한 피부에 이목구비가 반듯하고 빙긋 웃는 입술이 여자의 그것처럼 붉고 곱다.

그를 훔쳐보면서 도수백은 저도 모르게 바짝 긴장하여 마른 입술을 핥았다.

누구보다 예민한 자신의 감각마저 속이고 그가 이처럼 불쑥 다가왔다는 데에 경각심이 크게 일었던 것이다. 두근거리는 가슴의 고동 소리가 귀에 들린다. 흥분으로 신경이 바늘 끝처럼 곤두섰다.

그 알 수 없는 긴장과 흥분은 처음 느껴보는 것이었다. 생면부지의 자를 한 번 본 것에 불과한데 마치 불구대천의 원수를 갑자기 만난 것처럼 온몸에 소름이 돋으니 이상하기만 하다.

야수의 그것에 가까워져 있는 도수백의 생존 본능이 남김없이 일어선 탓이었다.

'천적.'

도수백의 머리에 불쑥 그런 생각이 떠올랐다. 운명이 예감된다.

누가 누구의 천적인지…….

내가 그의 천적인지, 그가 나의 천적인지 알 수 없지만 그
건 중요하지 않았다.
　도수백은 더욱 어둠 속에 몸을 밀착시키고 자신의 기척을
감추었다. 숨마저도 쉬지 않는 것 같다.

魔風俠星
第十章
천적(天敵)

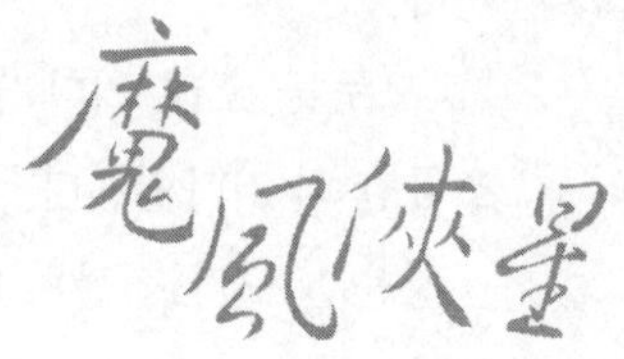

"**이**상하군."

턱을 들고 쿵쿵거리며 어둠의 냄새를 맡던 청년이 살짝 눈살을 찌푸렸다.

"이곳에 또 누가 있소?"

무쌍괴 당부겸이 털듯이 머리를 흔들었다.

"우리뿐이올시다."

그는 손자뻘밖에 되어 보이지 않는 청년에게 하대를 하지 못했다. 그게 청운 도장과 다른 도사들을 모두 의아하고 놀라게 한다.

미공자가 빙긋 웃었다. 고르고 하얀 치아가 보석처럼 반짝인다.

"모두들 오래 기다리셨을 텐데 아직 올 사람이 남았으니 조금만 더 기다립시다."

청운 노도가 심상치 않음을 느꼈던지 신중한 안색으로 물었다.

"그대가 우리를 부른 사람인가?"

"그렇습니다. 서찰은 바로 제가 보냈습니다."

그가 강호에 흘러나온 백련지정의 비급을 언급하며, 그것을 얻고 싶으면 이곳으로 오라고 한 장본인이라는 게 모두를 의아하게 했다.

서명이 없는 서찰을 받았을 때는 모두 그가 강호의 명망있는 고인일 것이라고 추측했던 것이다.

"빈도는 아직 젊은 공자가 누구인지 모르겠구려."

"실례했습니다."

귀공자가 부채를 접어 쥐며 포권하고 정중하게 머리를 숙였다.

"노선배님 앞에 먼저 저를 소개해 올렸어야 하는 건데 그만 때를 놓치고 말았군요. 소생이 불민한 탓이니 크게 꾸짖지는 말아주시기 바랍니다."

어디까지나 여유가 있고 태연하다. 그래서 더욱 그가 비범해 보인다.

"소생은 유빈(劉彬)이라고 합니다."

"유빈?"

청운 노도가 알 수 없다는 얼굴로 송풍 도장을 돌아보았다. 그도 처음 듣는 이름인 듯 살짝 눈살을 찌푸렸을 뿐 사숙에게 시원한 대답을 해줄 수 없었다.

"핫하, 여러 선배님들께서는 신경 쓰실 것 없습니다. 강호에 이제 막 나온 새까만 후배인데, 명성이 쟁쟁한 선배님들께서 어찌 저의 보잘것없는 이름을 들어보셨겠습니까?"

"하지만 그대의 풍모를 보니 명가의 자제가 분명하군. 혹시 사문을 알 수 있을까?"

송풍 도장이 나서서 점잖게 묻자 유빈이 빙긋 웃었다.

"보잘것없는 말학 후배에게 어찌 무당파나 화산파 같은 거창한 사문이 있겠습니까? 다만 몇 분 사부님의 사랑을 받아 무예와 강호의 예법을 배우고 익혔을 뿐이랍니다."

자신의 사문을 밝히고 싶지 않은 듯했다. 그렇다면 굳이 캐묻는다는 것도 실례다.

송풍 도장은 물론 현천 도장까지 눈살을 찌푸렸다. 아무리 생각해 봐도 유빈이라는 이름을 들어본 기억이 나지 않기 때문이고, 그의 당당하면서 느긋한 태도가 마음에 걸렸던 것이다. 사부가 여러 명이라는 것도 그렇다.

한 세대 전에 악명을 휘날렸던 무쌍괴 당부겸이 청년의 앞에서 감히 성질을 부리지 못한다는 것도 놀랍기만 하다.

무쌍괴 같은 대악당을 부리는 걸로 보아 유빈은 정파의 청년 같지는 않았다.

'그렇다면 강호에 한 명의 마성(魔星)이 등장한 것인가?'

그런 생각으로 청운 노도와 송풍, 현천 도장 등은 주의 깊게 유빈이라는 청년을 살펴보았다. 그의 잘생긴 얼굴을 볼수록 마음속에 어떤 알 수 없는 불안함이 스며든다.

그들이 묵묵히 침묵을 지키고 있는 동안 도수백은 가까스로 자신의 흥분을 가라앉히고 냉정을 유지할 수 있었다. 저의 모든 재간을 발휘해서 기척을 숨기는 데에만 열중했을 뿐 더이상 머리를 내밀고 그들을 엿볼 생각을 하지 못했다.

잠시 후 신당으로 빠르게 다가오는 몇 사람의 기척이 또 느껴졌다. 두 명이다.

옷자락 후루룩거리는 소리가 나더니 시커먼 그림자 두 개가 아무 망설임도 없이 신당 안으로 훌쩍 뛰어들었다.

"엇?"

이토록 많은 사람들이 발 디딜 틈 없이 들어차 있으리라고는 예상치 못했던 듯 우뚝 멈추어 선다.

모든 사람들의 시선이 새로 등장한 자에게 모이는 틈을 타서 도수백도 아주 잠깐 고개를 빼고 그자들을 힐끔 훔쳐보았다.

두 명의 중년인들이었는데, 한 사람은 부유한 상인처럼 생겼고, 한 사람은 강퍅해 보이는 인상을 한 깡마른 자였다. 키가 훌쩍 크다.

"핫하하, 오늘 뜻밖에도 여러 친구들을 한꺼번에 만나는구려. 반갑소, 반가워."

상인 차림의 사내가 호탕하게 웃으며 두 손을 맞잡고 마구 흔들었다.

"사편금귀 관일평, 정말 당신이란 말이오?"

무당파의 현천 도장이 깜짝 놀라 크게 소리쳤다.

상인 차림의 사내가 빙긋 웃는다.

"현천 아우는 보지 못한 사이에 커다란 성취를 이룬 듯하군. 이미 도에 통해서 반선지경에 이르렀으니 축하하네."

진심으로 하는 말 같았지만 어딘지 비웃는 듯하다는 느낌을 전해준다.

현천 도장이 잔뜩 눈살을 찌푸리고 입을 꾹 다물었다. 하지만 관일평을 바라보는 눈길에는 이글거리는 정광이 더해졌다.

"두 분은 알맞은 때에 잘 오셨습니다."

유빈이 부드러운 미소를 지으며 손을 맞잡고 흔든다.

관일평이 눈매를 가늘게 해서 잠시 바라보더니 머리를 갸웃거렸다.

"젊은 친구가 누구인지 당최 생각이 나지 않는군. 우리가 어디에서 만났던 적이 있던가?"

"하하, 소생은 강호에 갓 나온 애송이인데 어찌 관 선배를 만났겠습니까? 단지 명성을 흠모하던 차에 근처에 와 계시다는 소리를 듣고 서찰을 보냈을 뿐입니다.”

관일평이 눈을 크게 뜨고 새롭게 유빈을 바라보았다.

“자네가 우리에게 이곳으로 오라는 서찰을 보낸 장본인이라고? 저기 저 무쌍괴가 아니고?”

그는 이곳에 온 즉시 무쌍괴가 저희들을 이곳으로 모이게 한 장본인일 것이라고 추측했던 것이다. 누구나 그럴 만하다.

하지만 얼굴도 본 적 없는 청년이 제가 그렇게 했다고 하니 의아하고 놀라울 뿐이다.

“그대의 이름은? 사문은?”

관일평이 대뜸 그것을 물었다. 청운 노도가 그랬듯이 그 역시 유빈이 범상치 않은 청년이라는 걸 느낀 것이다.

“유빈이라고 합니다. 사문이야 차차 아시게 되겠지요.”

가벼운 대꾸에 눈살을 찌푸렸던 관일평이 유빈 곁에 서 있는 무쌍괴 당부겸을 매섭게 노려보고는 흥! 하고 코웃음을 쳤다.

무쌍괴가 잔뜩 인상을 쓰지만 관일평은 보지 못한 듯 무시해 버리고 청운 노도에게 깍듯이 예를 올렸다.

“선배께서는 그동안 안녕하셨는지요?”

“무량수불…….”

청운 노도가 눈살을 찌푸린 채 살짝 외면하고 도호를 외우는 걸로 대답을 대신했다.

무시당한 것이지만 관일평은 조금도 개의치 않았다. 사람

좋아 보이는 웃음을 한껏 지으며 송풍 도장과 현천 도장에게
차례차례 인사를 건넨다.

　두 도장 또한 떨떠름한 얼굴로 마주 포권해 보였을 뿐, 살
갑게 구는 관일평이 그다지 반갑지 않은 듯했다.

　그는 동행해 온 깡마르고 키 큰 사내와 함께 오래전부터 대
강 남북에 이름을 떨치고 있는 고수였다.

　관일평(關一平)은 사편금귀(蛇鞭金龜)라는 별호로 알려진
것처럼 한 자루의 뱀 가죽을 꼬아 만든 채찍을 잘 썼으며, 돈
이 되는 일이라면 가리지 않고 달려드는 지독한 장사꾼이기
도 했다.

　그와 그림자처럼 붙어 있는 자는 무정검귀(無情劍鬼)로 이
름난 상동풍(商桐風)인데, 검귀로 불릴 만큼 검법에 특출한 조
예가 있는 데다가 냉막하기 짝이 없어서 언제나 벙긋벙긋 웃
고 있는 관일평과 좋은 조화를 이루었다.

　그들 두 사람은 오랫동안 좋은 일과 나쁜 일을 가리지 않고
해왔지만 한 번도 곤란을 당해본 적이 없을 만큼 뛰어난 고수
들이었다. 그러면서 강호에서 세 손가락 안에 꼽히는 거부(巨
富)이기도 했다. 돈이 되는 일이라면 후안무치한 짓도 서슴지
않고 해온 결과다.

　뒤늦게 나타난 그들뿐만 아니라 무쌍괴 당부겸은 손써볼
수 없는 마두로 꼽히고, 청운 노도와 현천, 송풍 도장 등이 모
두 강호에서 명숙의 반열에 올라 있는 고수들이었다.

그런 사람들이 이렇게 한꺼번에 비좁은 산신당 안에 몰려 들어 있으니 강호의 기사(奇事)라고 할 만했다.

신비한 청년은 말할 것도 없고, 화산과 무당파의 청년 도사들도 누구 하나 녹록해 보이는 자가 없었다. 무쌍괴가 데리고 온 두 명의 장한도 강호에 이름이 알려진 고수들이지만 감히 말도 꺼내지 못한다.

"이제 올 사람은 다 온 것 같군요."

그들을 둘러본 유빈이 여전히 느긋한 얼굴로 말했다.

"그렇다면 우리를 이곳으로 오게 한 게 정말 무쌍괴가 아니라 바로 유 공자 자네였단 말인가?"

청운 노도가 확인하듯 다시 물었다. 그는 물론 이곳에 모인 자들은 모두 아직까지 믿지 못하는 얼굴이었다.

그들을 둘러본 유빈이 여태까지의 여유있던 모습과는 달리 얼굴을 딱딱하게 굳히고 거만하게 턱을 끄덕였다.

"그렇습니다. 소생이 여러 선배 고인들을 부른 것이지요."

"허, 그럴 수가 있나?"

사편금귀 관일평이 믿을 수 없다는 듯 무쌍괴를 바라보고 유빈을 바라보며 탄성을 터뜨렸다. 무쌍괴가 그의 시선을 외면하고 시치미를 뗀다.

잠시 생각하던 청운 노도가 신중한 안색으로 말했다.

"그렇다면 이제 우리를 이곳에 부른 이유를 말해주겠나?"

"별것없습니다. 함께 이것에 대해서 상의해 보자는 것이지요."

유빈이 품에서 한 권의 낡은 책자를 꺼내 높이 흔들었다.

표지도 없고, 단지 열두어 장 남짓 붙어 있는 얇은 고서(古書)인데, 그것을 본 사람들의 눈빛이 하나같이 무섭게 빛났다.

"으음—"

청운 노도가 침음성을 흘리고 잔뜩 의혹이 깃든 음성으로 물었다.

"자네의 손에 있는 그것이……?"

"그렇습니다. 제가 서찰을 보내 여러 선배님들을 이곳으로 모시면서 말씀드렸던 백련지정의 일부이지요."

"억!"

태연한 유빈의 말에 모두 경악성을 터뜨렸다.

긴가민가하며 오기는 했지만 정말 말로만 듣던 백련지정의 한 부분이 눈앞에 나타났다는 게 믿어지지 않았던 것이다.

제일 먼저 냉정을 되찾은 청운 노도가 다시 물었다.

"그것이 과연 백련교의 보물이라는 걸 어찌 믿을 수 있겠나?"

"좋습니다. 그렇게 의심이 가신다면 특별히 노도장에게 보여 드리지요."

유빈이 아무 거리낌 없이 그것을 청운 노도에게 내밀었다.

한순간 깊은 적막이 내리덮였고, 모든 사람의 눈길이 유빈의 손에 머문다. 누군가의 군침 삼키는 소리가 크게 울렸다.

잠시 유빈을 바라보며 생각에 잠겼던 청운 노도가 천천히 손을 뻗어 비급을 받아 들었다.

열두어 장에 불과한 그것을 빠르게 넘기며 훑어보더니 탄식을 터뜨린다.

"아아, 실로 알 수 없구나. 백련교에는 도대체 얼마나 많은 비밀이 감추어져 있단 말인가. 이것은 고작 백련지정의 한 부분에 지나지 않지만 그 품고 있는 것이 태산과 견줄 만하니 백련지정의 실체가 모두 드러난다면 대체 이 세상이 어떻게 될 것인가……."

노도사의 한탄에 세상을 걱정하고 안타까워하는 진정이 절절이 담겨 있다.

사람들은 이제 더 이상 그 낡은 책자가 백련지정의 일부라는 것을 의심하지 않았다.

그것이 검법을 기록한 부분인지, 장법이나 경공 또는 도법을 기록한 부분인지, 아니면 백련교의 신공을 기록한 것인지 그게 궁금할 뿐이다.

"그대로 가져가시렵니까?"

유빈의 한마디가 청운 노도는 물론 탐욕으로 비급을 뚫어지게 바라보던 사람들 모두의 정신을 일깨웠다.

노도가 매우 아쉽다는 듯 손에 쥔 비급을 보고 또 본다.

유빈이 웃으며 말했다.

"노도장께서는 이미 도에 통하여 마음이 반석처럼 단단하고 세상의 명리에서도 초연해졌다고 누구나 믿고 있지요. 그런데 고작 한 권의 얄팍한 책자에 그처럼 연연해하는 모습을 보이니 역시 세상의 일을 완전히 잊는다는 건 힘든 모양입니다."

점잖게 말하고 있지만 한껏 비웃고 조롱하는 것이다.

"젊은 친구는 말을 조심하게."

송풍 도장이 낯빛을 굳히고 경고했다.

유빈이 빙긋 웃는 걸로 대답을 대신했고, 청운 노도의 얼굴에는 부끄러움과 아쉬움이 가득했다.

노도가 차마 내키지 않는다는 듯 비급을 다시 유빈에게 내밀었는데, 손끝이 가늘게 떨리고 있었다.

"자네는 설마 그것을 자랑이나 하자고 우리를 부른 건 아니겠지?"

사편금귀 관일평이 헛기침을 하고 나서 말하자 유빈이 비급을 품에 넣고 정중하게 말했다.

"그렇습니다. 소생이 주제넘게 여러분을 이 험한 곳까지 오시라고 한 건 은밀히 상의할 일이 있어서입니다."

"그렇다면 어서 말해보게나. 나는 소형제가 하는 말에 관심이 아주 많다네."

관일평이 매우 친근한 사람을 대하듯 웃으며 다정하게 말했다.

청운 노도가 엄숙한 얼굴로 그들의 말을 중간에 끊었다.

"그전에 자네가 그것을 어떻게 손에 넣었는지 그것부터 밝혀야 할 것일세."

"그렇지, 노도장의 말씀도 옳다."

관일평이 이번에는 청운 노도의 말에 크게 머리를 끄덕여 동의한다.

"하지만 더 중요한 건 백련지정의 일부가 지금 제 품 안에 있다는 것 아닐까요? 누가 그걸 어떻게 얻었는지는 상관이 없지요."

"맞아, 맞아. 가장 중요한 건 역시 그 점이야."

관일평은 대체 자신의 주장 같은 건 없는 사람 같았다. 이 사람 저 사람 가리지 않고 장단을 맞추어주며 반짝이는 눈으로는 쉴 새 없이 유빈의 몸을 훑고 있다.

목상 뒤에서 도수백은 점점 마음이 조급해져 가고 있었다.

의형이 그렇게 찾고 있는 마지막 한 부분이 눈앞에 나타났는데 아무것도 할 수 없으니 그렇다.

마음 같아서는 당장 달려나가 저 젊은 놈을 때려눕힌 다음에 비급을 빼앗고 싶었다. 하지만 모두가 쟁쟁한 자들인 것 같고, 하나같이 비급에 탐욕을 품고 있으니 섣부르게 행동할 수 없다.

숨어서 지켜보고 있는 가슴이 새까맣게 타 들어가는 것만 같았다.

그때 신당 밖에서 엉뚱한 소리가 들려와 모든 사람들을 깜짝 놀라게 했다.

"다행이다. 이곳에 산신당이 있으니 새벽이 올 때까지 비를 피해 갈 수 있겠어. 이 어찌 산신께서 우리를 불쌍히 여겨 인도한 것이라고 하지 않을 수 있겠는가?"

멀리서부터 잔뜩 너스레를 떨며 함부로 달려온다. 그 쿵쾅거리는 발소리에 신당 안에 있는 사람들 모두가 인상을 찌푸렸다.

"엇? 벌써 이렇게 많은 사람이 비를 피하고 있었구나?"

거침없이 신당 안으로 뛰어든 사람이 놀란 소리를 하고 우뚝 멈추어 섰다.

낡은 도복을 입고 관을 쓴 중년의 깡마른 도사였다.

왕소령을 꾀어 동행으로 삼은 곤륜삼도 여곤화다.

신당 안에 있는 자들 중 그의 진면목을 아는 자는 한 사람도 없는 것 같았다.

잔뜩 눈살을 찌푸리고 생뚱맞게 뛰어든 꾀죄죄한 도사를 노려볼 뿐 아무도 아는 체를 하지 않았다.

그리고 기척도 없이 한 사람이 들어서서 여곤화 곁에 섰다. 왕소령이다.

"엇?"

그녀를 본 유빈이 제일 먼저 탄성을 터뜨렸다.

모든 사람의 눈에 의아한 기색이 어린다.

비에 흠뻑 젖은 채 서 있는 늘씬한 소녀의 싸늘한 아름다움이 모두를 놀라게 하고 의아하게 한 것이다.

그건 목상 뒤에 숨어서 엿보고 있던 도수백도 마찬가지였다. 아니, 그의 놀람이 가장 크다.

'왕소령!'

그는 자칫 경악의 외침을 터뜨릴 뻔했다. 급히 숨을 멈추었지만 이 의외의 일에 당황하여 심장의 박동이 빨라졌다.

그녀가 왜 단호림이 아닌 정체를 알 수 없는 중년의 도사와 일행이 되어 있는 건지 이해할 수가 없다.

곤륜삼도 여곤화가 포권한 손을 경망스럽게 이리저리 흔들며 말했다.

"강호에 나오면 죄다 동도라고 하지 않소? 그러니 빈도가 여러분 틈에 끼어서 잠시 비를 피한다고 해서 그걸 나무랄 속좁은 분은 안 계시겠지요?"

태연하게 지껄이는 말에 기가 막혔는지 여전히 아무도 대꾸하지 않았다. 여곤화와 왕소령을 바라보는 눈길에 의혹만 더욱 짙어진다.

도수백은 뛰는 가슴을 진정시키고 냉정하게 생각하기 위해 애썼다.

그녀가 어떤 까닭으로 저 알 수 없는 도사와 함께 이곳까지 오게 되었는지는 모른다.

분위기로 짐작해 볼 때 이곳에서 한바탕 소란이 일어날 것 같았다. 그렇다면 그녀 또한 말려들고 말 게 틀림없다. 그리고 제가 알고 있는 그녀의 실력으로는 당장 곤란에 처할 것이다.

'어떻게 해야 할까?'

도수백의 마음속에 두 가지 생각이 머리를 들었다.

'그냥 모르는 척해.'

'그러다가 그녀는 죽게 될 거야.'

'그럼 잘된 일이지. 그녀는 너를 죽이려고 저렇게 뒤쫓아 다니고 있잖아? 그런데 여기서 죽으면 손대지 않고 코 푼 격이니 더할 나위 없이 좋지.'

'그건 비겁한 짓이야. 너는 그녀에 대해서 책임을 져야 해.'

'책임? 내가 뭘 어떻게 했다고?'

'잊었어? 너는 그녀의 아버지를 죽였다. 그녀마저 죽게 내버려 둔다면 그 원한은 저승에 가서도 계속될 거야.'

'내가 그녀의 아버지 대신 그녀의 보호자가 될 이유는 없어.'

'그녀가 성급하게 강호로 나온 건 너 때문이잖아? 보지 못했다면 모르겠지만, 본 이상 너에게는 그녀를 보호해 줄 책임이 있어.'

'네가 구해줘도 그녀는 조금도 고마워하지 않을걸? 그러니 그냥 내버려 둬. 보지 못한 걸로 하면 돼. 아무도 알지 못할

거야.'

두 개의 마음은 그렇게 조금도 양보하지 않고 싸웠다. 그때마다 도수백의 얼굴에 떠오른 갈등이 깊어진다.

그가 제 자신과의 힘겨운 싸움을 하고 있을 때, 신당 안에서는 불쑥 나타난 불청객 때문에 일이 조금씩 어긋나기 시작하고 있었다.

"우리는 지금 중요한 일을 상의하고 있는 중이니 당신은 이곳을 떠나는 게 좋겠소."

유빈이 점잖게 말했지만 곤륜삼도 여곤화는 막무가내였다.

"밖에는 저렇게 비가 내리고 있고, 날이 밝으려면 아직 멀었는데 어디로 가란 말이오? 밤새 길을 잘못 들어 헤매느라고 지쳤는데 좀 쉬었다가 가면 어떻소? 게다가 여기 이렇게 여자도 있는데 이 빗속으로 쫓아낸다면 그건 너무한 짓이지. 대체 언제부터 강호의 인심이 이렇게 야박해졌소?"

"시끄럽다! 꺼지라면 꺼져!"

무쌍괴 당부겸이 기어이 빽 소리쳤다.

"목숨을 살려주겠다는데 웬 말이 그렇게 많아? 어서 꺼지지 않으면 내가 네놈의 그 모가지를 비틀어 버리고 말 테다!"

눈을 부라리며 으르렁거리자 음침하고 험악한 그의 인상이 더욱 보기 흉하게 일그러져서 마치 늙은 야차를 보는 것 같았다.

여곤화가 살짝 눈살을 찌푸리고 중얼거렸다.

"제기랄 놈의 늙은 괴물 같으니. 나이를 처먹으니 손발이 무뎌지는 대신 성질만 더 못되진 모양이구나. 늙어서도 철이 들기는커녕 노망이 더 빨리 든 모양이니 저런 늙은이는 그냥 일찍 죽는 게 좋을 거야."

제 딴에는 혼자서 중얼거린다고 하는 말인데 신당 안에 있는 사람들 중 그 말을 듣지 못할 만큼 귀가 어두운 사람은 아무도 없었다.

"뭐라고?"

당부겸이 참지 못하고 버럭 소리쳤다. 저쪽에서 청운 노도가 고소하다는 듯 희미한 웃음마저 띠고 있으니 더욱 노화가 솟구친 것이다.

"이 찢어 죽일 도사 놈이 제 발로 염라전에 기어들어 온 줄도 모르고 아가리를 함부로 놀리는구나!"

주먹을 부르르 떨며 소리친 그가 데리고 온 두 명의 장한에게 소리쳤다.

"더 볼 것 없다! 저 빌어먹을 도사 놈을 쳐죽여 버려라!"

"존명!"

두 장한이 큰 소리로 복명하고 번쩍이는 칼을 뽑아 들기 무섭게 벼락처럼 여곤화를 덮쳤다.

쉬잉—

칼바람이 매섭게 허공을 가른다.

두 장한은 강호에서 제법 이름을 날리는 흑도의 고수였다.

눈이 길게 찢어진 자는 흑호(黑虎) 염충이라는 자이고, 얼굴 검은 자는 나한도(羅漢刀) 이지평인데, 십여 년 전부터 장강 이남에서 활동하며 악명을 떨쳐 왔다.

주인이나 다름없는 당부겸 앞인지라 감히 숨도 크게 쉬지 못하고 있다가 명령이 떨어지니 저희들의 솜씨를 뽐내려는 마음에 더욱 사납고 흉맹하게 들이친다.

"저런, 저런!"

"그만두시오!"

저쪽에서 무당의 현천과 화산의 송풍 도장이 깜짝 놀라 소리쳤지만 몸을 날려 그들을 제지하기에는 이미 늦었다.

두 악당의 칼이 좌우에서 벼락처럼 떨어지지만 여곤화는 아무것도 모르는 사람처럼 태연하기만 했다.

"세상에 염증이 일고 환멸이 생긴다면 더 살아 있을 필요가 없지. 일찍 이승으로 찾아가 귀신이라도 되는 게 나을지도 몰라."

중얼거리는 동안 염충과 이지평의 칼이 그의 몸뚱이를 토막 내버릴 것처럼 떨어졌다.

그것을 지켜보는 사람들의 마음속에 연민이 생겼고, 현천과 송풍 도장은 차마 볼 수 없다는 듯 두 눈을 질끈 감아버렸다.

모두의 귀에 세상 물정 모르는 얼뜨기 도사의 참혹한 비명 소리가 들리는 듯했다.

"으아악!"

"끄악!"

처절한 두 마디의 단말마가 터져 나와 더욱 실감이 난다.

"억!"

당부겸이 놀란 외침을 터뜨렸다.

"저런, 저런!"

사편금귀 관일평도 놀라 소리쳤고, 그의 곁에 있던 무정검귀 상동풍의 무표정하던 얼굴에도 경악의 기색이 가득 떠올랐다.

"으음—"

미공자 유빈과 청운 노도의 입에서도 침음성이 흘러나온다.

대체 무슨 일인가 싶은 현천과 송풍 두 도장이 슬며시 눈을 떴다.

"어억!"

그들 또한 크게 놀라 눈을 부릅뜨고 괴성을 터뜨린다.

그들이 바라보는 곳에 믿을 수 없는 광경이 펼쳐져 있었다.

염충과 이지평의 칼은 각기 여곤화의 목덜미와 옆구리에 박혀 있었다. 그렇게 보일 만큼 달라붙어 있었던 것이다.

그리고 여곤화의 두 손이 역시 그들에게 달라붙어 있었는데, 왼손의 곧게 편 손가락 하나가 염충의 미간 속으로 푹 들

어가 있고, 오른손의 곧게 편 엄지손가락은 이지평의 관자놀
이 속으로 푹 들어가 있었다.

마치 진흙을 찌르듯이 단단한 뼈를 가볍게 뚫고 박혀 버린
것이다.

그가 어떻게 손을 쓴 건지 알아본 사람이 없었다.

맨몸으로 날 선 칼을, 그것도 고수로 꼽히는 자들이 힘껏
휘둘러 친 그것을 아무 탈 없이 받아낸 것도 믿기 힘든 일이
었다.

그가 천천히 손가락을 뽑았고, 그제야 두 놈이 눈을 까뒤집
은 채 풀썩, 풀썩, 쓰러져 여곤화의 발아래 널브러졌다. 붉은
피가 천천히 흘러내린다.

여곤화가 더러운 것을 만진 사람처럼 잔뜩 낯을 찡그리고
손가락을 제 지저분한 도포 자락에 문질러 닦았다.

사람들은 모두 입을 굳게 다물고 침묵했다.

여곤화 곁에 서 있는 왕소령만 여전히 싸늘하고 무표정할
뿐 다들 경악으로 일그러진 얼굴을 펴지 못하고 있다.

놀라서 눈을 부릅뜬 사람은 또 한 명 있었다.

도수백이다.

그는 여곤화가 어떻게 움직이는지 똑똑히 본 유일한 사람
이기도 했다.

모두 여곤화를 귀찮게 여기기만 했고, 그의 죽음을 당연한
것으로 믿었기에 신경을 쓰지 않았지만 도수백은 그가 왕소

령과 나란히 서 있었으므로 자연히 똑똑히 볼 수밖에 없었던 것이다.

두 악당의 칼이 목덜미와 옆구리에 떨어질 때는 도수백도 저 철없는 도사가 꼼짝없이 죽었다고 생각했다.

하지만 그 순간 그는 제 눈을 의심해야 했다.

여곤화가 두 손을 동시에 뻗어 한차례 칼 몸을 쓰다듬었다가 그대로 두 놈의 머리통을 꿰뚫어 버렸는데, 보고도 믿기 어려울 만큼 쾌속하고 부드러운 손놀림이었다.

여곤화의 장력에 순식간에 제압당한 칼은 위력을 잃고 그의 몸에 달라붙은 것처럼 내려앉았다.

많아서 튕겨 나가지도 않고, 부족해서 상처를 입지도 않을 만큼 딱 맞게 힘을 써서 칼을 무기력하게 만들어 버리는 그 정교함이 도수백을 어리둥절하게 했다.

그것도 이리저리 재고 계산할 시간도 없이 즉각 이루어진 일이라는 게 놀랍다.

'저건 또 누구냐?'

경악과 함께 그런 의문이 도수백을 어지럽게 했다.

魔風俠星

第十一章

혼란(混亂)

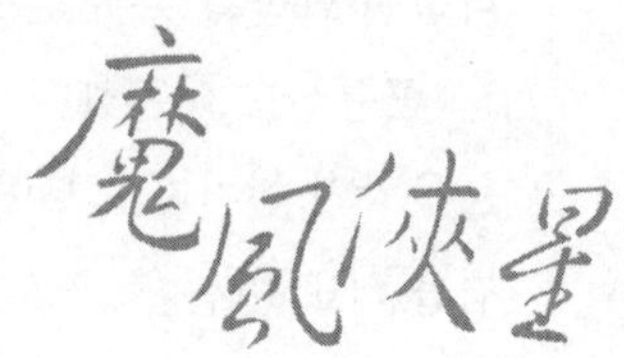

"당신은 대체 누구요?"

비로소 정신을 차린 유빈이 떨리는 음성으로 물었다.

"너는 누구냐?"

당부겸도 정신을 차리고 버럭 소리친다.

꾀죄죄한 도사가 빙긋 웃었다. 방금 두 사람의 목숨을 빼앗은 자라고는 도저히 믿을 수 없는 태연함이었다.

"강호의 친구들이 곤륜삼도라고 불러준다오. 몸은 하나인데 삼도라니 좀 이상하기는 하지만 어쩌겠소?"

"곤륜삼도?"

유빈이 알 수 없다는 듯 낯을 찌푸렸고, 저쪽에서 잠시 생각하던 화산의 송풍 도장이 깜짝 놀라 소리쳤다.

"곤륜삼도 여곤화!"

무당의 현천자도 무엇을 생각해 냈는지 '억!' 하고 놀란 외침을 터뜨린다.

"곤륜삼도 여곤화……."

그때쯤 사편금귀 관일평도 그 이름을 기억해 낸 듯 침중한 얼굴이 되어서 중얼거렸고, 무정검귀 상동풍도 번쩍이는 눈으로 여곤화를 뚫어지게 바라보았다.

가볍게 찌푸린 눈길을 잠시 허공에 두고 있던 유빈도 비로소 그가 누구인지 생각난 듯 크게 머리를 끄덕였다.

"이제 기억이 나는군. 사부님으로부터 당신의 대명을 들은 적이 있소. 신공과 장법, 담력. 이 세 가지가 기이하게 높아 세상을 놀라게 할 만하다고 하더군요. 그래서 삼도로 불리는 거라지요?"

여곤화가 빙그레 웃는다. 기특하다고 여기는 모양이었다.

무쌍괴 당부겸만 아직도 어리둥절했다. 그는 강호를 오랫동안 떠나 있었기에 여곤화라는 이름을 들어보지 못한 것이다.

하지만 방금 그가 보여준 한 수의 지독한 살수로 인해 당부겸은 저 꾀죄죄한 도사가 만만한 자가 아니라는 걸 충분히 알 수 있게 되었다.

자기가 직접 손을 썼다고 해도 과연 그렇게 할 수 있었을까? 하는 의문이 들 정도여서 당부겸은 입맛이 쓰기만 했다.

　오랜만에 세상에 나왔을 때 그는 강호를 한바탕 마음껏 휘저어보고 싶은 욕망으로 흥분했었다.

　제 명성과 실력이라면 충분히 그렇게 할 수 있다고 굳게 믿었던 것이다.

　그런데 저렇게 화산의 청운 노도가 멀쩡하게 살아 있고, 또 처음 보는 여곤화의 솜씨가 무시무시하지 않은가.

　'내 시대는 이제 한물간 것인가?

　절로 그런 자괴감이 들어서 무쌍괴 당부겸은 맥이 빠지고 말았다.

　유빈이 다시 여유있는 모습을 되찾고 섭선을 슬쩍슬쩍 부쳐 대며 말했다.

　"이제 보니 여 선배께서도 우연히 이곳에 온 게 아니군요?"

　"그럴 리가 있나?"

　여곤화가 태연하게 말을 받는다.

　"지나가다 비를 피할 곳이 있어서 기쁜 마음으로 들어왔는데, 와서 보니 복마전이었던 거지. 이런 줄 알았다면 폭우가 아니라 우박이 쏟아진다고 해도 그냥 길을 갔을 거라네. 그런데 그대는 누구인가?"

　유빈이 씁쓸한 미소를 지었다.

　"후배가 여 선배를 알아보지 못했으니 여 선배께서 후배를 모르는 것도 당연하지요. 그건 그렇고……."

그가 슬쩍 화제를 돌리려고 하자 여곤화가 얼른 말을 끊고 다시 묻는다.

"나는 궁금증이 많아서 말이야. 그대는 도대체 누구지? 젊은 사람이 신수가 훤하고 영기가 발랄한 걸 보니 인중용이 분명해. 내가 아무리 세상의 일에 관심이 없다고 해도 그대와 같이 뛰어난 후배를 보았는데 어찌 궁금하지 않겠나?"

어쩔 수 없다는 듯 유빈이 포권하고 말했다.

"후배는 유빈이라고 합니다. 강호 초출인지라 아직 외호도 얻지 못했군요."

"그래? 그렇다면 이상한 일이군. 내가 듣기로 무쌍괴 당 아무개는 옛날부터 심보가 고약하고 속 좁은 인물이라고 들었는데, 그가 아직 외호도 얻지 못한 까마득한 후배를 마치 제 주인 모시는 것처럼 하지 않아? 어허, 세상에 이렇게 괴이한 일이 어디 있겠어?"

"으음—"

유빈과 당부겸이 동시에 침음성을 흘렸다.

유빈은 그가 말로는 우연히 들렀다고 하지만 실은 오늘의 모임을 노리고 일부러 찾아왔다는 확신을 갖게 되었기 때문이고, 당부겸은 심사가 뒤틀렸기 때문이다.

하지만 그는 감히 여곤화의 말에 발작을 하지 못했다. 만약 그렇게 한다면 여곤화의 말을 부인하는 것이고, 그건 곧 유빈

앞에서 그가 제 작은 주인이라는 걸 부정하는 일이 되기 때문
이다.

무쌍과 당부겸의 마음속에 여곤화에 대한 미움이 불길처
럼 타올랐다. 당장 달려들어 저놈의 대갈통을 부수어놓지 못
하는 게 한이다.

유빈이 심각한 얼굴이 되어 말했다.

"좋습니다. 이제 보니 여 선배께서 그 먼 곤륜산을 떠나 중
원의 남쪽까지 수만 리 길을 온 것이 바로 이 비급 때문이었
군요. 원래 제가 초대한 사람의 명단에는 없지만 여 선배의
명성을 생각해서 한자리를 차지할 수 있도록 배려하지요."

말하는 동안 유빈이 품에서 다시 비급을 꺼내 흔들었다. 그
것을 바라보는 여곤화의 눈에서 무시무시한 한광이 쭉 뻗어
나가는 듯했다.

재빨리 비급을 갈무리한 유빈이 왕소령을 향해 정중하게
포권했다.

"아직 소저는 스스로를 밝히지 않았군요. 소생은 소저의
내력이 정말 궁금하답니다. 혹시 여 선배님의 제자이신가
요?"

왕소령의 낯빛이 더욱 싸늘해졌다. 유빈을 바라보지도 않
고 여전히 오만하게 턱을 치켜든 채 허공의 한 점에 시선을
두고 있을 뿐이다.

여곤화가 손사래를 치며 다시 너스레를 떨었다.

"천만에, 천만에. 나에게 무슨 복이 있어서 이와 같이 뛰어난 소저를 제자로 둘 수 있겠나? 자네가 탐나지만 자네는 이미 훌륭한 스승을 두고 있으니 내가 다시 제자로 삼을 수 없는 것과 같지. 그러니 엉뚱한 소리를 해서 그녀를 곤란하게 하지 말게."

"그러면 이 소저에게는 따로 명사가 계신 모양이군요. 소생이 알 수 있을까요?"

왕소령은 벙어리라도 된 듯 입을 꼭 다물고 있고, 이번에도 여곤화가 대신 나섰다.

"그건 불공평하지. 자고로 청춘 남녀가 처음 만나 서로의 신분 내력을 확인하는 건 자연스러운 일인데, 먼저 남자가 제 신분과 집안을 밝힌 다음에 여자에게 묻는 게 예의 아니겠나? 설마 자네는 그녀 앞에서 예의도 모르는 무뢰한이 되고 싶은 건 아니겠지?"

"이것 참……."

여곤화의 너스레에는 대책이 없다. 유빈이 난감한 얼굴을 하고 혀를 찼다. 그의 수다가 마음에 들지 않지만 가만히 생각해 보면 하나도 허튼소리가 없지 않은가. 그러니 타박할 수도 없다.

'이 주책없는 도사에게는 말을 시키지 않는 게 상책이다.'

유빈은 그렇게 작정하고 더 이상 묻지 않았다.

"그럼 이제 올 사람은 더 없는 건가?"

한쪽에서 묵묵히 서 있던 청운 노도의 말이 모두를 일깨웠다.

유빈이 노도에게 공손히 포권하고 말했다.

"그렇습니다. 이제 더 올 사람은 없겠지요."

"그렇다면 그대가 우리를 이 외진 곳으로 불러낸 이유에 대해서 들어보세."

"말씀드리지요."

사람들의 눈길이 일제히 유빈의 얼굴에 머문다.

헛기침을 해서 목청을 가다듬은 유빈이 천천히 말하기 시작했다.

"저는 여러 선배님들의 도움을 원합니다. 저의 가문에 불구대천의 원수가 있는데, 저희들의 힘만으로는 어찌할 수가 없어서 이처럼 도움을 청하게 된 것이지요."

"그래서? 대가로 자네는 달랑 그 비급 하나를 주겠다는 것인가?"

사편금귀 관일평이 성급하게 물었다. 그 부분은 모두가 공감하던 터라 묵묵히 유빈의 말을 기다린다.

"그렇습니다. 도움을 주시는 분에게 이 비급을 드릴 것입니다."

"비급은 하나뿐이고 사람은 이처럼 많은데?"

"천하에 이것을 원하는 강호의 인사가 모래알처럼 많습니다. 하지만 얻을 수 있는 사람은 이곳에 있는 몇 명뿐이니 나

누어 갖는다고 해서 비급의 가치가 사라지는 건 아니겠지
요."

"자네의 말은 우리가 그것을 공유하라는 것이로군?"

"바로 그렇습니다. 그게 싫으신 분께서는 가셔도 좋습니
다."

"으음—"

사편금귀 관일평이 잔뜩 낯을 찌푸리고 침음성을 흘렸다.

모두는 유빈의 말을 곰곰이 생각하기 시작했다.

백련지정은 과연 하늘의 별을 따는 것처럼 얻기 힘든 것이
다. 그 일부분이라고 해도 그것이 지니고 있는 가치는 무한하
다.

무공의 상승을 무엇보다 열망하는 강호의 무리에게는 더
욱 그랬다.

백련지정의 한 조각을 얻어 그 안의 비결을 익히고, 그래서
자신의 본래 무공과 접목시킬 수 있다면 놀랍게 발전하리라.

문파에서는 새로운 절기를 창조할 수 있을 것이고, 개인은
무공 수위가 지금보다 몇 단계 훌쩍 뛰어오르게 될 것이다.

이곳에 있는 사람들은 모두 강호에서 적수가 흔치 않은 고
수 중의 고수들이었다. 그런데 백련지정을 얻어 지금의 무공
수위를 더 높인다면 금방 절정고수의 반열에 들게 될 것 아닌
가.

그런 생각이 모두에게 흥분과 탐욕과 걱정을 가져왔다.

　무당과 화산의 도사들은 백련지정이 마두의 손에 들어가는 걸 걱정했고, 다른 사람들은 그런 걱정 없이 오직 그것을 탐할 뿐이다.

　그들에게 잠시 생각할 시간을 준 유빈이 다시 말했다.

　"여러 선배들은 이미 독특한 무공을 지녔습니다. 그것만으로도 강호의 절기로 꼽히기에 손색이 없지만, 그 위에 백련지정의 비결이 더해진다면 절정고수로 거듭날 수 있겠지요."

　사람들의 눈길이 이글거린다.

　"또한 이것을 공유한다고 해도 각자의 무공 절기에 맞도록 응용할 테니 여전히 서로의 무공은 각기 다른 특징을 갖게 될 것입니다. 다섯 분이 공유한다면 다섯 개의 절기가 새로 탄생되는 것이지요. 그러니 굳이 공유하는 걸 꺼려하실 필요가 없다고 봅니다."

　그의 말은 이치에 맞았다.

　똑같은 무공을 배웠다고 해도 그것을 응용하고 발전시키는 것은 각자가 지닌 특성과 장기에 따라 다르게 마련이었다.

　한 사부 밑에서 배운 제자들이 똑같은 초식을 펼치지만, 어떤 경지에 오르게 되면 각자의 독특한 기질에 따라 조금씩 변하게 되는 것과 같다.

　목상 뒤에서 유빈의 말을 훔쳐 들으며 도수백은 저도 모르게 머리를 끄덕였다.

그의 말 중에서 한 가지 깨달음을 얻었기 때문이다.

도수백은 자기가 백련지정의 일부인 소류신공을 얻었지만 그것을 제가 알고 있는 싸움의 방법에 적용시킬 수 있었을 뿐이다.

그리고 그 결과 그의 움직임과 칼은 저도 모르는 사이에 놀랍게 향상되어 이제는 어느 강호의 고수라도 그를 두려워하지 않을 수 없게 되었다.

도수백은 제가 얻어 익힌 소류신공을 다른 사람이 얻었다면 또 그 사람만의 무엇으로 발전하게 되었을 것이라고 생각했다.

결국 무공이라는 것은 스스로에게 맞도록 발전하고 변해 가는 것이지, 한 틀에서 찍은 것처럼 똑같을 수가 없다.

그러니 절세의 무공 초식을 배웠고, 그대로 펼친다고 해서 그것이 여전히 절세의 무공 초식이라고 할 수는 없는 것이다.

결국 제가 지닌 재주를 극성까지 익히고 대성한다면 그게 모두 절세의 무공이 된다. 삼류로 치부되는 검법으로도 절세의 검법 초식을 깨뜨릴 수 있는 것이다.

누가 그것을 얼마나 통달하고, 그 안의 이치를 얼마나 받아들여 자신에게 맞도록 발전시켰느냐 하는 게 중요하다.

소림사의 칠십이종 절기를 배우지 않아도, 무당파의 기공이나 화산파의 검법을 배우지 않아도 된다.

'내 칼만으로도 충분히 천하제일의 고수가 될 수 있다.'

도수백은 유빈의 말속에서 그런 자신감을 가질 수 있었다. 그것을 시험해 보고 싶어서 온몸이 근질거린다.

신당 안에서는 여전히 무거운 침묵이 계속되었다.

사람마다 제각각의 계산과 생각으로 서로를 잊을 지경이 된 것이다.

"그런데 한 가지 미심쩍은 게 있군."

사편금귀 관일평이 웃음기가 사라진 얼굴로 말했다.

"자네가 그것의 사본을 만들어 이와 같은 방법으로 또 다른 사람들을 유혹할지도 모르잖아?"

"사본은 없습니다."

유빈이 단호하게 말했다.

"제 자신과 제 사부님, 그리고 제 가문의 명예를 걸고 약속 드리지요."

"좋지, 좋아. 그렇다면 믿겠네. 그런데 말이야……."

관일평이 크게 머리를 끄덕이며 좋다고 하더니 여전히 의문을 제기한다.

"우리는 자네의 사부가 누구인지, 자네의 가문이 어디인지 조금도 알지 못하거든. 과연 그런 약속을 감당할 만큼 명예가 있는 사부이고 가문인지 그것부터 밝혀야 하지 않을까?"

그것 또한 모두가 궁금하게 여기고 있던 바이고, 그와 같은 의문을 먼저 해소해야 하는 게 당연하다. 유빈이라고 그걸 모를 리가 없었다.

하지만 그는 자신의 사부에 대해서만은 끝내 밝히려 하지 않았다. 자신의 가문에 대해서도 그렇다.

"먼저 저를 돕겠다고 맹세하시는 분에게만 가르쳐 드리겠습니다. 그럴 뜻이 없는 분은 즉시 이곳을 떠나시기 바랍니다."

"흥!"

그의 말이 끝나기 무섭게 곤륜삼도 여곤화가 냉랭하게 코웃음 쳤다.

"나는 그럴 뜻이 없다고 해도 이곳을 떠나지 않을 테다. 왜냐고? 흥! 나는 네가 불러서 달려온 게 아니거든. 내 스스로 이곳에 왔으니 내가 가고 싶을 때 갈 수 있지. 내 발은 너의 몇 마디 말에 붙들려 있지 않다는 거야."

말속에 은근히 다른 사람들을 조롱하는 뜻이 섞여 있었다.

그는 모두에게 유빈 같은 애송이의 말 한마디에 가고 오는 게 결정되는 처지에 놓여 있음을 상기시킨 것이다. 은연중에 유빈에 의해서 저의 자유와 의지를 속박당하고 있으니 심리적으로 그에게 제압당한 것과 다름없다.

"옳다!"

사편금귀 관일평도 크게 소리쳤다.

"과연 곤륜삼도 여곤화의 명성은 헛되지 않군. 몇 마디 말로 우리 모두의 발에서 족쇄를 풀어주었으니 말이야."

유빈이 살짝 눈살을 찌푸렸다.

자신의 계획이 철저하다고 믿었는데 엉뚱하게 뛰어든 여곤화 때문에 자칫 엉망이 될 수 있기 때문이었다.

유빈이 목청을 높여서 말했다.

"그렇지 않습니다. 여 선배의 말은 틀렸습니다. 여러분이 과연 저의 몇 마디 말 때문에 이곳에 온 것입니까? 여러분은 제가 지니고 있는 이 비급 때문에 이곳에 온 것입니다."

"그 말도 옳다. 제기랄, 나는 이제 뭐가 뭔지 모르겠군."

관일평이 머리를 끄덕이더니 손바닥으로 제 이마를 딱, 소리가 나도록 쳤다.

유빈이 다시 말한다.

"소생은 이것을 여러분에게 드리겠다고 약속했습니다. 단, 소생을 도와주는 사람이라고 한정했지요. 여러분들은 이 비급을 갖기 위해서 이곳에 왔고, 그러니 소생이 내건 조건에 대하여 인정하고 받아들일 수밖에 없습니다."

그는 과연 누구 한 사람에게 백련지정의 일부를 주겠다고 단정해서 말한 적이 없었다.

각자가 그런 연락을 받았으므로 제 짐작으로 저에게 준다는 말인 줄 안 것이다. 그래서 이 궂은 날씨를 무릅쓰고 이곳까지 달려왔다.

"좋다, 좋아. 그렇다면 우리에게 그것을 한 장씩 찢어주도록 하게."

곤륜삼도 여곤화가 다시 엉뚱한 소리를 한다.

"여 선배!"

유빈이 날카로운 눈길로 노려보지만 여곤화는 물러서지 않았다.

"나는 비급을 얻을 수 있다면 기꺼이 너를 도와주겠다. 하지만 그것을 여러 사람과 나누어 갖고 싶은 마음이 조금도 없어. 정 그래야 한다면 차라리 찢어서 한 장씩 갖는 게 좋아. 그래야 비급이라고 할 수 있지, 이놈 저놈이 죄다 똑같은 걸 갖고 있다면 그게 무슨 비급이야?"

여곤화의 말에 사람들의 눈빛이 흔들렸다. 그는 모두의 억눌려 있던 욕심을 몇 마디의 말로 끄집어낸 것이다.

유빈이 정색을 하고 책망한다.

"여 선배는 소생의 일에 훼방을 놓기 위해 일부러 찾아온 것이오?"

"천만에. 나는 다만 운이 좋다면 천하제일이라는 백련교의 비급을 한 장이라도 얻을 수 있지 않을까 해서 먼 길을 달려왔을 뿐이네."

"그렇다면 여 선배는 헛걸음을 했군요. 소생은 이것의 반의 반 장도 여 선배에게는 드리지 않겠습니다."

"어째서?"

"여기서 한 장이라도 뜯겨 나가면 비급의 가치를 잃어버리기 때문이지요. 한 장이 없으면 나머지도 없는 거나 마찬가지 아니겠습니까?"

그의 말에 여곤화도 반박할 마땅한 말을 찾지 못하고 눈살만 찌푸렸다.

열 개의 구결로 이루어진 신공절학이 있다면 그 구결 중 한 개만 빠져나가도 신공절학을 이룰 수가 없다. 그러니 한 개가 언제나 다른 아홉 개의 가치를 결정한다고 해야 하리라.

마차에 두 개의 바퀴가 모두 있어야 굴러갈 수 있는 것과 같다.

"그래도 나는 나누어 갖지 않겠다. 반드시 내 몫을 한 장 가져가야겠어."

말이 궁하게 된 여곤화가 이제는 억지를 썼다. 유빈이 냉랭하게 코웃음을 친다.

"소생이 언제 여 선배를 초대한 적 있습니까? 언제 여 선배에게 소생의 일을 도와달라고 한 적이 있습니까? 선배는 마음대로 왔으니 마음대로 갈 수 있다고 했지요? 그렇다면 그렇게 하십시오."

"흥, 나는 가지 않겠다. 이 신당이 너의 소유도 아닌데 나에게 가라 마라 하는 건 옳지 않아."

유빈은 짜증이 났다. 여곤화와 이렇게 입씨름을 하다가는 시간만 보낼 뿐 얻을 게 아무것도 없다는 생각이 들어 더욱 그렇다.

"이렇게 하자."

그들의 입씨름을 구경하고 있던 사편금귀 관일평이 끼어들었다.

"내가 이 일을 해결하지. 그 대신 그대는 나에게 무엇을 주겠는가?"

"원하는 걸 말씀해 보시지요."

"내가 저 천둥벌거숭이 같은 곤륜삼도를 쫓아낸다면 자네는 나에게 비급의 원본을 주게. 다른 사람들에게는 사본을 줘도 상관없겠지."

"좋습니다."

유빈이 잘됐다는 듯 호쾌하게 대답했다.

이때라는 듯 여곤화가 다시 끼어들어 관일평에게 말했다.

"잠깐 기다려 봐라. 그럼 네가 원본을 갖고 그것을 필사해서 다른 사람들에게 나누어준다는 거냐?"

관일평이 눈을 부라린다.

"왜? 안 될 일이라도 있느냐?"

"흥, 나는 믿지 못하겠다. 네가 일부러 군데군데 몇 글자씩 빠뜨리거나 엉터리로 써주지 않는다고 어떻게 믿지?"

"당신은 걱정할 것 없습니다. 그렇다면 내가 직접 필사해서 나누어 드리면 되니까요."

유빈의 말에도 여곤화는 코웃음만 쳤다.

"흥, 너는 또 어떻게 믿느냐? 나는 저 원본마저 이미 네가 수작을 부려서 훼손시키지나 않았는지 모르겠다. 그렇다면 너는 이미 아무도 모르게 완벽한 필사본을 숨겨놓았겠지."

그의 말에 사람들이 일제히 청운 노도를 바라보았다. 노도가 비급을 살펴본 유일한 사람이기 때문이다.

청운 노도는 난감해졌다. 유빈으로부터 비급을 받아 훑어보았지만 자세히 살펴볼 새가 없었던 것이다.

그 안의 세세한 흐름과 이치를 따져 볼 수가 없었으니 그것이 진본이라고 보증 서기가 두려웠다.

노도는 다만 큰 흐름을 읽었을 뿐인데 지금 다시 생각해 보니 과연 그것만 가지고 비급이 진본이라고 단정할 수 있을지 의심이 들었다. 세부적인 통일성이 없다면 누구도 비급을 통해 완전한 신공을 익힐 수 없기 때문이다.

중요한 곳의 글자 한 개, 또는 말을 이어주는 어조사 한 개가 빠지거나 더해지더라도 문맥의 구조가 달라지고 해석이 달라질 수 있는 것 아니던가.

비록 눈치 채지 못하고 지나칠 아주 사소한 것일지라도 나중에 가서는 원래의 뜻과 엄청난 차이를 벌려놓을 수 있다.

청운 노도가 보증하지 못하고 망설이는 걸 본 사람들이 모두 의혹의 눈길을 번쩍였다.

그 순간 유빈이 펄쩍 뛰어서 한쪽으로 물러섰다. 그는 더 이상 여곤화가 분탕질을 치도록 놔둘 수 없다는 걸 느끼고 그를 제거하기로 마음먹은 것이다.

그가 아무도 눈치 채지 못하게 슬쩍 무쌍괴에게 눈짓을

했다.

"에잇! 빌어먹을 도사 놈이 남의 일에 훼방만 놓는구나!"

유빈의 눈짓을 받은 무쌍괴 당부겸이 버럭 소리치고 득달같이 여곤화를 덮쳤다.

그는 벌써부터 곤륜삼도라는 자의 수작에 울화통이 터지려던 참이었다. 엉뚱한 놈이 뛰어들어서 온통 흙탕물을 만들어놓으니 그렇다.

하지만 유빈의 명령이 없던 터라 억지로 참고 있었는데 이제 그의 은밀한 눈짓을 받고는 억눌러 왔던 분노를 한꺼번에 터뜨린 것이다.

무쌍괴가 덮쳐 오자 기다리고 있었다는 듯 여곤화가 옆으로 빠졌고, 그때까지 목상인 것처럼 아무 말도 하지 않고 허공만 바라보고 있던 왕소령이 싸늘한 코웃음을 쳤다.

"흥!"

냉랭한 코웃음이 들렸나 싶었는데, 한줄기 번쩍이는 검광이 부챗살처럼 좍 퍼져서 무쌍괴의 전면을 덮어간다.

너무나 신속하고 신랄하며 변화무쌍한 검격이라 무쌍괴가 당황하여 손발을 어지럽게 내둘렀다.

검과 장법으로 일가를 이룰 만하다는 고수답게 그의 두터운 장력이 웅장한 파공성을 뿌리며 허공에 보이지 않는 보호막을 쳤다.

짜자자작—

왕소령의 검기가 그것과 부딪치자 번갯불이 방전되는 것
처럼 날카로운 기음(氣音)이 터져 나온다.

"요악한 년이었구나!"

자신의 장력이 왕소령의 검기에 갈기갈기 찢어지는 걸 느
낀 무쌍괴 당부겸이 버럭 소리치며 급히 맴돌았다.

짜악—

왕소령의 검봉이 아슬아슬하게 스쳐 지나가며 그의 옆구
리 옷자락을 길게 찢어놓았다.

당부겸의 등줄기로 식은땀이 흐른다.

촌각만 늦었어도 몸통이 두 쪽 날 뻔했기 때문이다.

왕소령의 검격은 기습의 효과를 톡톡히 보고도 남았다.

무쌍괴가 그녀를 깔보고 주의하지 않은 탓도 있지만, 단번
에 전대의 거마(巨魔)를 물리치는 그녀의 일검은 모두를 놀라
게 하기에 충분했다.

사람들이 모두 경악성을 터뜨리며 입을 딱 벌렸을 때, 목상
뒤에서 도수백도 눈을 휘둥그레 뜨고 숨을 멈추었다.

자신이 알고 있던 왕소령이 아닌 것 같았다.

그녀는 사문의 검법을 열에 여덟이나 아홉은 전해받고 익
혔으나 실전의 경험이 없고, 무엇보다 마음이 모질지 못한 탓
에 제 위력을 반도 발휘하지 못했었다.

그래서 도수백이 몇 번 보았던 그녀는 제 몸을 지키기에도
벅차하던 그런 소녀였다.

그런데 지금은 전혀 그렇지 않다.

왕소령은 독하고 모진 마음을 가진 여협으로 훌쩍 자라 있었던 것이다.

마음속에 깊고 편협한 한을 품고 있었지만 그녀는 태생적으로 순박하고 순수한 소녀였다.

그런데 이제는 독하고 모진데다가 얼음장처럼 차가운 아가씨로 변해 버렸다.

보지 않았어도 창산을 내려온 뒤 그녀가 겪었을 역경과 시련을 짐작할 수 있었다. 도수백은 그것이 그녀를 이처럼 변하게 했다면 역시 자기에게 일정 부분 책임이 있다고 생각했다.

일검을 나누고 무쌍괴와 마주 서 있는 그녀의 냉엄한 얼굴이 도수백의 마음 한구석에 애잔한 아픔이자 안타까움으로 새겨졌다. 그래서 속으로 한숨을 쉬는 한편, 그녀가 이처럼 제대로 사문의 검법 절기를 펼칠 수 있게 된 것을 기뻐하는 마음도 되었다.

도수백은 지금 보여준 그 검격만으로도 왕소령이 점창파의 비전을 그 누구보다 확실하고 정확하게 물려받았다는 걸 짐작했다.

이제는 그녀의 사형들도 그녀의 아래일 것이다.

도수백이 그처럼 놀람과 대견함, 그리고 안타까움이 범벅된 마음으로 그녀를 바라볼 때, 무쌍괴 당부겸은 그의 몸뚱이 전부가 증오와 살기로 가득 찬 괴물이 되어서 잡아먹을 듯 왕소령을 노려보고 있었다.

"네년은 점창파의 제자로구나?"

"……."

왕소령은 말이 없다. 얼음을 박아놓은 것처럼 싸늘한 눈으로 무쌍괴를 바라볼 뿐이다.

"흐흐흐—"

그가 음침한 웃음을 흘렸다. 자신의 체면에 이처럼 어린 계집애를 상대한다는 게 꺼림칙하지만 이제는 주체할 수 없을 만큼 치솟은 살기를 억제할 수가 없다.

그는 단번에 이 고약한 계집아이를 때려죽이겠다고 작정했다.

왕소령이 그런 무쌍괴의 마음을 읽은 모양이다. 사일검법 중 제삼초 소운생뢰(素雲生雷)의 검로를 떠올리며 천천히 검을 움직였다.

몸을 살짝 틀어 왼쪽 어깨를 내보이고 비스듬히 서더니 검을 가슴 앞에 가로질러 눕혔다.

곧게 뻗은 검봉이 당부겸의 두 눈 사이 인당혈(印堂穴)을 찌를 듯 가리키고, 왼손의 검지와 중지를 살짝 편 검결(劍訣)로는 가만히 자신의 오른팔 수삼리혈(手三里穴)을 눌러서 기혈을 안돈(安頓)시킨다.

옷자락을 바람에 날리며 검을 가슴에 안고 비스듬히 서 있는 선녀와 같았다.

그 자세가 냉엄한 중에 엄숙하고 장중해서 그들의 싸움을 지켜보는 사람들은 모두 제가 그녀의 검봉 앞에 선 듯 긴장하여 숨을 멈추었다.

그들은 이제 처음의 놀라움을 잊고 왕소령을 무쌍괴 당부겸과 겨룰 만한 여검사로 받아들이고 있었다.

저처럼 어린 소녀가 전대의 거마와 당당히 겨루고 있다는 것이 신기하다 못해 불가사의하게 여겨지기도 한다.

"점창파에도 역시 인재가 있었구나."

청운 노도가 낮은 한숨과 함께 그렇게 중얼거렸다.

그는 점창파의 장문인 사일검협 편옥수가 검법으로 종사의 반열에 올라선 고수라는 걸 알 뿐, 그가 키운 제자들의 무예가 어떤지는 조금도 알지 못하고 있었다.

그런데 지금 눈앞에 있는 어린 소녀를 보자 그녀의 출중함이 오히려 화산파의 제자들보다 뛰어난 것 같아서 부러워진다.

"호호호. 어린 계집애야, 지금이라도 검을 버리고 네 스스로 따귀를 열 대 때린 다음에 엎드려 목숨을 빈다면 노부가 기꺼이 아량을 베풀어줄 테다."

무쌍괴 당부겸이 마음에 없는 소리를 했다. 사람들 앞에서 최소한의 제 체면을 차리려는 것이다.

아무리 살기가 뻗쳤다고 해도 손녀뻘밖에 되지 않는 어린 계집애를 때려죽였다면 모두가 자기를 손가락질할 게 뻔하지 않은가.

그러나 왕소령은 말이 없고 표정이 없었다. 여전히 얼음덩이 같은 눈으로 당부겸을 바라볼 뿐이다.

"고약한 년. 그까짓 점창파의 검법으로 나를 이길 수 있다고 자신하는 모양이군. 하룻강아지가 범 무서운 줄 모른다는 말이 딱 맞다."

여전히 왕소령은 침묵한다. 그게 무쌍괴의 화를 부채질했다.

"노부의 손에 맞아 죽는 걸 영광으로 알거라! 네년의 사부도 그렇게 생각할 것이다."

부드득 이를 간 무쌍괴가 '이얏!' 하는 기합성과 함께 맹렬하게 일장을 쳐냈다.

魔風俠星

第十二章

유빈(劉彬)이라는 청년

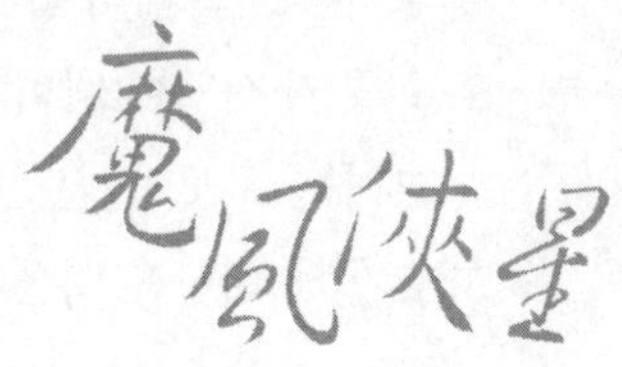

벼락처럼 공간을 접고 부딪쳐 오는 장력의 막중함에 기혈이 턱, 막힌다.

창백한 안색으로 이를 악문 왕소령이 온몸의 내력을 한껏 끌어올려 가슴에 부딪쳐 오는 기파를 튕겨내며 뿌리듯 검을 휘둘렀다.

피잉—

그녀의 검이 허공에 한줄기 창백한 호선(弧線)을 그렸다.

콰앙!

무쌍괴 당부겸의 장력이 파도처럼 그것을 두드렸고, 왕소령이 '우욱!' 하고 짧은 신음을 흘리며 주르륵 뒤로 밀려났다.

창백하던 그녀의 안색이 더욱 창백해졌다. 악문 입술 사이로 한줄기 선혈이 내비친다.

그녀는 무모하게도 정면으로 무쌍괴의 일장을 받아냈고, 그로 인해 내상을 입은 게 틀림없었다.

무슨 생각으로 그녀가 그렇게 무모한 대결의 방식을 택했는지가 의문이다.

기선을 제압했다고 여긴 무쌍괴 당부겸이 음흉한 소성을 흘리며 거푸 장력을 쳐냈다. 미끄러지듯 다가서는 것이 그녀를 꼼짝하지 못하도록 가두고 낚아채려는 게 분명했다.

왕소령이 아무리 뛰어난 검법을 지녔다고 해도 내력 면에서는 확실히 무쌍괴의 상대가 될 수 없었다.

그녀는 한 번의 부딪침에서 그것을 절실히 느꼈다.

적어도 자신과 무쌍괴의 내력에는 오 성의 차이가 있다는 걸 짐작하자 마음이 오히려 차분하게 가라앉았다.

무쌍괴의 무지막지한 장력이 거푸 닥쳐오고, 그녀는 즉시 대결의 방법을 바꾸었다.

턱을 타고 흘러내리는 선혈을 닦을 새도 없이 급히 몸을 움직여 맹렬하게 휘돈다.

사모인 백화선자 단목향의 절정 경공신법인 운제표향(雲霽飄香)인데, 공간의 좁고 넓음과 상관없이 한 호흡으로 여덟 번 방위를 바꾸고 열여섯 번 위치를 옮기는 바람 같은 신법이었다.

피잉—

그녀의 검이 쇠뇌처럼 뻗어나간다.

운제표향의 신법에 실리자 그것은 한순간에 여덟 곳을 노리고 쏘아진 여덟 대의 쇠뇌와 같았다.

"흥!"

당부겸이 코웃음을 쳤지만 속으로는 그녀의 반응과 반격에 깜짝 놀라 모골이 송연해졌다.

점창파의 사일검법이 이렇게 흉맹하고 지독한 것이었던가? 하는 의문이 벼락처럼 떠오른다.

정파의 검법은 대체로 장중하고 온건한 중에 기품이 있었다. 갈수록 위력이 더해져서 나중에는 태산을 들어 짓누르는 것 같아지므로 버티기 힘들어진다.

그런데 왕소령이 펼치는 사일검법은 그렇지 않았다. 그것이 원래 지독하고 기기묘묘하다는 건 강호에 이미 잘 알려진 일이었는데, 왕소령의 검법은 그보다 몇 배는 더 지독하고 신랄했다.

그건 점창파의 사일검법을 빌어 펼치는 사악한 검법이고, 패도적이며 잔혹한 마도의 검법인 것 같았다.

쳐들어오는 검로에 한줄기 생로(生路)도 없다. 모든 방위와 모든 기문(奇門)에 오직 살기만 가득할 뿐이었다.

"아! 어찌 저럴 수가……."

청운 노도가 탄성을 터뜨렸고, 다른 사람들도 모두 놀람으로 입을 딱 벌리고 눈을 부릅떴다.

그들은 저와 같이 지독하고 치밀한 검법을 처음 본다.

왕소령은 지금 무쌍괴라는 전대의 괴물을 맞아 처음으로 제가 지닌 모든 재간을 남김없이 펼쳐 내는 중이었다.

그것으로 무쌍괴를 이길 수 있다는 생각은 하지 않았다. 다만 신당에 오기 전에 여곤화와 약속한 대로 일각 동안만 그를 붙잡아둘 수 있기를 바랄 뿐이다.

그녀의 움직임이 더욱 빨라졌고, 그 검법의 지독함이 더욱 기묘해졌다.

초식과 초식이 물 흐르듯 이어지면서 검봉이 찌르고 베고 돌리는 눈부신 변화를 소나기처럼 쏟아낸다.

무당과 화산의 도사들은 검법으로 강호에 오래전부터 이름을 날리고 있었는데, 오늘 점창파의 사일검법을 보자 자신들의 재주가 부끄러워졌다.

아니, 그것은 사일검법이라고 하기보다 왕소령의 검법이라고 해야 옳았다.

사부로부터 배운 검법을 그녀는 어느덧 자기만의 것으로 탈바꿈시켜 놓고 있었던 것이다. 검로에 그녀의 기질이 잘 드러나고, 검봉의 눈부신 변화에 그녀의 독한 마음이 그대로 배어 있으니 그렇다.

초식과 검로를 사문의 검법에서 가져왔으되, 그 안에 담겨 있는 정신과 변화는 온전히 그녀 자신의 것이었다.

그러니 점창파의 사일검법이라기보다 왕소령의 사일검법이라고 해야 옳을 것이다.

그 검법이 모두의 눈을 어지럽게 하고 무쌍괴를 당황하게 했다.

당부겸은 허리에 두르고 있는 연검을 뽑지 않았다. 차마 어린 계집애와 검을 부딪치는 흉한 꼴을 보이고 싶지 않아서인데, 그 고집은 십여 초를 나누고 난 지금도 여전했다.

그는 오직 자신의 성명절기 중 하나인 장법으로 왕소령을 때려눕힐 작정이었다.

"고약한 년!"

사납게 외치며 흑룡유해(黑龍遊海)의 수법으로 쌍장을 번갈아 치고 낚아채며 밀었다.

그것은 그가 자부심을 가지고 있는 흑룡십팔장(黑龍十八掌) 중 다섯 번째 초식이다. 장법에 금나(擒拿)와 격(擊), 타(打), 슬(膝), 점(點)의 수법이 두루 숨어 있으니 언제 어디를 치고 꺾으며 잡아챌지 알 수가 없다.

윙윙거리는 바람 소리가 신당 안에 가득 차고, 장력이 일으키는 기파의 너울이 쉴 새 없이 부딪쳐 온다.

가뜩이나 낡은 산신당이 금방이라도 무너질 듯 삐걱거렸다. 기와 조각과 먼지가 머리 위로 우수수 쏟아진다.

좁은 신당 안에 무려 열여섯 명이나 들어차 있으니 발 디딜 틈도 없이 비좁은데, 두 사람은 점점 싸움의 범위를 넓혀가고 있었다.

남은 사람들은 그들을 피해서 자꾸만 한쪽으로 몰릴 수밖에 없다. 서로의 몸과 몸이 닿을 듯 가까워졌고, 앞 사람이 뒷 사람의 시야를 가린다.

곤륜삼도 여곤화는 서쪽 기둥에 딱 붙어 서 있었다. 어둠 속에서도 반짝이는 눈으로 왕소령과 무쌍괴 당부겸의 싸움을 지켜본다.

무쌍괴의 기기묘묘한 장법이 한순간 왕소령의 검을 무디게 하는 듯했으나 결국 원점으로 돌아갔다.

좁은 공간 속에서도 그녀의 신법이 갈수록 교묘하고 재빨라져서 장법으로 따라잡기에는 어려웠던 것이다. 게다가 그녀는 번쩍이는 보검을 들고 찌르고 후려치며 베기를 자유롭게 하고 있으니 두 개의 육장(肉掌)만으로는 상대하기 힘들었다.

아무리 호신강기를 크게 일으켜 손을 보호한다고 해도 왕소령의 검에 담겨 있는 예리한 검기와 정면으로 부딪칠 수는 없었기 때문이다.

초식으로는 그녀를 제압하기에 많은 시간이 걸릴 거라고 느낀 무쌍괴는 방법을 달리했다.

빠르게 움직이는 왕소령을 상대하기 위하여 무거운 신법을 택한 것이다. 그녀보다 확실히 우위에 있는 자신의 내력으로 상대할 작정을 하고 두 발로 굳건하게 버티고 선 다음 무겹고 신중하게 장력을 쳐냈다.

상체만을 이리저리 움직여 그녀의 유성처럼 떨어지는 검봉을 슬쩍슬쩍 비키거나 밀어내면서 쳐내는 일장일장이 갈수록 위력을 더해간다.

그의 장력이 쏟아져 나가는 곳마다 우르릉거리는 뇌성이 울리고, 두터운 암경이 사방으로 퍼졌다.

왕소령의 낯빛은 창백하다 못해 퍼렇게 변해 있었다. 이를 악물고 있는데 점점 더 많은 선혈이 턱을 타고 흘러내려 앞가슴을 붉게 적신다.

그녀는 여곤화와 약속한 일각을 거의 채웠다. 그동안 무쌍괴라는 거물을 상대하여 조금도 밀리지 않고 싸웠다는 것만으로도 그녀는 기적을 만들어낸 것이라고 할 수 있다.

무쌍괴의 장력이 점점 더 강맹해졌다. 그럴수록 그것이 미치는 여파가 주위에 널리 퍼져 나간다.

사람들은 더욱 물러설 수밖에 없었다. 서로 간의 거리가 더 좁혀져서 한 덩어리가 된 것처럼 끼리끼리 뭉쳐 있다.

미청년 유빈 또한 저도 모르는 사이에 조금씩 자리를 물릴 수밖에 없었다. 두 눈은 무쌍괴와 왕소령의 싸움에 못 박은 채 주춤주춤 물러선다.

유빈이 세 걸음 사이로 다가왔고, 여곤화가 노리던 때가 왔다.

그가 소리도 없이 몸을 날렸다. 솔개가 병아리를 덮치듯 불시에 유빈을 덮친다.

휙, 하는 바람 소리가 들려왔을 때는 이미 여곤화의 손이 유빈의 어깨에 닿아 있었다.

유빈이 크게 당황하여 본능적으로 몸을 비틀었지만 여곤화의 손은 무서운 흡입력을 가지고 유빈의 어깨에서 떨어지지 않았다. 그리고 기어이 그것을 꽉 움켜쥔다.

"으음―"

유빈이 답답한 신음을 흘리고 축 늘어졌다.

견정혈을 꽉 잡히자 상반신이 순식간에 마비되더니 온몸의 힘이 빠져 버린 것이다.

사람들이 어리둥절할 때, 우지끈 하는 소리가 머리 위에서 들려왔다.

여곤화가 유빈을 움켜쥔 채 몸을 날려 천장을 뚫고 솟구쳐 나간 것이다.

"이놈!"

비로소 그의 속셈을 알게 된 무쌍괴 당부겸이 당황하여 버럭 소리쳤다.

쾅!

일장을 힘껏 후려침과 동시에 그 역시 몸을 날려 지붕을 뚫고 솟아오른다.

"흑―"

왕소령이 답답한 신음을 흘리며 비틀거렸다.

재빨리 신법을 밟아 당부겸의 마지막 장력을 흘려보냈지만 그것의 여파가 그녀의 몸을 휩쓸고 지나갔던 것이다.

"저 교활한 놈!"

사편금귀 관일평이 버럭 소리치며 신당 밖으로 뛰어나갔고, 그 뒤를 무정검귀 상동풍이 그림자처럼 따랐다.

"우리도 나가보자."

청운 노도가 훌쩍 몸을 날리자 송풍과 현천 등 화산과 무당의 도사들도 일제히 뒤를 따라 신당 밖으로 쏘아져 나갔다.

그 많던 사람들이 순식간에 사라져 버렸다.

이제 싸움은 신당 밖으로 옮겨가서 아직도 부슬부슬 비가 내리고 있는 뜰이 소란해졌다.

고함 소리와 장력이 바람을 가르는 소성이 시끄럽게 들려온다.

목상 뒤에서 도수백이 천천히 걸어나왔다. 그의 얼굴이 딱딱하게 굳어 있다.

왕소령은 내상이 심상치 않은 듯 혼자서 텅 빈 신당 바닥에 주저앉아 가쁜 숨을 헐떡이고 있었다.

바튼 기침을 하던 그녀가 뚝 멈추고 긴장으로 어깨를 굳힌다. 소리없이 다가온 도수백의 기척을 느낀 것이다.

검을 움켜쥐고 벌떡 일어난 왕소령이 순식간에 세 번 방위를 바꾸어 딛고 저쪽에 우뚝 버티고 선다.

“너?”

비로소 어둠 속에서 소리없이 다가온 자를 알아보고 눈을 동그랗게 떴다.

도수백의 이글거리는 눈이 그녀를 뚫어지게 바라본다.

왕소령의 악다문 입술 사이로 여전히 실낱같은 선혈이 스며 나와 가슴으로 뚝뚝 떨어지고 있었다. 검을 쥔 손이 부들부들 떨린다.

그녀는 당장 주저앉아 쉬고 싶었지만 악착같이 버티고 있는 중이었다. 점점 눈이 흐려지고 정신이 몽롱해져 간다.

당장 도수백의 목을 치고 싶다는 열망이 가득하지만 지금 그녀는 검을 들고 서 있기에도 벅찰 만큼 지쳐 있었다. 게다가 심상치 않은 내상까지 입었으니 오히려 제 목을 바쳐야 할 형편이다.

“나를…… 나를…… 죽여…….”

도수백의 눈이 더욱 이글거린다.

“지금…… 해. 그러지 않으면…… 후회하게 될 거야.”

쩔그렁—

검이 발아래 떨어졌다.

그리고 기어이 그녀가 중심을 잃고 스르르 주저앉더니 모로 쓰러져 누웠다.

의식을 잃은 것이다.

젖은 풀 위에 유빈이 쓰러져 있었다.

곤륜삼도 여곤화가 혈도가 찍어서 내팽개친 것이다.

유빈이 가지고 있던 비급은 이제 여곤화의 손에 들어가 있었다.

그와 마주 서 있는 무쌍괴 당부겸은 거친 어깨 숨을 몰아쉬고 있었다.

그는 다리가 후들거릴 만큼 기력을 탕진했다.

신당 안에서 왕소령을 상대하느라 적잖은 힘을 소모했고, 조금 전 전력을 다해서 여곤화를 들이치느라 또다시 과도하게 내력을 끌어 쓴 탓이다.

그 덕에 여곤화의 손에서 작은 주인을 빼앗기는 했지만, 유빈은 점혈당한 채 꼼짝하지 못하고 있었다.

여곤화는 뒤쫓아온 당부겸과 눈 깜짝할 사이에 십여 초를 나누었고 당부겸에 비해 한결 여유가 있어 보였다.

당부겸이 이미 적잖은 힘을 소모한 뒤라는 걸 감안한다면 두 사람은 내력의 수위가 엇비슷하다는 걸 짐작할 수 있다.

"또 나에게 볼일이 남은 사람 있소?"

여곤화가 태연하게 물었다.

"당신은 그것을 가지고 갈 수 없소."

무당의 현천 도장이 성큼 나서며 말했다. 여곤화가 빙긋 웃는다.

"아직 당신들은 저 애송이 꼬마 놈을 도와줄 건지 아닌지 결정하기 전이오."

"……."

"저 꼬마를 도와주겠다고 결정한 사람이 있다면 이 비급의 소유권을 주장할 수도 있겠지."

사당 안에서 여빈이 그 문제를 꺼냈을 뿐, 아직 누구도 그와 약속하지는 않았다. 그러니 비급에 대한 소유권을 주장할 수가 없다.

여곤화는 정확하게 그들의 약점을 파악하고 있었다. 그가 다시 말했다.

"이 비급은 원래 저 꼬마의 것이 아니었소. 그러니 내가 그에게서 가져왔다고 해도 훔치거나 빼앗았다고 말할 수는 없지. 그렇지 않소?"

"……."

"이제 비급은 나에게 있고, 내가 이것을 가지고 가지 못할 이유도 없소. 그럼 먼저 가오. 커흠."

"기다려!"

여곤화가 떠나려 하자 사편금귀 관일평이 급하게 소리치고 나섰다.

"네가 그것을 가졌다면 나라고 갖지 못할 이유가 없다."

"길에서 떨어진 물건도 먼저 줍는 사람이 임자인데 나는 저 애송이를 붙잡는 수고까지 하면서 얻었으니 아무 수고도 하지 않은 당신은 자격이 없지."

"흥, 나는 그것을 너와 나누어 갖겠다는 게 아닌데 웬 잔소리냐?"

"오라, 그렇다면 당신은 다시 나에게서 비급을 빼앗아 가질 모양이군?"

"그렇다면 어쩔 테냐?"

화산과 무당의 도사들은 체면 때문에 차마 관일평처럼 노골적으로 나서지 못했을 뿐, 그들의 마음속에도 비급에 대한 집념은 남아 있었다.

그들은 곤륜삼도가 그것을 독차지하는 것도 원치 않았고, 관일평이 그것을 빼앗아가는 것도 원치 않았다.

무당의 현천 도장이 참지 못하고 나섰다.

"관 형이 그것을 빼앗는다면 우리도 빼앗지 못할 이유가 없지."

관일평이 즉시 반발한다.

"뭐라고? 현천 아우는 지금 나에게서 그것을 빼앗겠다고 말한 것인가?"

"아직 관 형이 비급을 손에 넣지 못했으니 지금 빼앗을 수는 없겠지요."

"흥, 하지만 내가 저 못된 도사 놈에게서 비급을 빼앗으면 그 즉시 현천 아우는 나에게 달려들겠다는 말이로군?"

현천 도장이 부끄러움을 무릅쓰고 머리를 끄덕였다.

"하긴, 천하의 보물이 눈앞에 있는데 무당파의 도사라고 욕심이 나지 않겠어? 보물 앞에서는 나 같은 장사꾼이든 고매한 도사든 다 똑같은 거야. 그러니 도를 닦기 위해서 굳이 속세를 떠날 필요가 없지.”

관일평이 노골적으로 비웃자 현천 도장의 얼굴이 더욱 붉어진다.

그를 안타깝게 여긴 송풍 도장이 나섰다.

“관 형은 함부로 말하지 마시오. 현천 사제나 내가 백련지정을 갖고자 하는 것은 그것이 관 형 같은 사람의 손에 들어가 잘못 쓰이는 걸 방지하기 위해서올시다.”

“뭐라고?”

관일평이 발끈해서 송풍 도장을 노려보았다. 하지만 이내 화난 기색을 지우고 허허, 웃는다.

“그렇지, 그래. 무당이나 화산의 도사들이 어찌 자신들의 이익을 위해서 비급을 탐했을 것인가. 비급이 악한의 손에 들어가 나쁘게 쓰이는 걸 걱정해서이겠지. 과연 무당과 화산의 도사들은 뭐가 달라도 다르군. 감탄했네.”

“비꼬지 마시오. 내 말은 조금도 거짓이 없는 사실이니까.”

“좋아, 좋아. 일이 이 지경이 되었으니 그럼 각자 원하는 대로 하세. 나는 곤륜삼도에게서 비급을 빼앗을 테니 자네들은 그다음에 나에게서 다시 빼앗아 가져가면 될 거야.”

저에게 우선권이 있다는 걸 못 박는다.

곤륜삼도 여곤화가 한심하다는 얼굴로 관일평과 무당, 화
산의 도사들을 둘러보았다.

"쯧쯧, 이거야말로 후안무치한 자들의 개싸움이 되겠군.
욕심은 욕심일 뿐인데 뭐가 그리 구질구질한 변명이 필요하
단 말인가?"

현천과 송풍의 얼굴에 노여움이 떠올랐지만 즉각 반발하
지는 못했다. 여곤화가 다시 말한다.

"차라리 욕심에 충실하게. 그러면 욕심도 순수하다는 걸
깨닫게 될 거야. 도가 어디 고매한 인격에서만 찾을 수 있는
것이겠나? 냄새나는 두엄 더미에서 향기로움을 맛볼 수 있으
면 그게 도에 통하는 거지."

현기(玄機)가 있는 듯도 하고 없는 듯도 한 알쏭달쏭한 말
이다. 현천과 송풍은 묵묵히 침묵할 뿐 대꾸하지 못했다.

"어쨌든 나는 갈 테니까 서로 잘 상의해서 결정되거든 찾
아오게. 커흠."

여곤화가 큰 기침을 하고 돌아섰다.

그때 뒤에서 냉랭한 소리가 들려왔다.

"곤륜삼도 여곤화. 당신은 절대로 무사히 이곳을 떠날 수
없을 것이다."

"응?"

여곤화가 의외라는 듯 멈추어 서서 돌아본다.

그에게 혈도를 제압당해 쓰러져 있던 유빈이 천천히 몸을

일으키고 있었다.

저 혼자의 힘으로 여곤화의 점혈법을 거뜬히 해소한 것이
다. 아직 안색이 창백했기에 잘생긴 얼굴에 더욱 싸늘한 살기
가 감돈다.

"나는 당신을 곱게 살려 보낼 생각이었는데 당신 스스로
죽기를 원하니 그렇게 해줄 수밖에 없군."

새까만 후배에 지나지 않는 유빈의 말은 지나쳐도 너무 지
나친 것이었다. 이곳에 있는 사람들이 모두 강호에 명성이 쟁
쟁한 고수들이고, 유빈보다 적어도 반 세대에서 한 세대는 앞
서 있는 선배 고인들 아닌가.

하지만 유빈은 단단히 화가 난 듯 아무것도 가리지 않았다.

"무쌍괴, 내가 저 교활한 곤륜산의 도사를 처치하는 동안
아무도 끼어들지 못하게 하시오."

한쪽에 주저앉아 지그시 눈을 감고 운기행공을 하고 있던
무쌍괴 당부겸이 그 즉시 벌떡 일어섰다.

"공자의 명을 받드오!"

씩씩하게 말하고 유빈을 등진 채 우뚝 서서 눈을 부릅뜬다.

누구든 먼저 나를 통과하지 않고는 유빈의 일에 끼어들 수
없다는 단호함이 가득했다.

한 세대 전에 지닌바 무공으로 강호를 진동시켰던 무쌍괴
의 말과 행동이 또 한차례 모든 사람들의 눈살을 찌푸리게 했
다. 신당 안에서도 그랬지만 여전히 그가 유빈의 종이 되었다

는 게 이해되지 않는다.

유빈을 물끄러미 바라보던 여곤화가 어이없다는 얼굴로 말했다.

"어떻게 된 거냐? 스스로 해혈할 정도로 내력이 고강한 건 기특한데, 그 부작용으로 미친 거냐? 저 무쌍괴도 덩달아 미친 것 같으니 잘 어울리는 주종 간이구나."

여곤화가 유빈이 화를 내길 바라며 조롱했지만 그의 살심을 더 키워주는 결과만 되었다.

"흐흐흐, 내가 사부님의 명을 받고 강호에 나온 이래 아직 이름을 얻을 기회가 없었는데 오늘이 적당하겠다. 당신 정도의 고수라면 첫 제물로 삼는 데 부족함이 없겠지."

유빈의 말은 여전히 교만하기 짝이 없었다.

그의 하늘을 찌를 듯한 오만함에 청운 노도는 물론 관일평마저 눈살을 찌푸렸다.

여곤화는 재빨리 상황을 다시 한 번 점검해 보았다.

유빈과 다른 사람들 사이에는 무쌍괴가 버티고 서 있었으므로 그들은 함부로 끼어들지 못할 것이다.

내력을 아직 완전하게 회복하지 못했으나 무쌍괴는 무시할 수 있는 존재가 아니기 때문이다.

그렇다면 자신과 유빈 둘만의 싸움이 된다.

저 애송이를 순식간에 해치우고 한껏 경공을 발휘해 달아난다면 그들은 절대로 쫓아오지 못할 것이라는 자신이 선다.

하지만 여곤화는 노련한 사람이었다. 제 생각처럼 일이 술술 풀리지 않으리라는 걸 짐작했다.

"이거 귀찮아졌는걸?"

유빈을 지그시 바라보며 그렇게 중얼거렸다.

여곤화는 어쩌면 이 싸움이 그가 여태까지 겪어왔던 그 어떤 싸움보다 험악하고 위험할지 모른다고 생각했다.

곤륜삼도가 어떤 사람인지 잘 알면서도 유빈이 선뜻 나선 건 그만큼 승리할 자신이 있어서이기 때문 아니겠는가.

그렇게 생각한 여곤화는 상대를 조금도 얕보지 않고 경계하며 은밀히 내력을 두 손에 가득 끌어올렸다.

"비급을 곱게 내놓아라. 그러면 고통없이 죽여주겠다."

유빈의 지독한 말은 여곤화뿐만 아니라 무쌍괴를 제외한 다른 사람들 모두를 불쾌하게 했다.

여곤화가 한숨을 쉬고 탄식했다.

"하아, 이 여 아무개가 곤륜산을 떠나니 이런 봉변을 당하는구나. 역시 호랑이는 숲을 버리지 말아야 하고, 용은 구름을 벗지 말아야 하는 법이로다."

"흥, 누가 호랑이고 용이란 말이냐?"

싸늘하게 외친 유빈이 더 이상 여유를 주지 않고 벼락이 치는 것처럼 달려들었다.

눈앞이 번쩍한 순간에 그의 일격이 코앞에 닥쳐든다.

그 쾌속한 신법과 권격에 모두 크게 놀라 얼굴색이 변했다.

하지만 가장 크게 놀란 사람은 당사자인 여곤화였다.

"으헉!"

그는 처음부터 유빈이 녹록치 않은 자라 여기고 조심하고 있었지만 그래도 이와 같이 빠르고 맹렬할 줄은 몰랐던 터라 가슴이 철렁, 하고 내려앉았다.

"차합!"

여곤화가 저도 모르게 내력을 끌어올려 힘껏 소리치며 자신의 절기인 부운종도(浮雲從道)의 신법으로 몸을 이끌었다.

쉬앙—

간발의 차이로 유빈의 주먹이 턱을 스치고 지나간다. 여곤화는 가슴이 서늘해졌다.

하지만 그게 끝이 아니었다.

유빈이 말아 쥐었던 주먹을 쫙 펴더니 수도(手刀)로 목덜미를 후려쳐 온다.

여곤화는 한 번 기선을 빼앗기자 좀체 반격의 기회를 잡을 수 없었다.

급히 몸을 낮추어 수도의 일격을 가까스로 피한 순간 이번에는 유빈의 왼 주먹이 원을 그리며 관자놀이에 떨어졌다.

두 주먹을 자유롭게 교차하고, 권과 장을 번갈아 치는 것이 능숙하기 짝이 없다.

주먹을 따라 눈이 가고 몸이 절로 움직이며 보법이 발동한다.

무언(武諺) 중 권언(拳諺)에 이르기를, '손과 눈이 서로 따르고 손이 이르면 눈이 이른다[手眼相隨 手到眼到]'고 했는데, 그건 바로 유빈의 권격을 두고 한 말인 것 같았다.

또한, '발이 나아갈 때는 낮아야 하고, 뒤로 물러날 때는 높아야 한다[進步宣低, 退步要高]'고 한바, 여곤화를 따라잡는 유빈의 보법과 운신(運身)은 그것의 이치에서 조금도 벗어나지 않았다.

곤륜삼도 여곤화의 얼굴에 당황하는 기색이 점점 더 짙어진다.

그는 유빈이 고수일 것이라고 짐작은 했지만 설마 그의 깨우침이 이 정도로 높을 줄은 짐작하지 못했다.

깨우침의 도리는 도(道)나 학문에만 있는 게 아니다. 그것은 무예에도 있고 푸주간의 백정에게도 있다.

제가 하고 있는 일에 대한 이치에 얼마나 통달했고, 그것이 지향하는 바의 궁극을 얼마만큼 이해하느냐의 문제다.

그러므로 깨우침이란 대체로 그 방면에 오래 종사하면서 깊이 생각하고 많이 경험한 사람들에게나 찾아오는 천지간의 선물 같은 것이었다.

때때로 우연히 마주친 노인, 예를 들자면 대장장이 일이나 농사일에 평생을 바친 일자무식의 노인에게서 대범하고 초연한 기풍을 느낄 수 있는 게 그런 까닭이다.

지식의 문제가 아니라 지혜의 문제인 것이다.

그런 점에서 유빈이 자신의 무예에 대하여 가지고 있는 깨우침의 경지는 상상을 초월하는 것이었다.

그의 손과 발이, 움직임 하나하나에 그러한 깨우침의 힘이 담겨 있다. 이치와 조화가 둘이 아니라 하나로 합쳐졌으니 무서움은 열 배나 증폭된다.

스물대여섯 먹어 보이는 청년의 그것이라고 도저히 믿을 수 없다.

여곤화는 두려워졌다. 자기가 이 어린 녀석을 과연 이길 수 있을지 의문이 든다.

그러는 동안에도 유빈의 공격은 계속되었고, 벌써 십여 초가 지나갔지만 여전히 여곤화는 수세에 몰려 쩔쩔매기만 했다.

자칫하다가는 오늘 이곳에서 곤륜삼도라는 명성이 물거품처럼 사라지고 세상의 조롱거리가 될지도 모른다는 생각이 그를 더욱 당황하게 했다.

'그렇게 될 수는 없다!'

이를 악물고 독하게 마음먹은 여곤화가 '이얏!' 하는 기합성을 터뜨리며 가슴을 불쑥 내밀고 겁없이 두 걸음 다가섰다.

유빈의 권장을 피해 달아나기만 하던 것과는 전혀 다른 의외의 반응이다.

평—

여곤화의 가슴 복판에서 유빈의 장력이 작렬했다.

북이 찢어지는 것과 같은 요란한 소리가 나고, 여곤화가 눈을 부릅뜨고 이를 악문 채 쿵쿵거리며 세 걸음이나 밀려났다.

여곤화의 가슴을 후려친 유빈도 잔뜩 낯을 찌푸린 채 세 걸음 물러섰으므로 두 사람 사이에는 비로소 숨 돌릴 만한 공간이 생겼다.

"커헉!"

울컥 한 모금의 선혈을 토해내고 나서야 여곤화의 낯빛이 평소의 그것으로 돌아왔다.

그는 자신의 비전 신공 중 하나인 금쇄구공(金碎龜功)을 십성 일으켜 그대로 유빈의 장력을 받아낸 것이다.

그것은 호신기공의 일종인데, 탄자결(彈字訣)을 극대화시키는 것이었다. 상대의 장력을 그만큼의 힘으로 튕겨내 버린다.

금쇄구공이 극성에 이르면 도검은 물론 궁시까지도 튕겨내 버릴 수 있으니 궁극적으로는 금강불괴나 다름없게 된다.

하지만 여곤화는 유빈의 장력에 실려 있는 무지막지한 내력을 미처 다 튕겨내지 못했다. 그래서 내상을 입었지만 어쨌든 신공의 효과로 그의 공세를 잠시 멈추게 할 수 있었으니 대성공이었다.

유빈 또한 내상을 입고 말았는데, 튕겨 나온 자신의 내력 때문이었으니 어이없는 일이었다. 그는 여곤화에게 그런 요술 같은 신공이 있을 것이라고는 짐작도 하지 못했다.

두 사람이 서로를 잡아먹을 듯 노려보며 입을 꾹 다물고 침묵했다. 선 채로 잠시 호흡을 가다듬고 운기하여 급한 대로 내상을 억눌러 두려는 것이다.

魔風俠星
第十三章
도수백의 칼

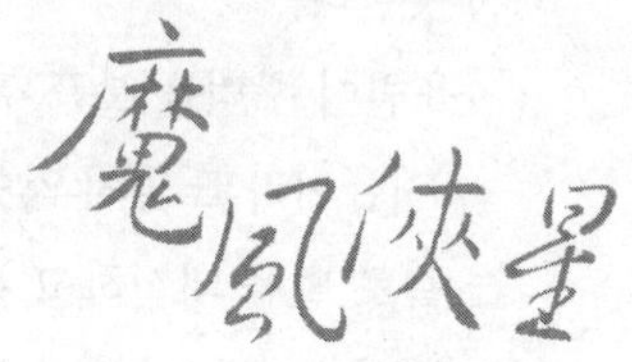

두 사람이 동시에 충격을 해소하고 기력을 되찾았다.

"과연 곤륜삼도라는 명성이 허명은 아니었구나. 인정해 주지."

유빈이 어금니 사이로 스산하게 말한다.

곤륜삼도 여곤화가 입가의 핏자국을 닦고 나서 빙긋 웃었다.

"너는 아직 대가리도 여물지 않은 녀석임에도 불구하고 대단하구나. 무쌍괴가 노망이 들어서 종 노릇을 하고 있는 줄 알았더니, 그럴 만한 이유가 있었어."

무쌍괴 당부겸이 잡아먹을 듯 인상을 썼지만 감히 발작하지 못한다.

유빈이 주먹을 불끈 쥐고 앞으로 성큼 나섰다.

"지금이라도 늦지 않았다. 비급을 내놓는다면 무공을 폐하는 걸로 벌을 대신하고 목숨은 살려주겠다."

"흘흘, 조금 전에는 죽이겠다고 하더니 그새 마음이 변했느냐?"

"나의 십 초 공격을 거뜬히 받아냈으니 그만한 상을 받을 자격이 있다."

"참으로 애석한 일이구나."

"……?"

"무언에 이르기를, 평소에는 서생과 같고 싸움에는 맹호와 같다[下場如書生 上場似猛虎]고 했는데 너는 이미 그 비결에 깊이 통달했으니 실로 기재 중의 기재라고 할 만하다. 네 재주를 바른 일에 쓴다면 강호에 절세의 대협이 한 명 탄생하게 될 텐데 그렇지 못하니 안타깝다. 지금이라도 사특한 마음을 버리고 바른길로 돌아오지 않겠느냐?"

여곤화의 얼굴은 엄숙해졌고, 말속에 장중한 기상이 어려서 듣는 사람들이 모두 숙연해졌다.

하지만 유빈은 코웃음 칠 뿐이다.

"흥! 무엇이 정이고 무엇이 사란 말이냐? 내가 원하는 건 그따위 고리타분한 말장난이 아니야."

"진정 애석하구나. 너는 이미 무학의 도리에 깊이 통해서

보기 드문 자가 되었으나 절정고수의 반열에 오를 수는 없겠
다."

"뭐라고 지껄이느냐?"

"무언의 말을 마저 들려주마. 고인은 이르기를, 글로써는
그 사람의 마음을 평하고 무로써는 덕을 살펴본다[文以評心
武以觀心]고 했는데 들어보았느냐?"

"……."

"선배의 입장에서 후배를 아끼는 마음에 가르쳐 주겠다.
너의 무공에는 덕이 없으니 그게 큰 흠이다. 글이 그 사람의
인품을 드러내듯 무공 또한 그렇다."

여곤화의 말을 들은 화산과 무당의 도사들이 숙연해져서
머리를 끄덕였다.

그의 가르침이 사문에서 존장들에게 배우던 가르침과 일
맥상통했기 때문이다. 그것으로 보건대 여곤화는 괴이하고
편벽한 자가 아니라 가슴에 큰 뜻을 품고 있는 자 같았다. 그
렇다면 기인이라고 해야 하리라.

여곤화가 다시 말했다.

"문(文)을 통해서든 무(武)를 통해서든 절정에 우뚝 서려면
광명하고 대범한 덕과 뜻을 갖추고 있어야 하느니라. 그런데
너의 마음은 이미 비뚤어질 대로 비뚤어져서 대범함이 없고
바른 덕이 없으니 결코 절정에 올라서지 못할 것이다."

"……."

"세상을 어지럽히는 사마의 괴수가 되어서 천신의 진노를 사고 비참한 죽음을 맞게 되겠지. 하— 그러니 이 어찌 안타깝지 않겠느냐?"

"요언(妖言) 따위로 내 의지를 시험해 보려 했다면 나를 잘못 본 것이지. 자, 와라!"

그가 끝내 마음을 바꾸지 않자 여곤화도 더 이상 그를 설득하고 싶은 마음이 사라졌다.

"좋다, 내 오늘 목숨을 버리는 한이 있더라도 반드시 너를 죽여서 장차 있을 강호의 커다란 후환 하나를 제거하고 말 테다."

여곤화가 마음을 굳힌 듯 옷소매를 둥둥 걸어 올리고 펄렁거리는 도복 자락을 허리춤에 단단히 끼워 넣었다.

유빈이 싸늘한 비웃음을 띠며 다시 말한다.

"마지막 기회다. 비급을 내놓고 목숨을 건지든지, 목과 비급을 한꺼번에 내놓든지 결정해라."

"흥!"

유빈의 말에 여곤화는 침묵하는데 엉뚱한 곳에서 냉랭한 코웃음 소리가 들려와 모두를 어리둥절하게 했다.

왕소령과 무쌍괴 당부겸이 싸우는 통에 반쯤 무너져 버린 신당 안의 어둠 속에서 사람의 형체가 어른거린다.

그가 의식을 잃고 축 늘어진 왕소령을 두 팔로 안아 들고 천천히 걸어나왔다. 도수백이다.

"엇?"

그를 본 사람들이 모두 경악성을 터뜨렸다.

낯선 자가 신당 안에 있었던 모양인데 아무도 그것을 알지 못했으니 그렇다.

도수백이 왕소령을 신당의 기둥에 기대어 앉혀놓고 허리를 쭉 폈다.

당당하고 차가운 기운이 뻗어 나와 사람들의 가슴을 서늘하게 한다.

"비급은 아무도 가져가지 못한다."

그가 차갑게 일갈하고 성큼성큼 돌계단을 내려왔다.

이건 또 웬 놈인가 싶은 사람들이 어리둥절한 눈으로 그의 일거일동을 지켜본다.

무당과 화산파의 도사들이 좌우로 갈라져서 길을 터주었다. 도수백이 아무 거리낌이나 의심없이 그들 사이를 뚜벅뚜벅 걸어 지나갔다.

'저놈!'

유빈의 이글거리는 시선이 그런 도수백에게 고정된다.

그는 가슴이 쿵쾅거리며 뛰는 걸 느꼈다. 당혹스럽다.

처음 보는 자이고, 가까이에서 보니 제 또래밖에 되어 보이지 않는 자다. 그런데 그에게서 느껴지는 장중하고 차가운 기운이 마치 노숙(老熟)한 강호의 명숙이나 노회(老獪)한 흑도의 거물을 대하는 것 같았다.

'천적!'

처음 그가 신당에 들어섰을 때 목상 뒤에서 도수백이 느꼈던 그 느낌을 지금 유빈도 벼락처럼 느꼈다.

자연의 생태계에 천적이 존재하듯이 사람들에게도 그러한데, 유빈은 도수백이 바로 자신의 천적이라는 걸 직감했다.

절로 긴장되고, 흥분과 경계심이 범벅되어 뒷덜미를 뻣뻣하게 한다.

그런 느낌을 받는 자는 유빈 말고도 또 있었다.

여태까지 한마디도 없이 있는 듯 없는 듯 한쪽에 우두커니 서서 돌아가는 상황을 구경만 하던 무정검귀 상동풍이다.

그가 불쑥 손을 뻗어 막 나서려는 사편금귀 관일평의 팔을 움켜쥐었다.

관일평이 의아해서 바라본다. 이 무정하기가 돌 같은 자의 눈길이 도수백에게 못 박혀 있는데, 가늘게 흔들리고 있지 않은가.

'응?'

관일평은 상동풍이 이처럼 긴장하는 걸 처음 보는 터라 더욱 의아하기만 했다.

상동풍이 여전히 도수백의 움직임에 시선을 고정시킨 채 가만히 머리를 가로저었다.

나서지 말라고 말해주는 것이다.

관일평은 잔뜩 낯을 찌푸리고 물러섰다. 도대체 이놈이 왜 이렇게 긴장하는 건지 이해할 수 없다.

거칠고 삭막해 보이지만 고작 스물대여섯 살 먹은 애송이 아닌가. 유빈이라는 놈처럼 여유롭지도 않고 은근히 사람을 위압하는 오만함이 배어 있지도 않다. 그런데 무정검귀는 오히려 유빈을 볼 때보다 더 긴장하고 있었다.

'동류(同類)!'

무정검귀 상동풍은 도수백을 본 순간 그것을 느낀 것이다.

그는 도수백이 자기와 같은 종의 인간이라는 걸 본능적으로 알았다.

무정하고 사악하며 지독한 자인 것이다.

악귀라고 불러야 할 종자 중 하나가 틀림없다.

도수백이 무정검귀를 일별(一瞥)하고 뚜벅뚜벅 그 앞을 지나갔다. 관일평에게는 눈길 한 번 주지 않는다.

"네놈은 누구냐?!"

무쌍괴가 겁도 없이 정면으로 다가오는 도수백을 노려보며 소리쳤다.

"나는 저 도사에게 볼일이 있다. 비켜서."

도수백이 멍한 얼굴로 서 있는 여곤화를 턱짓으로 가리키며 말했다.

무쌍괴가 모욕감으로 볼을 푸들푸들 떨었다.

그는 유빈으로부터 아무도 통과시키지 말라는 명을 받았

지만, 그게 아니더라도 도수백을 그대로 보내줄 수 없었다.

"천둥벌거숭이 같은 애송이가 감히 허세를 부리는구나!"

버럭 소리친 무쌍괴 당부겸이 벼락처럼 일장을 뻗어냈다.

후우웅—

무지막지한 장력이 밀려오지만 도수백은 꿈쩍도 하지 않았다. 아무것도 모르는 철부지 같다.

'흐흥, 하룻강아지 같은 놈이로군.'

무쌍괴가 내심 코웃음을 칠 때, 도수백은 문득 창산의 법화사에서 원도 화상이 꾸짖던 말을 떠올리고 있었다.

무공을 가르쳐 달라고 조르자 화상이 버럭 소리치며 했던 말이다.

"네놈이 내가중수법을 상대할 수는 없지만 소류신공으로 그것을 해소시킬 수는 있을 것이다. 그런 다음에 한 칼을 먹여! 내공의 고수는 살이 잘리지 않고 뼈가 깎이지 않는다더냐?"

'그렇다. 제가 아무리 고수라고 해도 살과 뼈로 된 사람이 분명한 터. 내 칼이 쪼개지 못할 이유가 없지.'

그런 생각이 도수백에게 부쩍 용기와 투지를 가져다준다.

무쌍괴는 도수백이 우두커니 서 있자 회심의 미소를 지으며 더욱 장력에 힘을 실어 밀어냈다. 단번에 으깨 버려서 쌓이고 쌓인 화풀이를 하려는 마음이다.

하지만 도수백은 무쌍괴의 막강한 내력이 실린 일장을 무
시한 채 또 한 걸음 다가섰다. 그리고 그의 가슴 복판에 무쌍
괴의 장력이 여지없이 꽂혔다.

콰앙!

거대한 쇠 종이 깨지는 것처럼 요란한 타격음이 터져 나왔
다.

일 장의 거리를 두고 쳐낸 장력이지만 그것의 힘은 능히 바
위라도 부술 만큼 거센 것이다.

도수백이 아무것도 모르는 것처럼 그것을 고스란히 가슴
으로 받자 지켜보던 사람들이 그 무모함에 놀라 ‘억!’ 하고
비명을 터뜨렸다.

그들의 머릿속에 도수백이 피화살을 뿜어내며 줄 끊어진
연처럼 훌훌 날려가 처박히는 모습이 그려진다.

하지만 도수백은 날려가지도, 처박히지도 않았다.

상체를 한 번 움찔 떨었을 뿐, 마치 산들바람을 헤치고 나
아가듯 거침없이 또 한 걸음을 내딛는다.

“이놈이!”

무쌍괴는 제 장력이 잘못되었다고 믿었다. 이제는 두 걸음
앞에까지 다가와 있는 도수백을 향해 다시 맹렬한 일장을 후
려쳤다.

파앙—

갑작스럽게 쏟아져 나온 기격에 공기가 폭발음을 내며 터

져 나갔다. 그리고 도수백이 또 한 걸음을 내딛더니 그대로 왼 주먹을 뻗었다.

쾅!

두 개의 격타음이 동시에 터져 나왔다.

무쌍괴의 무지막지한 장력이 도수백의 어깨에 부딪쳤고, 도수백의 좌권이 그대로 무쌍괴의 턱에 처박히는 소리였다.

"어억!"

지켜보던 사람들은 물론 유빈과 여곤화까지 비명 같은 경악성을 터뜨렸다.

무쌍괴가 도수백의 주먹을 맞았다는 것 때문이다. 얼굴이 획, 돌아가더니 중심마저 잃고 휘청거리지 않는가.

그의 장력을 두 번이나 맞은 도수백이 '음―' 하고 낮은 신음을 흘리며 휘청거렸지만 다시 한 걸음을 내딛는다.

번쩍!

그리고 그의 허리춤에서 창백한 빛 한줄기가 뻗어나갔다.

퍽!

그의 칼이 그대로 무쌍괴의 목을 쳐올렸다.

발도(拔刀)와 참격(斬擊)이 한 동선(動線)에 놓여 있는 눈부신 쾌도다.

무쌍괴는 도수백의 주먹에 정신이 멍해져 있는 상태에서 그 일격을 피하기는커녕 제대로 보지도 못했다.

그의 목이 둥실 떠올라 허공을 난다.

사람들은 모두 제 눈을 의심했다. 헛것을 보았고 착각이라고 믿었지만, 무쌍괴의 머리통이 쿵, 소리를 내며 떨어져 뒹구는 걸 보고는 기절할 만큼 놀랐다. 지나친 놀람으로 비명조차 터뜨리지 못하고 찢어질 듯 눈을 부릅뜬 채 입을 쩍 벌릴 뿐이다.

설마 일격에 무쌍괴의 목을 쳐버릴 자가 강호에 있다는 걸 그래도 믿을 수 없다. 그것도 그의 장력을 맨몸으로 두 번이나 거뜬히 받아내지 않았던가. 그러고도 무사할 수 있는 자가 강호에 있다는 것도 거짓말 같기만 하다.

무쌍괴도 그렇게 생각하고 믿었기에 아무 방비 없이 도수백의 주먹에 맞았고, 의식이 몽롱해졌으리라.

그리고 그 한 번의 착각이 마지막이었다.

평생 쌓아온 무공과 명성이 덧없이 사라져 버린 것이다.

무쌍괴 당부겸을 그렇게 만든 도수백의 칼에는 피 한 방울 맺혀 있지 않았다.

어둠 속에서 번쩍이는 그것의 서늘한 빛이 모두에게 전율을 가져다준다.

유빈은 도수백이 저를 스쳐 뚜벅뚜벅 걸어가는 것을 막지 않았다. 막을 생각을 잊은 듯 멍하니 바라볼 뿐이다. 그리고 그의 냉랭하고 무거운 기운이 얼굴 앞을 스치고 지나간 순간 저도 모르게 떨리는 한숨을 내쉬었다.

도수백이 곤륜삼도 여곤화 앞에 섰다.

그가 멍한 얼굴로 도수백을 바라보았다. 한마디 말도 하지 못한다. 할 말을 잃은 것이다.

"당신이 왜 그녀와 동행하고 있는 거지? 그녀에게 무슨 짓을 한 거냐?"

"응?"

여곤화가 세차게 머리를 흔들어 정신을 차리고 말했다.

"뭐라고 한 것이냐?"

"왕 소저와 동행하게 된 이유를 말해라. 그녀가 왜 너를 위해서 죽기를 각오하고 싸웠는지도."

"……?"

여곤화는 언뜻 도수백의 말뜻을 이해하지 못했다. 도수백이 그런 그에게 다시 말했다. 싸늘한 어투 속에 살기가 깃들어 있다.

"너, 요망한 도사는 그녀에게 무슨 짓을 한 거냐?"

그는 왕소령이 여곤화의 악독한 방법에 걸려서 꼼짝없이 그의 명령을 받는 처지로 전락했다고 여긴 것이다. 그렇지 않으면 그녀가 아무 까닭도 없이 여곤화 대신 무쌍괴를 상대로 그런 험악한 싸움을 했을 리가 없다.

여곤화가 여전히 영문을 모르겠다는 얼굴로 대답했다.

"나는 그녀와 서로 한 번씩 도와주기로 약속을 했다. 그리고 그 약속대로 안길현으로 가는 길에 내가 위기를 맞은 그녀를 도와주었지. 그 대가로 그녀는 나를 한 번 도와준 것뿐이

다. 서로 약속을 했고 지켰으니 이제 빚도 공도 없는 셈이
야.”
　“그것뿐이냐?”
　“왕 소저에게 물어보면 알 텐데?”
　“으음―”
　도수백은 그들 사이에 어떤 사정과 사연이 있었는지 모르
지만 지금 여곤화가 거짓말을 하고 있지 않다는 건 알 수 있
었다.
　그렇다면 왕소령 부분에 대해서는 제가 오해를 한 것이니
더 따질 것 없다.

　사실 안길현으로 가는 길에 왕소령은 여곤화가 예언했던
것처럼 위기에 처한 적이 있었다.
　객잔에서 그녀가 무정한 검을 휘둘러 찔러 죽인 자들의 복
수를 하겠다고 철룡방의 고수들이 길을 가로막았기 때문이
다.
　왕소령 혼자서 십여 명이나 되는 철룡방의 고수들을 상대
해 눈부시게 싸웠다.
　그녀는 여태까지 보여주지 않았던 용기와 투지로 맹렬하
게 검을 휘둘러 향주 한 명과 세 명의 분타주, 그리고 수하 한
명을 더 찔러 죽였다. 하지만 그 일은 사태를 더욱 악화시켰
을 뿐이다.

기어이 그날 밤 철룡방의 당주 급 고수가 십여 명의 수하를 거느린 채 쳐들어오듯 찾아왔고, 왕소령은 그들을 맞아 객잔 밖에서 치열한 싸움을 해야 했다.

당주 급 고수는 만만한 자가 아니었다. 그녀는 곧 곤경에 처했다. 그리고 약속대로 여곤화가 나서서 그녀를 도와 그들을 모두 죽여 버리는 것으로 일이 끝났던 것이다.

여곤화가 빠르게 대강의 사연을 이야기해 주었고, 그 말을 들은 도수백이 힐끔 뒤를 돌아보았다.

왕소령은 여전히 신당의 기둥에 기대앉아 있었다. 의식이 돌아온 듯 눈을 뜨고 멍하니 이쪽을 바라본다.

도수백이 눈살을 찌푸리고 여곤화에게 다시 말했다.

"그래도 너, 말라깽이 도사는 너무 지독했다. 그녀를 저 지경이 되도록 내버려 두고 네 잇속만 챙기다니, 그게 사람이 할 짓이냐?"

"그녀도 약속을 지켰을 뿐이다. 그게 너하고 무슨 상관이지? 네가 저 아가씨의 남편이라도 되는 거냐?"

그 말에 도수백이 싸늘한 눈길을 붙이자 여곤화가 움찔해서 한 걸음 물러선다.

그도 방금 도수백이 한 칼로 무쌍괴 당부겸의 목을 쳐버리는 걸 똑똑히 보았다. 더구나 그전에 맨몸으로 무쌍괴의 장력을 두 번이나 거뜬히 받아내지 않았던가.

'대체 강호에 언제 이런 철나한(鐵羅漢) 같은 놈이 나타났지?'

그런 생각과 꺼림칙함으로 여곤화는 도수백에 대하여 경계했고, 두려운 마음까지 갖게 되었다.

"좋다, 그녀에 대한 일은 더 따지지 않겠다."

도수백의 말에 여곤화가 반색을 한다.

"그럼 가도 되겠지?"

도수백이 머리를 가로저었다. 여전히 차갑고 딱딱한 얼굴과 어투로 말한다.

"비급을 내놓고 가라. 그건 너같이 약삭빠른 도사 나부랭이가 가질 수 있는 게 아니다."

"뭐라고? 쳇, 결국 너도 비급 때문에 온 것이구나?"

여곤화가 의외라는 듯 말했고, 유빈도 흠칫 놀라더니 눈빛이 더욱 강렬해졌다.

"내놓지 않으면 죽이고서라도 가져갈 테다."

도수백이 칼을 움켜쥔 채 한 걸음 다가서자 여곤화가 한 걸음 물러선다.

도수백은 유빈이라는 존재를 잊은 것 같았다. 눈길도 주지 않고 신경도 쓰지 않는다.

유빈이 그런 도수백에게 침중한 음성으로 말했다.

"이봐, 친구. 일에는 순서라는 게 있는 법이네. 새치기는 곤란해."

무쌍괴의 죽음을 보았지만 그는 차분했다. 흥분하지 않는
다.

도수백이 여전히 여곤화에게 이글거리는 눈길을 준 채 대
꾸했다.

"너와 내가 싸우는 동안 저 교활한 도사는 달아날 테지. 그
걸 원하는 거냐?"

"좋아, 거기까지는 친구와 나의 생각이 일치하는군. 우선
저 곤륜삼도를 잡자. 그다음에 비급을 누가 가질 것인가 상의
하도록 하지."

"그렇다면 기다리고 있어."

"천만에. 그를 잡는 건 내가 한다. 내가 먼저 노리고 있었
거든. 그러니 친구는 구경이나 하지?"

"나는 네 친구가 아니다!"

도수백이 비로소 유빈을 돌아보며 버럭 소리쳤다.

"그리고 흥정 따위를 하려고 나선 게 아니야! 내가 하겠다
면 누구도 막을 수 없다!"

포효하듯 소리친 그가 화가 난 듯 성큼성큼 여곤화에게 다
가갔다. 여곤화가 그만큼의 거리를 두고 물러선다.

'제기랄, 다 된 밥에 코 빠뜨리게 생겼군. 대체 왜 이런 일
이 생기는 거야?'

여곤화는 속으로 그렇게 투덜댔다.

여태까지 제 계획대로 착착 진행이 되어 기분이 좋았는데

엉뚱한 자가 불쑥 나타나더니 엉망이 되지 않았는가.

도수백을 물리치지 않고서는 비급을 가지고 갈 수 없다는 생각에 여곤화도 독한 마음을 먹고 더 물러서지 않았다.

"정말 기가 막히는 일이야. 이 곤륜삼도 여곤화가 오랜만에 중원에 나왔더니 이놈저놈이 죄다 달려들어서 물어뜯으려고 하는구나. 내가 언제부터 이렇게 무시당하는 신세가 되었지?"

푸념하는 것 같지만 은근히 제 이름을 내세우며 겁을 주려는 의도다.

하지만 도수백은 곤륜삼도라는 이름을 들어본 적이 없었다. 그가 서쪽 변방에서 어떤 위치에 있고, 강호에서 어떤 대접을 받는 자인지 알 리가 없다.

도수백이 조금도 흔들리지 않자 여곤화가 땅을 구르며 버럭 소리쳤다.

"제기랄, 오늘 이 여 모가 기어이 살계를 범해야 할 모양이구나! 좋다! 내가 우선 네놈을 죽여서 구겨진 내 체면을 되찾고 말 테다!"

말이 끝나기 무섭게 옷소매를 펄럭이며 맹렬하게 달려든다.

그는 원래 빙령신공(氷靈神功)이라는 독특한 신공과 구룡한빙장(九龍寒氷掌)이라는 장력, 그리고 유들유들하며 대범하기 짝이 없는 담력으로 널리 이름이 알려진 자였다.

그래서 사람들이 그를 가리켜, 그 세 가지에 있어서 독특한 도를 이룬 곤륜산의 도사라는 의미로 곤륜삼도라고 부른 것이다.

도수백을 잔뜩 경계한 그가 처음으로 자신의 성명절기 중 하나인 구룡한빙장을 쳐냈다.

우선 제일초 초혼빙룡(招魂氷龍)을 펼쳤는데, 도수백의 반응을 살펴보기 위해서였다.

그가 춤을 추듯 두 손을 휘둘러 크고 작은 원을 그리며 덮쳐 오자 펄럭이는 옷자락 소리와 함께 손 그림자가 사방 일 장의 공간을 뒤덮었다.

빙령신공을 장법에 실었으므로 싸늘한 한기가 밀어닥쳤다. 사방을 꽁꽁 얼려 버리는 만년빙동(萬年氷洞)의 찬바람 같은 한기였다.

"흠!"

도수백이 크게 숨을 들이마시며 그 장력의 그물 속으로 두려움없이 뛰어들었다.

파아아아―

여곤화의 장이 몸에 닿기 전에 먼저 그의 장력에 실려 뻗어 나온 차가운 기운이 온몸을 때려왔다.

수많은 서릿발이 꽂히는 것 같은 고통에 절로 이가 떨린다. 하지만 도수백은 굳은 심력으로 그것을 버텼다.

소류신공의 흡기결(吸氣訣)을 극성으로 끌어올려 몸 안에 파고든 한기를 잡아두더니 토기결(吐氣訣)을 운기해 몸 밖으로 흘려보낸다.

'흡!' 하고 숨을 들이마시고, '파!' 하고 내쉬기를 두어 차례 되풀이하자 여곤화의 장력이 마치 물속으로 스며든 것처럼 소리도 없이 소멸되어 버렸다.

사람들이 보기에는 도수백이 한 번 움찔, 했을 뿐이다. 아무 일도 없다는 것처럼 여전히 쿵쿵거리며 여곤화를 향해 마주쳐 가고 있다.

"으음—"

여곤화가 불가사의한 일이라는 듯 그런 도수백을 바라보며 침음성을 흘렸다.

자신의 빙령신공 앞에서 저렇게 태연하게 버티는 자를 본 적이 없었던 것이다.

"이얏!"

여곤화가 재빨리 제이초, 빙룡승운(氷龍昇雲)의 초식으로 바꾸어 더욱 매섭고 격하게 쌍장을 휘둘렀다.

그의 소맷자락이 찢어질 듯 펄럭이고, 열 손가락이 철조(鐵爪)로 변해 도수백의 전신 대혈을 붙잡고 뚫어버릴 것처럼 들이닥쳤다.

날카로운 바람이 살갗 속으로 파고든다.

손가락의 변화가 무궁하고, 장력의 위력이 눈사태 같으며, 초식의 쾌속함이 만년빙 위를 치달리는 질풍 같았다.

"아!"

열 걸음 떨어져서 그 싸움을 바라보던 유빈이 감탄성을 터뜨렸다.

여곤화의 본신 절학을 처음 보는 것인데, 그 장법의 신랄함과 장력의 굳셈에 절로 감탄하게 된다.

저쪽에서 꾸어다 놓은 보릿자루처럼 일이 돌아가는 양을 지켜보기만 하던 사람들도 모두 여곤화의 진짜 모습을 처음 보는 터였다. 하나같이 그의 무서움에 진심으로 혀를 내둘렀다.

도수백이 이를 악물고 움직이기 시작했다.

온몸을 만 근의 압력으로 눌러오는 여곤화의 빙장 속에서 느린 듯 신속하고, 무거운 듯 경쾌하게 보법을 밟는다.

그의 몸이 여곤화의 장력에 밀려 이리저리 미끄러지는 것처럼 보였다. 바람 앞에 쓰러졌다가 일어서는 갈대 같고, 수많은 가지를 뻗어 허공을 휘젓는 나무 같기도 하다.

때로는 풍압(風壓)에 밀려 떠돌아다니는 목화솜처럼 그렇게 움직이기를 몇 차례.

그는 여곤화의 장력이 품고 있는 한기도, 그의 치밀하고 강력한 수법도 두려워하지 않았다.

이제는 여곤화가 넋이 빠질 만큼 놀랐다. 마치 잉어가 급류를 거슬러 올라오듯 도수백이 그렇게 자신의 장력과 초식을 헤치며 다가왔기 때문이다.

그리고 이번에는 그의 차례였다.

"핫!"

낮고 무거운 기합성과 함께 도수백의 칼이 낙뢰처럼 떨어진다.

경악한 여곤화가 모든 초식과 신공을 다 흩쳐 버리고 펄쩍 뛰어 물러섰다.

단번에 일 장이나 물러선 그가 덜덜 떨리는 손으로 도수백을 가리키며 눈을 부릅떴다.

"너, 너, 너……!"

도수백의 이글거리는 눈이, 가슴 앞에 굳건하게 세워 들고 있는 칼이 다음 말을 재촉한다.

"너, 너…… 그 신법은 어떻게 된 거지? 그러고 보니 나의 신공도 죄다 흡수해 버렸다!"

"그래서 어떻단 말이냐?"

"내 눈을 속일 생각 하지 마!"

버럭 소리친 여곤화가 잔뜩 화가 난 얼굴로 한동안 씩씩거리며 도수백을 노려보더니 불쑥 물었다.

"태정신공이지? 그렇지? 너는 그걸 익히고 있었다!"

'태정신공…….'

이제는 도수백이 어리둥절해서 여곤화를 바라보았다. 강철처럼 굳세던 눈빛이 사뭇 흔들리고 있다.

"당신이 어떻게 이것을 알지?"

"맞군, 태정신공이 맞았어!"

"……!"

"이놈, 말해라! 대체 어디에서 그것을 얻었지? 누구에게서 배운 것이냐?"

여곤화가 한기를 풀풀 날리는 싸늘한 얼굴이 되어서 잡아먹을 듯 도수백을 노려보았다.

도수백은 여전히 어리둥절하기만 했다.

자신이 배운 것은 원도 화상으로부터 받은 비급에서 나왔는데, 원도 화상은 그것을 소류신공이라고 불렀다.

의형인 초자생에게 그 비급을 돌려주었을 때 그는 그것이 백련지정의 일부인 태정신공(胎精神功)이라고 가르쳐 주지 않았던가.

그러므로 그것을 아는 사람은 원도 화상과 자기, 그리고 의형 초자생뿐이어야 한다.

그런데 여곤화가 대뜸 알아보고 저렇게 길길이 날뛰니 당혹스럽기만 했다.

"네놈이 그것을 지니고 있으렷다?"

여곤화가 다시 버럭 소리쳤다. 다른 사람들은 무엇을 말하는 것인지 모르지만 도수백은 명백하게 알아들을 수 있었다.

그는 소류신공 비급을 알고 있으며, 그것을 말하는 것이다.

'그렇다면?'

머릿속에 뜨거운 무엇이 스쳐 지나간다.

도수백이 무거워진 얼굴로 칼을 내리고 여곤화의 기색을
살피면서 천천히 말했다.

"이미 의형에게 돌려주었으니 나에게는 없소."

그의 말투마저 변했다. 여곤화를 한껏 멸시하더니 이제는
공경한다.

여곤화가 여전히 화가 난 얼굴로 물었다.

"의형이라니?"

"철자생이라는 분이오."

"으헉!"

도수백의 한마디에 여곤화가 벼락이라도 맞은 것처럼 크
게 놀라 펄쩍 뛰었다.

"그, 그가 정말 너의 의형이란 말이냐?"

"그렇소. 세상 사람들 모두가 창칼로 위협한다고 해도 나
는 떳떳하게 말할 수 있소."

"이런, 이런……."

도수백의 말과 표정에 자부심과 함께 자랑스러움이 깃들
어 있다. 그것을 본 여곤화가 연신 곤혹스런 한탄을 내뱉더니
두 손을 늘어뜨렸다.

그리고 취한 그다음의 행동이 모든 사람들을 또 한차례 놀
라게 했다.

"미안하게 되었네. 서로 알지 못한 탓에 오고 간 오해이니
이 일은 더 거론하지 않기로 하세."

도수백에게 정중히 포권하며 말하는데, 공경하는 기색이
가득했다.

도수백도 당황하여 마주 포권하며 말했다.

"그럼, 그럼 역시 여 형, 당신도……."

"쉿, 이 일은 자네와 나만 아는 걸로 족하지 않겠는가?"

도수백이 무심결에 '백련교' 라는 말을 할까 봐 서둘러 말
을 막는다.

도수백도 자신의 실수를 깨닫고 급하게 입을 다물었다. 여
곤화를 바라보는 눈에 이제는 적의가 씻은 듯 사라지고 없다.

그건 도수백을 보는 여곤화 또한 마찬가지였다.

그들 두 사람은 이렇게 목숨을 걸고 비급을 빼앗으려 한 것
이 같은 뜻에서였음을 이심전심으로 알았다.

빙긋, 마주 보고 웃는 웃음 속에 격려와 감사의 뜻이 넘쳐
난다.

『마풍협성』 4권에서…

도서출판 청어람을 사랑해 주시는 독자 여러분들께 감사의 마음을 전하기 위해 이벤트를 마련했습니다. 설문에 응해주신 후 엽서를 보내주시면 매달 추첨을 통하여 청어람이 준비한 선물을 우송해 드립니다.

자세한 내용은 청어람 홈페이지(www.chungeoram.com)를 통해 확인해 주세요!

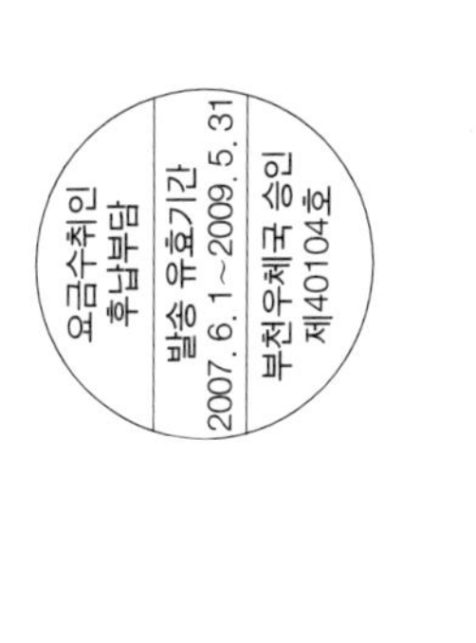

· 구입하신 책 제목을 적어주세요.

· 이 책을 선택하게 된 동기는?

· 이 책을 읽고 느낀 소감은?

· 청어람 무협/판타지 소설에 바라는 점은?

이름

생년월일   성별

전화번호

이메일

초등학생이 반드시 읽어야 할 좋은 책 49권

각 학년별로 초등학생이 반드시 읽어야할 좋은 책을 선정하여 통합논술의 기본이 되는 '올바른 독서법'을 일깨워 줍니다.

교과서와 함께하는 초등학교 통합논술

초등1학년 | 값 12,000원 / 초등2학년 | 값 9,500원 / 초등3학년 | 값 11,000원 / 초등4학년 | 값 9,500원 / 초등5학년 | 값 9,500원 / 초등6학년 | 값 11,000원

♣ 혼자 할 수 있어요.

엄마가 책 읽는 방법을 가르쳐 주어도 좋아요.
독서지도하는 선생님이 가르쳐 주어도 좋답니다.
"초등 교과서와 함께하는 **통합논술 시리즈**"는
아이 스스로 독서할 수 있도록 꾸며진 책이에요.
엄마와 선생님은 요령만 가르쳐 주시면 된답니다.

♣ 교과서의 중요한 내용이 총정리되어 있어요.

각 학년별로 중요한 교과 내용이 함께 수록되어 있어요.
초등학생은 교과서 내용을 충실하게 공부해야 합니다.
아울러 그와 병행한 독서가 대단히 중요하지요.
"초등 교과서와 함께하는 **통합논술 시리즈**"는
두가지 방법 모두 알려준답니다.

♣ 이 책은 훌륭하신 선생님들이 함께 쓰신 책이랍니다.

동화작가 선생님들이 쓰셨어요. 소설가 선생님도 쓰셨답니다.
국어 논술독서지도 선생님들도 함께 쓰셨지요.
"초등 교과서와 함께하는 **통합논술 시리즈**"는
엄마의 마음으로 모든 선생님들이 함께 꾸민 책이랍니다.

입소문을 통해 아는 분은 다 알고 계십니다!
올 한해 공인중개사 최고의 화제작!

1~2권 합본 | 이용훈 지음
3~4권 합본 | 이용훈 지음
5~6권 합본 | 이용훈 지음
용어 해설 | 이용훈 지음

수험생 기본 필독서
만화 공인중개사

제목 : 만화공인중개사 쓰신 분에게 감사드립니다.

학원을 두 달 다녔어요. 근데 과연 그 숫자 외우기 그런 게 몇 문제나 나올까 생각을 했어요.
아니라는 생각이 드네요. 학원강의를 뒤로하고 서점을 갔어요. 내 머리에 가장 이해될 수 있는
책이 없나 하구요. 거기서 만화를 발견했어요. 무조건 세 번 봤어요. 3개월 걸렸어요. 문제집을 보라고
했는데 그건 시행을 못했어요. 근데 합격을 했네요.
어떻게 감사의 말을 해야 될지…….
도서관에서 만화책 들고 다니니까 사람들이 비웃더라구요. 만화책으로 공인중개사를 공부한다고
미친 사람처럼 보더라구요. 근데 그거 다 감수하고 했던 내가 자랑스럽습니다.
어떻게 감사의 말을 해야 할지… 정말 감사합니다.
부디 행복하세요. 제 나이 41살에 좋은 스승을 만난 것 같습니다.
엎드려 감사드립니다.

―본사 홈페이지에 독자분이 올린 메일 中 에서 발췌―